G

咕
噜
GuRu

I Know
Why the
Caged Bird
Sings

我知道笼中鸟为何歌唱

[美] 玛雅·安吉洛　著 | 于霄　王笑红　译

上海三联书店

本书献给

我的儿子盖伊·约翰逊

以及所有长着黑色羽毛的鸟,他们坚强,他们心怀希望

他们不畏艰难,也不畏神明,唱出自己的歌

致 谢

我感谢我的妈妈薇薇安·巴克斯特和哥哥贝利·约翰逊,是他们鼓励我回忆往事。感谢哈莱姆作家协会的关心,及发现了我写作能力的约翰·O. 基伦斯。谢谢那那·科比那·恩凯西亚四世,他坚持说我必须写。向给我具体建议的杰勒德·珀塞尔和理解支持我的托尼·达马托致以恒久的谢意。

感谢我的编辑,兰登书屋的罗伯特·卢米斯,是他温和的督促,让我回到我以为我已遗忘的岁月。

代译序
所有长着黑色羽毛的鸟

韩松落

玛雅·安吉洛生于1928年，是美国当代著名诗人、作家、编剧、歌手。她最著名的作品，是六部自传体小说：《我知道笼中鸟为何歌唱》(*I Know Why the Caged Bird Sings*，1969)，《以我的名义重整旗鼓》(*Gather Together in My Name*，1974)，《像过圣诞节般唱歌、跳舞、欢乐》(*Singin' and Swingin' and Getting' Merry Like Christmas*，1976)，《女人心》(*Heart of a Woman*，1981)，《所有上帝的孩子都需要双旅游鞋》(*All God's Children Need Traveling Shoes*，1986)，《掷向天堂的歌》(*A Song Flung Up To Heaven*，2002)。六部书，陆陆续续在三十年时间写成，她的人生故事，几乎尽收其中。

《我知道笼中鸟为何歌唱》是六部作品中最著名的一部。这部小说的书名来自保罗·劳伦斯·邓巴的诗《同情》，书中描绘的是她童年和少年时代的生活，时间跨度为1931年到1945年。1969年，这本书一出版即引起轰动，此后四十年时间里，获得无数荣誉，在多年后的1997年，还连续153周登上《纽约时报》畅销书排行榜。

1

三岁时，玛格丽特·约翰逊和哥哥小贝利·约翰逊，被"邮递"到阿肯色州的斯坦普斯，从此和他们的奶奶生活在一起，在斯坦普斯的黑人区，在童年的他们"看来就是整个世界"的地方，玛格丽特度过整个童年。

斯坦普斯是个小镇，从环境、风俗、气质上来说，和那些频频出现在美国文学中的小镇，似乎并无不同，晒得发黑的绿树、幽暗又璀璨的黄昏，教堂、学校、杂货铺，毕业典礼、夏日炸鱼野餐会，放到舍伍德·安德森、福克纳、卡森·麦卡勒斯、奥康纳的小说里，也丝毫不觉异样。

给玛格丽特白纸一张般的灵魂图景染上最初色彩的，也就是这些景象，让她在将近四十岁的时候，还念念不忘："早晨的商店有些空旷和冷清，就像一份来自陌生人的礼物。打开店门就是扯开礼物上的丝带，外面柔和的光线透了进来（店门是朝北的），缓缓地照过货架上的金枪鱼、大马哈鱼、烟草和针线,最后停在猪油桶上。如果是夏日,那桶油会缓慢地变软,最后成为透明的液体。"

画面只是背景,人才是主角,麦克尔罗伊先生,霍华德·托马斯先生、梦罗姊妹(她有天在教堂里发了疯,高喊"把那事儿说出来",这句话在很长一段时间里成为小镇居民的"典故")、墨菲先生、伯莎·弗劳尔斯夫人、林肯医生,还有"可怜的泰勒先生",他的妻子去世后,他就在镇上吃百家饭,大家也欣然接纳他。

当然,最重要的人物,还是她的奶奶安妮·亨德森,玛格丽特称她为"阿妈",这位黑人老太太,因其沉着、智慧,成为斯坦普斯小镇上惟一一位被人们冠以"夫人"称谓的女士。"工作、责任、宗教和'地位'充满了她的世界,我想阿妈本人也许都没意识到,她对身边的一切都寄托了无比深沉的爱。"

这段经历对玛格丽特至关重要,尽管她后来去了圣路易斯,和她那位高贵美丽的母亲一起生活,但不论是她的母亲、她的外祖母,还是她的舅舅们,给她的影响,都不及这位老太太(还有"事奉我一生的巨灵:书籍"),她给小女孩的生命,铺上了坚韧、善良的底色,让她足以抵御此后的一切寒凉,一切波动。从小镇出发,直到成为旧金山电车上第一个受雇的黑人女性,从奶奶的杂货铺长大,经历了被强暴、自我放逐、成为未婚妈妈,她十八岁之前的经历,超过一个来自小镇的黑人女孩应对的范围,但她都见招拆招,这种能耐,多半来自她的导师——"阿妈"。

"在我生命中的这段时间里,我所拥有和忠于的一切都奇异地成对出现:阿妈与她的庄重果断;弗劳尔斯太太与她的书籍;贝利及他的兄妹之情;妈妈与她的欢乐;柯温小姐与她的学识;晚间课程的戏剧和舞蹈。"

这部小说被视为成长小说,但成长不是自发完成的,需要滋养,一个人的自我意识,不是凭空确立的,需要材料、样板,他们,所有这些坚实的、朴素的人,是玛格丽特"成长"的养料,她也意识到了这点:"对英雄与坏人的印象、对爱与憎的区分最初也是在早期的那个环境中形成,并永久地充当着是非评判的标签。多年之后,在小镇成长起来的人们离开了故土、苍老了容颜,甚至连谋生手段、进取之心和生存目标都不再与从前相同,但不管他们戴着怎样的面具,那后面依旧是一张孩子的脸。"

那些图景,那些图景上的人,构成玛格丽特灵魂中最坚实的部分,也构成这部小说最丰富的部分。

2

《我知道笼中鸟为何歌唱》和同时代以成长为主线的作品又有所不同,因为主人公是黑人,她成长的年代,是黑人备受压制、轻视的时代。

"阿肯色的斯坦普斯(Stamps)是以殖民者后代詹姆斯·哈

代·斯坦普斯的名字命名的;佐治亚州的奇特林镇(Chitlin'Switch)镇名意思是'黑人戏院之路';阿拉巴马州的韩镇(Hang' Em High)说的是'把他们高高地吊起来';密西西比州的黑鬼镇意为'黑鬼,别让太阳在你这里落下去'——这些都是与黑人有关的描述性地名。"

在斯坦普斯,黑人和白人的生活区域泾渭分明,以至于很多黑人孩子不知道白人是什么样。"生而为黑是可悲的,我们掌控不了自己的命运。我们在很小的时候,就被残忍地培养为驯服的绵羊,我们甚至可以安静地倾听别人嘲笑自己的肤色,而不作任何辩解。我们都应该死。我想我会很高兴看到我们全部死掉,一具具尸体堆在一起。……作为一个物种,我们面目可憎,我们所有人。"尽管"阿妈"努力撑起自己的尊严,但在白人面前,这种尊严像个幻影,时时遭到打击。大萧条时期,"阿妈"曾经借钱给很多黑人和白人,但其中大多数人没来还钱,当玛格丽特因为牙病需要求医时,"阿妈"向曾经跟她借过钱的林肯医生求助,结果遭到羞辱。

玛格丽特曾经仰慕过那些黑人中的江湖人士,因为他们替黑人出气,报复了那些诈骗黑人的白种人:"在二十世纪的转折点尚未到来的岁月,这些生来黑皮肤的男人,原本毫无疑问要被时代碾成无用的碎末。然而,他们却以自己的智慧撬开了紧锁的社会之门。他们不但在'游戏'中变得富有,还获得了为同族人复仇的快感。"

仅有这种快意是不够的。快意只能持续一时,而在更长的时间里,黑人不被当作"完整的人",没有自我意识,不管是在现实中,还是在文学作品里。他们是符号,是陪衬,有固定形象和描写的套路,哪怕出自善意。他们是永远忠心耿耿的胖女奴,在白人小姐为情所困时,在围裙上擦擦手,替小姐吐槽;是永远憨厚朴直的黑大叔,在白人小孩来度假时,示范一两手绝活。仅此而已。

所以,尽管在玛雅·安吉洛之前,已经有理查德·赖特、拉尔夫·艾里森和詹姆斯·鲍德温,为黑人书写,他们的书写,也为黑人在文学上成为"完整的人"提供了证明,但玛雅·安吉洛(以及同时成名的托妮·莫里森)的女性身分,却让她们更进一步,不仅写出了黑人的坚韧、乐观、愤怒,也写出了更隐秘的情愫,更不可言说的迷梦,以及更难以启齿的欲望。文学上的平等,大概就是这样的:不再停留在与外部的抗争、愤懑上,而进一步探索和表露自己的内心,毫无障碍地展示和别人一样的内心幽微,而且更多机智,更多幽默。《我知道笼中鸟为何歌唱》里,对玛格丽特童年欲望的描写,对玛格丽特在"旧金山的哈莱姆区"的生活的描写,就是这种平等的组成部分,也是这本书的风暴眼,是争议的来源。

时移事往,玛雅·安吉洛书写的时代已经过去,那种强烈的隔离已经不复存在,或者说,已经没有当日那样严重。但强和弱的冲突、富有与贫穷的对立,永远存在,永远在我们生活中劈开深沟，让一些人不被当作"完整的人"，处于被忽略的位置。所以玛雅·安吉洛的书，直到今天，也依旧能在我们内心深处引起共鸣。"黑人"不是过去意义上的黑人，而是"所有长着黑色羽毛的鸟"，"他们坚强，他们心怀希望，他们不畏艰难，也不畏神明，唱出自己的歌"。

序 篇

你们看着我做什么？

我又不会留下……

虽然我十分健忘，却还不至于什么也记不起来。只是有些事情更为重要。

你们看着我做什么？

我又不会留下……

这首诗的其他句子是否能够想起，在这里也没什么意义。事实真相如同一块皱了的手帕，在我手心逐渐被汗水浸透，而它越早为世人所知，我也就可以越早地伸展双手，让清风吹拂我的掌心。

你们看着我做什么………

有色人种卫理公会主教派教会（the Colored Methodist Episcopal Church）教堂儿童区的欢笑和窃窃私语声时常回响在我健忘的头脑中。

那时我穿的是淡紫色的塔夫绸连衣裙，随着我的每一次呼吸沙沙作响。而当我深吸一口气，想要吐尽心中羞辱感的时候，它听起来就像是灵车上覆盖的皱纹纸发出的声音。

我亲眼看着阿妈为我缝制这裙子，看着她为裙摆勾上花边，给裙腰添加可爱的小褶子，那会儿我相信如果我穿上了它，一定会宛若电影明星。（衣服是塔夫绸的，虽然颜色不好，但总体上还不错。）我一定会看起来像一位长相甜美的白人小姑娘，符合世界上每一个人关于天使的想象。裙子柔柔地搭在缝纫机旁，好似具有了某种魔力：如果别人看到我穿上了它，就会争相跑来，满怀敬意地对我说："玛格丽特（Marguerite，甚至称我为'亲爱的玛格丽特'），请原谅我们，我们从前真的不知道你本来是这个样子。"而我则大方地回答："是的，你们当然不知道。当然啦，我会原谅你们的。"

仅仅是想一下这件事，都会让我的脸上一连几天挂着幸福的笑容。当复活节的晨曦照在完工的裙子上，我才意识到，

2

这只不过是一件白人洗旧了不要的紫色长裙,或者说是一件改造的旧衣服。虽然称之为长裙,但也遮不住我枯柴般的双腿。我的腿上涂抹着蓝标凡士林,还扑上了阿肯色红土。经年累月,土的颜色渗入皮肤,让它看起来肮脏而恶心,教堂里所有的人都会盯着我的细腿看上半天。

然而,有一天,当我从这个黑人的丑恶梦境中醒来,他们一定会惊奇不已。原来我有一头金黄长发,而不是现在这样黑色打结的小卷,并且阿妈不让我把它们拉直。我浅蓝色的眼睛大而迷人,他们再也不会因为我的眼睛又小又斜,而嘲笑说什么“你的爸爸一定是个中国人”。(在英文中,“中国人”[China]与“瓷器”是同一个词,我一直以为他们说我是瓷娃娃的女儿。)当我从梦中醒来,他们就会明白,为什么我从不学低等的南方口音,也从不说乡下俚语,更不愿意吃猪鼻肉或猪尾巴。因为我其实是白人,而我的继母是个邪恶的巫婆,她嫉妒我的美丽,于是将我变成了一个丑陋的、大码子的黑人。是她让我的头发又黑又卷,是她让我的脚板又宽又大,是她让我的门牙间隙大到可以容下一支二号铅笔。

“你们看着我……”牧师的妻子在我面前躬下身,黄黄的长脸上满是怜悯。她小声说:“孩子,我来只是告诉你,今天是复活节。”(其实她还不如直接告诉我,“你今天穿得太差了”。)我神情恍惚,机械地重复着,“我来只是告诉你,今天是复活节”。所有的音节粘连在一起,声音小得连自己也听不到。即便如此，四周还是响起嘲笑声，就像浮在空中的乌云，漫漫膨胀、变大，随时准备将瓢泼大雨浇到我头上。我默默地举起两个手指，放在胸前，表示想去厕所，然后蹑手蹑脚地向教堂大厅后面走去。模糊中，我仿佛听到头顶的某处响起了一个女人的声音，"愿上帝保佑这个孩子"，还有"赞美主"。我抬起头，睁大了眼睛，可什么也没看到。教堂里忽然爆发出一句质问，"主舍命十字架时，你可在场?"[1] 恍然失神间，排凳中有人伸出脚来绊我，应该是个调皮的孩子。我一个趔趄，开始时想回头说些什么，或是大声地斥责。而这时我忽然感到一个生涩的柠檬在两腿间炸开，甚至嘴中也开始泛起了酸酸的味道。我急匆匆地向大门走去，灼热的感觉向两腿蔓延，一直到高筒袜的上沿。我努力屏住，希望可以将这感觉挤回去，哪怕让它不要如此快地扩散也好。等走到门廊时，我知道我必须随它去了，因为如果再多撑一会，那感觉就有可能会朝上涌去，直到我的头顶，而我可怜的脑袋也会立时碎裂，像一个摔在地上的西瓜，我的脑浆、舌头和圆溜溜的眼珠会随之四处飞溅，散落一地。于是，我跑进了院子，放弃了一切努力。我一边跑，一边哭，那感觉变成了热流，打湿了我的衣服。我不想去厕

---

1 《新约·约翰福音》19:25《你是否在场》(Were You There)中的一句。《你是否在场》也是教堂庆祝复活节时常用的曲目。——译者注
说明：除页187注释1外，本书所有注释均为译者所加。以下不再一一标明。

所,只是一路跑回了家。事后挨一顿鞭子当然是少不了的,而那些可恶的孩子们又能拾得嘲笑我的新话题。然而,我还是笑了,因为那放弃的感觉如此美妙,因为我离开了那无聊的教堂而重获自由,还因为我终于可以确定我不会死于头脑碎裂。

如果说一个黑人女孩在南方的成长是一种痛苦,那么意识到这种错位,就像是在喉咙边上架起一把利刃,时刻威胁着她的生命。

这是一种羞辱,而且全然没有必要。

1

那一年,我三岁,贝利四岁,我们一起来到了这个衰落的小镇。我们无依无靠,能帮助我们的,只有手腕上系着的一个标签:"致好心人:我们是玛格丽特和小贝利·约翰逊,来自加利福尼亚长岛,前往阿肯色的斯坦普斯,投奔安妮·亨德森太太(Mrs. Annie Henderson)。"

我们的双亲那时已决定结束他们悲惨的婚姻,于是父亲将我们送回老家交给他的母亲抚养。父亲把路上的一切都托付给了列车员,并且将车票别在了贝利所穿大衣的内袋里。然而,这个列车员第二天就在亚利桑那下了车。

关于那次旅行,我已经想不起太多,只记得火车驶进了南方之后,黑人变多了起来,情况似乎也变好了。南方实行种族隔离,这里的火车上充满了被称为"黑鬼"的乘客,以及他们大包小包的行李。但正是这些人照看了"这两个没爹没娘的可怜孩子",并给了我们很多炸鸡和土豆沙拉,很美味,虽然是冰凉的。

许多年之后,我才知道,每年有成百上千像我们这样心怀恐惧的黑人小孩,孤零零地横越美国。他们或是从南方到北方城市中,与刚刚有了些钱的父母生活,或是在北方经济衰败时返回南方由祖父母抚养。但不管是哪种情况,他们总是这样独自旅行在南北向的列车上。

小镇对我们的态度,一如镇上的人们对待此前的所有新事物一样。它打量了我们一阵子,不是因为好奇,而是出于警惕,但在发觉我们全无危险(因为我们是孩子)之后,小镇才开始接近我们,好比现实生活中一个当妈的抱起陌生人的孩子,温暖,但并不亲切。

前店后屋,我们住在祖母和叔叔经营的"商店"的后面。在当地,人们提起"商店"时总是特指这一家,因为祖母开这家店已有二十五年。

我们很快就不再称祖母"奶奶",而改口叫她"阿妈"。阿妈从二十世纪初开始,就为东斯坦普斯木材厂的锯木工人和西斯坦普斯在轧棉机旁工作的播种工人提供午餐。阿妈做的肉馅饼又香又脆、榨的柠檬汁清凉可口,而且阿妈还有一心两用、分身有术的神奇能力,因此很快就获得了人们的认同,生意也非常成功。阿妈从经营一个流动午餐车做起,后来在两个销售点之间搭建了个小卖亭,除了午餐,还为工人提供一些生活必需品,一干又是好几年。之后,阿妈在斯坦普斯黑人区的中心开了一家商店,年复一年,商店成了小镇世俗活动的中心。每到周六,商店的门廊里都会坐满小镇理发师的顾客,而商店的长椅上则斜靠着在南方漂泊的民谣歌手。他们喜欢一边吹着口簧琴、弹着烟盒吉他,一边唱着有关布拉索斯河[1]的忧伤歌曲。

商店有一个正式的名字,"威廉·约翰逊百货商店"。在这里顾客可以买到食品、各色丝线、喂猪的麦麸、玉米鸡饲料、点灯的煤油、有钱人用的电灯泡、鞋带、头饰、气球和鲜花种子。至于货架上找不着的东西,预订即可。

初来乍到之时,我们就像进了一个游乐园,里面有无穷无尽的新鲜东西,也从不会出现凶巴巴的管理员。后来,我们熟悉了商店,商店也熟悉了我们,反而没什么新奇的了。

一年又一年,我看着商店对面的田野从新绿转为深绿,再变成白茫茫的一片。现在,我已经能够准确地感觉到,那些大车很快又会停在商店的前院,来接那些采棉工,到惟有南方仍存在的奴隶种植园开始他们的工作。

1　布拉索斯河(the Brazos):得克萨斯州最长的河流,发源于新墨西哥,沿东南方向贯穿得州,汇入墨西哥湾。

采棉工出发的时间很早,一般都是在清晨。所以在摘棉花的时节,阿妈一般会在早上四点钟起床(她从来都不用闹钟),而后睡眼惺忪地跪倒,口中含糊地念着:"圣父,感谢您让我看到了新的一天。因为您的眷顾,我昨晚睡的床没有成为我的停尸板,我昨晚盖的毯子没有成为我的裹尸布。请您在新的一天里继续指引我一直向前、不走弯路,继续帮助我约束自己的言语和行动。圣父,请保佑这个家和其中的每一个人。感谢您,以圣子耶稣基督之名,阿门!"

还没完全站直身子,阿妈就开始大声叫我们起床,并发号施令、分配任务。然后她穿上自制的大拖鞋,走过用碱水洗净的木地板,点亮煤油灯。

商店里昏黄而柔和的灯光让我的世界变得有些不真实,我感到我应当轻声细语、慢步徐行。沉闷在店里一夜的,是洋葱、柑橘和未燃尽的煤油混合在一起的味道。当店门上的木板被摘下,早晨清新的空气就会和远道而来的客人一起,涌进店里,将它们冲散。

"姊妹,我要两罐沙丁鱼。"

"我今天干活会很快,和我比起来,你会像站着没动一样。"

"嗯……奶酪来一大块,还有,来些苏打饼干。"

"我就要两三块那样的花生糖。"最后一句出自一个正在买午饭的采棉工之口。装饭的棕色纸袋,就那样油乎乎地塞在他工作服的前襟里。这些糖是他买来在午休时当点心吃的。

在那些温馨的早晨，店里总是洋溢着欢声笑语，有人开玩笑，有人吹牛皮，也有人天马行空地评论世事。有人说，今天他要采两百磅的棉花，另一个就立即回应，说要采上三百磅。连小孩子也不甘示弱，声称今天可以带回五六捆棉花。

前一天采摘最多的人是清晨的英雄。即使他早餐时预言，今天的棉球会小得像豆粒，难摘得像粘了胶水，所有听众也都打心底里同意。

空麻袋拖曳在地上发出摩擦声，清醒着的人们离去时轻声低语，我们用收银机叮叮当当地统计刚才发生的小额销售，清晨结束了。

如果说早上的声音和气息带着超然的意味，那么傍晚时分的就代表了最普通的阿肯色生活。到了夕阳投下最后一缕余晖，采棉工们又回到了店里，只是拖在地上的不再是空空如也的大麻袋，而是它们主人的脚步。

大车停好，采棉工一个个从车上爬下，疲惫得似乎马上要倒在地上，满脸尘灰和失望。无论他们一天采摘了多少棉花，都远远不够。他们的工钱甚至不够还欠阿妈的账，更不用说市中心的白人商店里还有数额惊人的账单在等着他们。

早晨的欢声笑语已不见踪影，此时仅剩抱怨连天。采棉工们抱怨的对象从坑爹的住处、缺斤少两的秤，到蛇、干瘪的

10

棉花和沙尘漫天的棉田。多年之后,我看到采棉工的照片,千篇一律是他们兴高采烈、唱着欢快歌曲的样子,这不能不让我极度愤慨。人们(甚至包括我的黑人朋友在内)跟我说,我的偏执有时令人尴尬。但是,我的确曾亲眼看到工人的手指满是棉荚割破的伤口,看到他们的后背、肩膀、手臂和双腿每天累得不能动弹。

有些工人会把麻袋放在店里,第二天再带去种植园,也有一些把袋子带回家修补。我真的不愿去想象,他们在昏暗的煤油灯下,用劳累了一整天而变得僵硬的手指,一针一线缝补粗麻袋的情景。补好了麻袋,休息不上几个小时,他们又该起身赶去亨德森姊妹的商店,然后爬上大车开始又一天的劳作。但那只不过是又一个没有意义的开始,因为他们都很明白,到采摘季结束时,他们将和开始时一样,一无所有。没有钱,也借不到钱,黑人家庭的生活即使在这三个月中也是同样艰难。在棉花采摘季,傍晚时分是南方黑人困苦生活的速写,而清晨那一小段时光的美好幻境,也许是多亏了那半睡半醒的懵懂、健忘的天性,还有那温暖柔和的煤油灯光。

2

那一年,贝利六岁,我五岁,我们背乘法表的速度可以媲美中国孩子打算盘的速度——后来我们在旧金山见到中国孩子的时候才意识到这一点,对此十分得意。屋子角落里的火炉挺着肚子,像一个大一些的水壶,它夏天灰暗、无用,冬天却能喷吐出玫瑰色的火焰。我们对乘法表的精通要感谢它,因为我们如果愚蠢到不断犯错,火炉可能就是对我们的惩戒。

威利叔叔一般坐着,如同一个巨大的黑色"Z"字,他很小的时候腿就落下了残疾。他听着我们谈话,我们炫耀着在拉法叶县立培训学校学到的种种本领。他左边的脸不自然地下垂,就像沙皮狗的嘴唇挂在下巴上;他的左手仅比贝利的手大上那么一点,而在我们犯第二个错误或有三处回答不太流畅的时候,他会用强壮的右手揪住我们一个人的脖领,威胁着要将"罪犯"丢进火炉,在我们看来,火炉里的火苗仿佛恶魔的尖牙,在兴奋地狂舞。幸运的是,我们从未真的被当柴火烧掉,虽然有一次我为了避免被烧着的危险而想要跳到火炉上,结果差点儿受伤。我的逻辑和大多数孩子一样,相信如果你能自愿面对危险,那么你就可以**战胜它**,然后在未来的日子再也不怕它。但我并没有受伤,冲动的行为被无情地阻止了,因为威利叔叔牢牢地抓住了我的衣服。想来我还是第一次离火炉如此之近,甚至都闻到了铁被烧热时发出的无比干燥的味道。我们能将乘法表生吞活剥,仅仅是因为我们年纪小、有这个能力,而且除此以外别无选择。

在孩子们看来,瘸腿是个不公平的悲剧,他们看到别人腿瘸会觉得不自在。其实孩子们自己也不过刚刚脱离了造物主的模具,应该庆幸上帝的玩笑没有开在他们身上。但在他们侥幸"完整"地来到这个世界之后,却对这个不幸的人表现出极度的苛责和不耐烦。

阿妈总是一遍一遍不带感情地讲述,威利叔叔是如何在三岁大时被照看他的女人失手摔在了地上。她似乎已不再憎恨那个保姆,也不抱怨公正的上帝为什么竟允许这种意外发生。她只是觉得有必要一遍遍地跟人说明威利并非"天生如此",而大家其实早已对这个故事烂熟于心。

在我们生活的社会,四肢健全、身强力壮的黑人也只不过能靠着努力劳动,勉强度日。而威利叔叔身穿上浆的衬衫，脚蹬亮闪闪的黑色皮鞋，还拥有成架的食物，却成了工作低贱、薪水微薄者嘲笑和发泄的对象。命运不但让他身体残疾，还在生活的道路上设置了另一个障碍——自负与敏感。所以，威利叔叔不能假装自己是个正常人，也不能欺骗自己说，人们并不会因为他的缺陷而讨厌他这个"怪物"。

与威利叔叔相处多年，我一般不敢直视他，但有一次我还是发觉，他在别人面前尽力表现得和正常人一样。

有一天放学回家，我看见一辆深红色的汽车停在商店的前院。于是，我跑进店里，看到陌生的一男一女坐在店里的凉爽角落喝着胡椒博士（Dr. Pepper）牌饮料，威利叔叔后来告诉我他们是来自小石城的老师。我感觉到周围气氛有些异样，就像是一个没定时的闹钟，忽然之间铃声大作。

我知道那种感觉不是来自两个陌生人。虽然斯坦普斯这家惟一的黑人商店不常有陌生客人，但也总会有一些旅行者在大路边停下来买些香烟和软饮料。当我的视线落在威利叔叔身上，我一下子明白是哪里不对劲了。他在柜台后面直直地站着，既不是趴在柜台上，也不是倚在专为他所做的小架子上。威利叔叔直直地站着！而他投向我的目光既含着威胁，又似在请求。

我恭敬地向客人打了招呼，下意识地四下里寻找威利叔叔的拐杖。然而，哪里也找不到。威利叔叔开口说道："嗯……这，这是……我的，嗯，侄女。她……嗯……刚放学回来。"并接着跟那两个人说："你们也知道……现在的孩子，嗯，他们成天，成天在学校里玩，然后……然后就是想赶快放学，放学……好回家继续玩。"

两人十分友善地笑了笑。

威利叔叔又补充说："玛格丽特，快，快出去玩吧。"

女客人笑了出来，以柔和的阿肯色口音说："好吧，约翰逊先生，你也曾经是个小孩子呀。对了，你有自己的孩子吗？"

威利叔叔不耐烦地看着我，哪怕是在他花上三十分钟系高帮鞋的鞋带时，我也从未在他脸上看到过如此不耐烦的表情。"我想……我想，我已经，已经说过……让你出去玩了。"

在我离开之前，我看到威利叔叔靠在货架上，身影嵌在一堆加勒特牌鼻烟、阿尔伯特王子香烟或火花塞牌嚼烟之中。

"没有，夫人……没，没有孩子，也，也没有老婆。"他勉强地笑了笑。"我有一个老……老母亲和我兄弟的俩、俩孩子要照看。"

威利叔叔利用我们让自己给人的感觉更好一点，我才不介意他这么做。事实上，如果他需要，我不惜假装是他的女儿。一方面,这是因为我并不认为自己有义务对亲生父亲保持什么忠诚,更重要的是,我很清楚,那样的话我能在此地获得更好的待遇。

那对夫妻在几分钟后离开了商店。我从屋后看着那辆红色汽车把院子弄得鸡飞狗跳,朝马格诺利亚市的方向绝尘而去。

我回到店里,威利叔叔正在辛苦地穿过货架与柜台之间漫长而幽暗的过道——用手、而不是用脚,像正从梦境中爬出一样。我静静地看着这个男人的身子从一边歪向另一边,然后再倒回来,终于摸索到煤油桶边。他从桶后的隐蔽角落里摸出他的拐杖,用那只强壮的手握紧了它,然后将身体的重量全部压到这木质的支架上。他胜利地完成了这一切,最后才松了一口气。

我也许永远也不会明白,威利叔叔为什么会那样在意,这对夫妇将带着对他怎样的印象回小石城,他后来跟我说,他跟那两人萍水相逢。

他一定是厌倦了残疾的形象,就像囚徒厌倦了监狱,罪人厌倦了指责。高帮鞋、拐杖、不听使唤的手脚、大舌头以及那惹来轻视或怜悯的相貌,无不让他身心俱疲,而那一个下午,也许只是午后的片刻,他摆脱了它们,心不为形所役。

正是在那一刻,我读懂了他,感到自己与他无比亲近,那感觉之前未曾有，之后也没有过。

在斯坦普斯的这些年，我遇到了威廉·莎士比亚，并深深地爱上了他。他是我爱上的第一个白人。当然我也喜欢并尊敬吉卜林[1]、爱伦·坡[2]、巴特勒[3]、萨克雷[4]和威廉·亨利[5]，但是我还是将我年轻时最初和恒久的激情留给了保罗·劳伦

1　约瑟夫·鲁德亚德·吉卜林（Joseph Rudyard Kipling, 1865—1936）：英国作家及诗人。主要著作有儿童故事《丛林奇谭》（1894）、侦探小说《基姆》（1901）、诗集《营房谣》（1892）、短诗《如果》（1895）以及许多脍炙人口的短篇小说。吉卜林于1907年获得诺贝尔文学奖，成为首位获此殊荣的英国作家。

2　埃德加·爱伦·坡（Edgar Allan Poe, 1809—1849）：19世纪美国诗人、小说家和文学评论家，在世时长期担任报刊编辑工作。其作品兼具文字与形式之美，代表作包括小说《黑猫》《厄舍古厦的倒塌》及诗《乌鸦》。

3　塞缪尔·巴特勒（Samuel Butler, 1835—1902）：19世纪英国作家。在世期间，他自费印书，亏损了将近一千英镑，销量最多时也仅有五六百册。1903年，长篇小说《众生之路》出版后也无反响，直到戏剧大师萧伯纳对此书发出惊呼，赞誉巴特勒是"19世纪后半叶最伟大的英国作家"。

4　威廉·梅克匹斯·萨克雷（William Makepeace Thackeray, 1811—1863）：英国作家。曾任《弗雷泽杂志》和《笨拙》杂志专栏作者，撰写了大量中短篇小说、长篇小说、散文、游记、书评。1847年以后开始创作长篇小说《名利场》，1851—1853年在英美举办文学讲座，出版讲稿《18世纪的英国幽默作家》。1859—1862年任《康希尔杂志》主编。

5　威廉·亨利（William Ernest Henley, 1849—1903）：英国文艺批评家、诗人和编辑，代表作是《不可征服》（1875）。

斯·邓巴[1]、兰斯顿·休斯[2]、詹姆斯·韦尔登·约翰逊[3]和杜波依斯[4]的《亚特兰大的连祷》(*Litany at Atlanta*)。莎士比亚十四行诗中的那一句,"可叹我时运不济,又遭人轻视",读

1 保罗·劳伦斯·邓巴(Paul Laurence Dunbar, 1872—1906):美国诗人、小说家、散文作家,哈莱姆文艺复兴的先驱。在19与20世纪之交,他的作品发表在《大西洋月刊》等主流刊物上,读者中既有黑人也有白人。邓巴出版了《橡树与常春藤》《多数人与少数人》等11部诗集。他的许多诗歌,如《我们戴着面具》(*We Wear the Mask*)、《当梅琳达开始歌唱》(*When Malindy Sings*)都表现出邓巴对黑人种族的忠诚、对黑人所获成就的骄傲,以及对种族不公现象的愤怒。

2 兰斯顿·休斯(Langston Hughes, 1902—1967):美国诗人、小说家、剧作家、专栏作家。他在《国家》杂志发表了哈莱姆文艺复兴的宣言《黑人艺术家与种族主义的大山》(*The Negro Artist and the Racial Mountain*, 1926),呼吁黑人作家既要保持种族自豪感,也要具有艺术上的独立性。

3 詹姆斯·韦尔登·约翰逊(James Weldon Johnson, 1871—1938):美国诗人、小说家、记者、传记作者,哈勒姆文艺复兴的主要推动者之一。代表作为小说《一个前黑奴的自传》(*Autobiography of an Ex-Colored Man*)和《一路走来》(*Along This Way*)。

约翰逊还是美国重建时期结束后第一位加入佛罗里达州律师协会的非裔美国人。他与其兄弟共同创作的歌曲《人人引吭高歌》(*Lift Every Voice and Sing*)后来成为"黑人国歌"。他一生都在为争取黑人的政治和文化平等权利而不懈斗争,尽管他敦促国会通过《戴尔反私刑法案》(*the Dyer Anti-Lynching Bill*)的努力未取得成功,却促使南方采取行动去废除私刑。

4 威廉·爱德华·伯格哈特·杜波依斯(William Edward Burghardt Du Bois, 1868—1963):美国作家,哈佛大学法学博士和哲学博士,曾在亚特兰大等著名黑人大学任教。他穷尽毕生精力研究美国和非洲的历史和社会,著有《约翰·布朗》(1909)、《黑人的重建》(1935)、《黑人的过去和现在》(1939)及《世界与非洲》(1947)等书。这些著作以确凿的材料和精辟的论述证明黑人曾以他们的才智对美国历史和人类文明作出贡献。

至此处，我感同身受。至于莎士比亚是白人这件事，我安慰自己道：他已经死了这么久了，有谁还会在乎呢？

贝利和我想排练《威尼斯商人》中的一幕，然而明目张胆的表演一定会引起阿妈的追问。如果我们告诉她此乃《威尼斯商人》，而且作者是个白人，她一定不会宽恕我们，跟她说莎士比亚已不在人世也没用。于是，我们最终决定选择詹姆斯·韦尔登·约翰逊的经典诗歌《创世记》（*The Creation*）作为替代。

3

称出半磅的面粉,当然不包括勺子的分量,然后将面粉装进薄纸袋,而不洒到外面一点——我把它看作是斯坦普斯的生活对我发出的简单挑战。后来我逐渐掌握了诀窍,用那柄长勺装多少面粉才能准确地将秤上的刻度推到八盎司或一磅,再后来我对称杂粮粉、面糊、糖和玉米也变得十分精通。在我的技艺臻于炉火纯青之际,店里有眼光的顾客便称赞道:"亨德森姊妹的孙女真是聪明。"但如果我不小心往袋子里少装了哪怕一点,那些慧眼如炬的妇人就会说:"小姑娘,再多装点,你不会是想占我的便宜吧?"

在这种情况下,我就会静静地、但却固执地惩罚自己。每次判断失误,我都罚自己不吃锡纸包装的好时巧克力——它那香甜的味道是我在这个世界上的最爱,除了贝利,也许还除了菠萝罐头。我对菠萝罐头的痴迷几乎让我抓狂。我曾梦想有一天我长大了，可以买下一整箱，独自吃掉。

虽然货架上一年三百六十五天都摆放着诱人的罐头，而罐头里面就是金黄、多汁的菠萝圈，但惟有过圣诞节时，我们才能大快朵颐。每逢节日前夕，阿妈会先用菠萝罐头里的糖水来做黑蛋糕，然后将菠萝圈摆在铁锅底，上面放上做好的蛋糕，这样一反，就成了一个内容丰富的水果蛋糕。贝利和我每次都能一人分到一片，而我也总能把这一小片东西吃上好几个小时——小心地顺着菠萝的纹理撕下一小条，放进嘴里，吃得一点不剩，惟有指间还留着菠萝的余香。我爱菠萝，但我绝不允许自己在货架上拿一罐，然后到后院自己吃掉（虽然这并不难做到）。我愿意相信，这是因为我对菠萝的欲望是神圣的，不容偷窃行为的玷污，而我的确也没有胆量这样做，因为身上散发的菠萝味一定会出卖我。

在十三岁离开阿肯色州之前，阿妈的商店是我最喜欢的地方。早晨的商店有些空旷和冷清，就像一份来自陌生人的礼物。打开店门就是扯开礼物上的丝带，外面柔和的光线透了进来（店门是朝北的），缓缓地照过货架上的金枪鱼、大马哈鱼、烟草和针线，最后停在猪油桶上。如果是夏日，那桶油会缓慢地变软，最后成为透明的液体。午后的商店是慵懒的，我无数次地嗅到过这种气息，也只有我可以感受那工作过半、中间小憩的舒缓节奏。但是，每当夜幕降临，又会有无数人走进

21

走出、讨价还价，或对邻居开个玩笑，或随便进来打个招呼，问声"亨德森姊妹，今儿可好"。终于一切归于平静，到了睡觉的时间，商店神奇的清晨又开始召唤着我们，如一股生命之泉，汩汩地涌入每个家人的心里。

睡前的时光是一天中最安详的。在商店的后面，阿妈打开几包香脆的饼干，我们环坐在一块烧肉周围。我切洋葱，贝利负责打开两三罐沙丁鱼罐头——他总是把罐头里的油泼洒得到处都是。这就是我们的晚餐。在这样的夜色中，一家人不受任何打扰，威利叔叔不说话，也不走动，让我们再也感觉不到他因残疾而痛苦。这一切，在这一刻，似乎证明了上帝并没有忘记他与孩子、残疾人和黑人达成的契约。

在傍晚，我和贝利要做些家务，包括拿玉米喂鸡和用泔水喂猪。我们先是将馊了的杂粮粉、剩饭和洗碗水和在一起，而后借着夕阳的余晖一路跌跌撞撞地来到猪圈。我们站在最外面的围栏上，将这些倒胃口的大杂烩一股脑地倒给双眼饱含感激的猪们。不等我们把桶放好，一群猪便将肉乎乎的大嘴迫不及待地插进泔水，搅动得又是一阵馊气升腾。看着猪尽情地表达它们的心满意足，我们也经常以"猪语"回应，一半是开玩笑，一半是真心觉得它们听得懂。最后，我们终于完成了这项最脏的家务，鞋上、袜子上、脚上、手上满是泔水那叫人窒息的味道。

一天傍晚,我和贝利又在喂猪。我突然听到前院(其实它是个没有车的车道)传来马蹄声,随即跑去看看究竟是谁星期四的傍晚还在骑马。要知道就连那位不善言辞、性格暴躁、却拥有一匹坐骑的斯图尔德(Steward)先生,也会老老实实待在家里的火炉旁边,因为他明天一早还要去耕地。

前治安官先生跨在马上,趾高气扬。那不可一世的态度表明了他的权威和力量。就连不懂人事的马匹都得俯首听命,黑人就更应领教,他可以为所欲为。这毫无疑问。

前治安官先生厚重的鼻音缓慢地撕裂了脆弱的空气。在商店的一角,我和贝利听到他对阿妈说,"安妮,告诉威利,他今天晚上最好小心点。一个黑鬼疯子今天惹了一位白人女士。今天晚些时候,一些小伙子会到这里来"。纵然过去了这么多年,我对那种深深的恐惧还记忆犹新,嘴里充满干燥火辣的空气,腿上传来轻飘飘的感觉。

"小伙子"? 你要是星期六在市区大街上闲逛,他们生冷的脸和充满仇恨的眼会把你身上的衣服烧为灰烬。"小伙子"?"青春"这个词似乎与他们毫不相关。"小伙子"? 不,应该是男人,一群满身死亡气息、与美和教养绝缘的男人,一群令人厌恶的、丑陋肮脏的男人。

如果在审判日,圣彼得传唤我去为这个前治安官的善行作证,我可能一句好话也说不出。他相信,我的威利叔叔和其他任何一个黑人,只要听说"三K党"要来,马上就会惊恐万分,不惜躲到鸡粪堆里去。对我们来说,这种确信纯粹是一种羞辱。前治安官没等阿妈说出感激的话,就骑着马离开了前院,因为他肯定事情会朝他想象的方向发展,而他则是一位慈悲的绅士,将一群可怜的奴隶从当地的法律中拯救了出来。

前治安官离去的马蹄声还震动着地面,阿妈就已快速地吹灭了煤油灯。她先是低声与威利叔叔说了几句,面容严肃,随后把贝利和我叫进店里。

阿妈让我们把土豆和洋葱从箱子里面拿出来,并敲去箱子里的隔板。威利叔叔把他那根橡胶头拐杖递给我,自己弯身钻进箱子,动作慢得让我难以忍受,甚至有些害怕。等他在箱子里趴好,我感觉时间仿佛静止不动了,我们重新用土豆和洋葱把箱子码满,一层一层地,像是在做焙盘[1]。一切做好之后,阿妈跪在黑漆漆的商店里开始祈祷。

幸运的是,那天晚上前治安官口中的“小伙子”并没有闯进我们的前院,也没有让阿妈打开店门。如果他们进了店里,就一定会发现威利叔叔,也一定会不客气地对他动用私刑。虽说逃过了一劫,威利叔叔却哀叹了一整夜,好像他真的犯了为人不齿的罪行。沉重的叹息声从土豆和洋葱的缝隙中挤

---

1 焙盘的做法是将所有的材料一层层地放在焙盘容器里,然后放在烤箱里制作。

出,我甚至都能看到威利叔叔的嘴偏向一边,口水从变形的嘴角流到了新土豆的芽眼里,就像等待着清晨第一缕阳光的露珠。

4

    是什么让南方小镇不同于北方的小镇、村庄和城市,又是什么让一个南方小镇不同于另一个南方小镇?答案必定是,洞悉一切的少数(你)与无知无觉的大多数(小镇)之间共同的生活体验。儿时没有寻到答案的所有问题,最终必定会交托给这小镇,并得到回答。对英雄与坏人的印象、对爱与憎的区分最初也是在早期的那个环境中形成,并永久地充当着评判是非的标签。多年之后,在小镇成长起来的人们离开了故土、苍老了容颜,甚至连谋生手段、进取之心和生存目标都不再与从前相同,但不管他们戴着怎样的面具,那后面依旧是一张孩子的脸。

    麦克尔罗伊(McElroy)先生是一个高大的男人,住在与商店相邻的一所大而无当的房子里。虽说时光已将他肩上的肌肉消磨殆尽,但他依然拥有宽阔的胸膛和强健的四肢,至少在我认识他时还是这样。

除校长和外地来的老师外,他是我认识的惟一穿成套裤子和上衣的黑人。后来我才知道,男人的衣服卖的时候就是这样的,人们称这种衣服为"套装"。我记得我当时还琢磨,设计这种衣服的人真的好聪明,因为套装遮住了男人的肌肉,让他们看起来不那么具有攻击性,甚至有点像女人。

麦克尔罗伊先生从不大笑,微笑也很少见,但让我们对他印象颇好的是,他喜欢与威利叔叔聊天。他也从不去教堂,在贝利和我的眼中,这是一种非常勇敢的行为。一个人可以如此生活,可以直视宗教,况且他还住在虔诚无比的阿妈的隔壁,这是多么了不起啊。

我留心观察着麦克尔罗伊先生,满心期望他随时干点出人意料的事,这给我带来了无比的兴奋。我乐此不疲地观察,他也从未让我失望或感到无趣。虽然,现在我知道了,他只不过是一个向生活在大城市斯坦普斯周边村镇的淳朴居民兜售专利药品和补品的普通小贩。

阿妈和麦克尔罗伊先生似乎达成了某种协议,他从来不把我们赶出他的地盘。夏日傍晚,我经常坐在他家院子的楝树下,成熟果实略带苦涩的香气在四周弥漫,被香气引来的飞虫在头顶嗡鸣,那是怎样一种昏昏欲睡的美好。而麦克尔罗伊先生则坐在回廊的秋千上,穿着他那灰色的三件套摇来摇去,他头顶的巴拿马草帽在蚊虫来袭时会猛然抖动。

　　一天打一次招呼是我能从麦克尔罗伊先生那里指望的惟一交流。在一声"小朋友,早上好"或"小朋友,下午好"之后,他就再也不会和我多说一个字。有时我会在他的房子或水井前再碰见他,他也和没看到我一样,甚至当我们在屋后捉迷藏时撞到他怀里,他也沉默不语。

　　在我的童年里,他是一个谜一般的人物。一个拥有自己土地的黑人,一个拥有带门廊和许多窗户的大房子的黑人,一个独立的黑人。在斯坦普斯,他像是从另一个时代穿越而来。

　　在我的世界里,贝利是最重要的人。他是我的哥哥,惟一的哥哥,没有其他兄弟姐妹与我分享他。单单这一点就足以让我心甘情愿做一辈子基督徒,来表达对上帝的谢意。我长得粗壮、笨拙,爱吵闹,而贝利精致、优雅又文质彬彬;我经常被一起玩的小伙伴们称为"黑泥巴",而贝利却生来就有丝绸般的好皮肤;他的头发打着漂亮的小卷自然下垂,而我的脑袋上却满是黑色的钢丝球。尽管如此,贝利爱我。

　　贝利的"英俊"给我造成了困扰,大人们有时会有意无意地挖苦我的长相,这时贝利就在房间的对面向我不停地眨眼,我知道他为我报仇只是个时间问题。他会耐心地听完这些老妇人讨论我到底是如何生出来的,方上前搭讪道:"噢,科尔曼太太,你儿子怎么样了? 我前几天看见他了,他看起来可病得不轻啊,好像没几天活头了。"那声音听起来像冷白肉一样油滑。

妇人大惊失色地反问:"没几天活头了? 为什么? 他根本就没生病。"

愈发油滑的声音响起:"因为他快丑死了啊。"贝利的脸上浮现出严肃和怀疑的表情。

在这个时候,我会忍住不笑,咬紧嘴唇,将脸上的最后一丝笑意努力抹去。然后,等躲到了屋后的黑胡桃树下,我们就放声笑啊、笑啊,直到肚子笑抽了筋。

贝利一向无法无天,却很少受到处罚,因为他是亨德森/约翰逊家族的骄傲。

贝利的一举一动,都像时钟一般精准,他甚至可以在二十四小时之外找出时间。每天他不但可以完成家庭作业、杂务,比我读更多的书,还有时间在小山腰上参加集体游戏,常胜不败。他甚至敢在教堂里大声祈祷,敢在威利叔叔的鼻子底下偷泡菜。

泡菜放在水果柜台下面的桶里。每当商店里满是就餐的客人,贝利就会掏出我们平时筛虫子用的面筛子,到桶里捞两棵肥大的泡菜。贝利连泡菜带筛子挂在桶边,等它们沥干水分。放学后,他把将干未干的泡菜取出,塞进自己的口袋,把筛子随意丢到橙子堆后面。我们一起跑出店门,泡菜汁从他短裤兜里流出来,在满是灰土的腿上留下几条清晰的痕迹。而贝利却毫不介意地一蹦一跳,含着笑意的双眼好像在说:

"怎么样？我厉害吧？"其实，他当时闻起来跟个醋坛子差不多。

在早上的杂务做完了之后，威利叔叔和阿妈看店，我们则可以自由地做我们小孩子的游戏，只要不离店太远就行。捉迷藏的时候，贝利的声音最容易辨认："昨儿夜里，前儿晚上，二十四大盗闯我房。是谁在那儿把身藏，让我放他们进，照他们头上来一擀面杖？是谁在那儿把身藏？"在玩"跟我学"的时候，贝利又总能做出最有趣、最可爱的动作。在"老鹰捉小鸡"的游戏中，他会像个陀螺一样从队尾甩出去，转啊，笑啊，好似马上要摔倒在地上。当我担心得几乎无法呼吸时，他却又回到游戏中，还是不停地笑着。

在一个孤独孩子的所有需要中，毫不夸张地说，如果有一个是必须满足的，那就是对不可动摇的上帝的不可动摇的信仰。[1] 而我漂亮的黑人哥哥在我的生命中就是降临的天国[2]。

斯坦普斯的风俗是把一切可以保存的东西都做成罐头。秋后过了初霜，镇上的人便开始邻里互相帮助着杀猪宰牛，就连那些不再产奶的、性情温顺的、长着一双大眼睛的奶牛也不

---

[1] 这句话成为玛雅·安吉洛的名言。希拉里在其著作《举全村之力》(*It Takes a Village*)中曾引用。

[2] 降临的天国（Kingdom Come）：出自《新约·路加福音》11：2，"愿你的国降临"。

能幸免。

卫理圣公会教堂的女宣教士们会帮着阿妈准备做香肠用的肉馅。她们将胖胖的胳膊深深地捣进肉馅里，一直没到胳膊肘。这样肉馅里清香的洋苏、刺鼻的胡椒和盐才能很好地调和在一起。肉馅齐备之后，哪个"乖孩子"帮着抱来木柴，就可以得到一小块肉饼，首先品尝到今冬的美味。男人们则把大块的肉劈开，搬到熏制室里，并且用锋利得吓人的小刀去除大腿后部的一块小圆骨头，据说这块小骨头虽然看起来无害，却会使熏肉变质。再将肉搓上棕色的粗盐，等血水渗出，即可进行熏制了。

从那时开始到次年的初霜季，我们肉食的主要来源就是离商店不远的熏制室和货架上的罐头。罐头种类丰富、十分美味，足以让一个饥肠辘辘的孩子垂涎欲滴——精挑细选的青豆、甘蓝、卷心菜、抹在新鲜出炉的黄油饼干上吃的番茄酱，还有香肠、甜菜、浆果和其他所有阿肯色出产的水果。

每年至少有两次，阿妈会觉得我们小孩子应该吃点新鲜肉。于是，她就会给我们点儿钱，或一分、或五分、或一毛，让我们去城里买猪肝。城里有新鲜的猪肉，是因为白人有冰箱。白人肉贩从特克萨卡纳(Texarkana)的屠宰场批来猪肉，然后卖给有钱人，即使在最炎热的天气里也不例外。

斯坦普斯的黑人区在童年的我们看来就是整个世界，穿越这个区域，我们会习惯地与每个遇到的人聊上几句，而贝利却觉得有必要与每个碰到的朋友玩上一会。离开家去城里，兜里（贝利的口袋就是我的口袋）有钱，手上有时间，没有什么比这更幸福的了。但这种幸福感到了白人区就立即烟消云散。威利·威廉姆斯先生（Willie Williams）开的"喜客来驿站"（Do Drop Inn）是我们抵达白人区的最后一站，下了车我们还要穿过池塘和铁轨。那时的我们，感到自己恍若手无寸铁的冒险者独自行走在危机四伏的食人兽领地。

在斯坦普斯，种族隔离是十分彻底的，多数黑人小孩根本就不知白人长什么样。但他们知道白人与黑人不一样，并且很可怕，当然这种惧怕中也包含了弱者对强者、穷人对富人、劳动者对享乐者、衣衫褴褛者对衣冠楚楚者的本能敌意。

我记得我那时从不相信白人是真实的存在。

有很多女人在白人家里做帮工，她们来商店买东西时，喜欢把装衣服的大篮子放在店前的门廊上，然后从里面拿出一件浆洗好的衣服。她们好像是在炫耀她们的熨烫技术，又好像是想炫示她们雇主的富有。

我曾看过那些没有拿出来的衣服，所以我知道：白人也穿短裤，像威利叔叔一样；白人裤子上有个开口，他们可以从那时拿出"那东西"来尿尿；白种女人的胸不像某些人说的那样是放在衣服里的，因为我亲眼见过她们的胸罩。但我很难强迫自己把白人也看成是人。因为在我看来，只有拉格农（LaGrone）太太、亨德里克斯（Hendricks）太太、阿妈、斯尼德（Sneed）牧师、莉莉（Lillie B）、路易丝（Louise）和雷克斯（Rex）等等才是人。白人不可能是人，因为他们的脚太小，皮肤太白，并且不用前脚掌走路，他们像马一样用脚后跟。

生活在我身边的那些人才是人。虽然我不是对他们每一个都喜欢，甚至没有一个是我特别喜欢的，但他们是人。而那些奇怪的面色苍白的生物，过着异类的"非人"生活，肯定不是人，他们只是白人。

5

"汝不得肮脏""汝不得粗鲁",这是亨德森奶奶对我们的训诫,也关乎我们全部的救赎。

在每个严寒的冬夜,我们都不得不在睡前洗净脸、脖颈、四肢和脚。在我们走出房门时,阿妈还会补充一句,"尽量洗干净点,把能洗的地方都洗洗",脸上带着只有圣洁的人做不圣洁的事时才会出现的坏笑。

我们晚上去井边洗澡,井水冰冷清澈,用来涂腿的凡士林冻得像石头一样,但我们还是要洗干净,然后踮着脚尖一路小跑回到屋里。把最后一丝泥土从脚趾间擦去,我们就可以安心地开始做作业、吃玉米面包、喝酸奶、祈祷,然后睡觉,按部就班。阿妈很喜欢在我们睡着之后掀开被子,来检查我们的脚洗得是不是干净。如果阿妈觉得洗得不够干净,她就会抄起荆条(阿妈在卧室门后常备一根),照合适的位置给犯错者留几道滚烫的鞭印,让这孩子长长记性。

挨了鞭子还是要洗干净。深夜的井边又黑暗又湿滑。男孩子们告诉女孩,蛇特别喜欢水,所以只要有人在夜里从井中取水,独自在那儿洗刷,水蛇、响尾蛇和蟒蛇就会悄然靠近,一旦有肥皂沫迷进她的眼睛,它们立时三刻就会现形。但阿妈却说,清洁近于神圣,而肮脏则是痛苦之源。

阿妈还说,上帝不喜欢不懂礼貌的孩子,他们也是父母的耻辱,还可能给家庭和家族带来灭顶之灾。孩子对所有的大人都要使用先生、太太、小姐、阿姨、叔叔、哥哥、姐姐以及其他成百上千种称呼,还要用得恰如其分,这不但表明了家族关系,也暗示了自身地位的谦卑。

我认识的人无不遵循这些习惯,除了那些白人小混混。

阿妈的农场上就住着这样一些白人小混混,他们就在学校的后面。有时他们会成群结队地闯进店里,填满整个空间,把所有空气都挤出去,就连店里那长年不变的、熟悉的气息都变得有些不同。小混混们一进店中,便在货架上爬上爬下,或是一头钻进土豆和洋葱堆里,不知在寻找什么。但不管他们在做什么,口中都始终不断地尖声叫嚷,就像破吉他上快要断掉的琴弦。他们在店里的放肆是我想都不敢想的。阿妈告诫我们,在白人(哪怕是那些小混混)面前少说为妙。所以,白人小混混在店里胡闹时,贝利和我只是安静而严肃地站在一旁,制造出一种怪异的气氛。但如果哪个倒霉鬼靠近了我们，我就会用力地掐"它"。这样做既是出于气愤，也是因为我的确想知道"它"是不是像我们一样有血有肉。

白人小混混直呼威利叔叔的名字，还指使他做这做那。但让我们羞愤难当的是，威利叔叔还真就一瘸一拐地顺从他们。

阿妈也听从白人小混混的指令，只不过她不像威利叔叔那样被动，因为她知道他们需要什么。

"这是你的糖，波特小姐，这是发酵粉。上个月你没买苏打，要不现在买点儿吧。"

阿妈总是能引导着她说些人话，但有时那些个肮脏讨厌、流着鼻涕的家伙会这样回答：

"不，安妮……"——安妮？她是在称呼拥有她脚下土地的人吗？是在称呼那个忘记的东西比她可能学到的所有东西还要多的人吗？如果这个世界上还有公正的话，上帝就应该立刻把她变成哑巴！——"再给我来点苏打饼干和金枪鱼。"

至少他们还没有直视阿妈的脸，或者说我没有见到过他们这样做。但凡有一点教养的人，哪怕是不认字的码头工人，也不会直视一个成年人的脸。因为直视人的脸意味着，直视者试图在别人把话说出来之前就猜出他想说些什么。那些肮脏的小混混没有这样做，但是，他们的命令像九尾鞭一样在店里肆意抽打。

在我十岁的年纪,这些邋邋鬼是我与阿妈生活中最痛苦和费解的记忆。

那是一个夏日的清晨,商店后院里像往常一样堆满树叶、口香糖纸、维也纳香肠的标签等各种垃圾。我用心地把它们清扫干净,然后将地上棕红色的沙土梳理成一个个整齐的半月形。早上的后院就是我的艺术品,美丽的图案清晰可见,就如同铺在地上的一样。做完这些工作,我收拾好工具要到店里去,正巧看到阿妈穿着她那件宽大的白色围裙站在门廊上。围裙是浆洗过的,白而硬,似乎它自己就可以立在那里。阿妈正在欣赏我的艺术品,于是我默默地走过去站在她身边。后院远看去就像是用大梳子梳过的棕红色脑袋。阿妈什么也没说,但我知道她很喜欢。她举目看向校长的房子,又向右面看去,那是麦克尔罗伊先生的房子。她一定是希望这些"大人物"可以看到我的作品,至少赶在人群将这些图案踩坏之前。突然阿妈抬眼往学校看去,我也随之看去,只见一群白人小混混翻过小山,经过学校,正向这边走来。

我收回了目光,望向阿妈,等待她的下一步指令。阿妈自腰部以下就像泄了气的气球一样,而上半身却还保持直立,仿佛正打算去触碰路对面那棵橡树的顶端,这并不是一件容易的事情。阿妈开始吟唱一段圣歌,那应当不算是真正的唱,因为阿妈的节奏非常缓慢,调子也非常奇怪。阿妈一直没有看我,但当小混混们走近商店的时候,阿妈头也不回地说了一句:"孩子,回屋去。"

我真想乞求她:"阿妈,别等他们,和我一起回屋。如果他们进了店里,你就到卧室去,让我自己来应付。只有你在场的时候,我才会怕他们。如果是我一个人,我知道怎么对付这些家伙。"然而,实际上我一个字也说不出来,我顺从地进了屋,躲在纱门后面。

还没等她们走进门廊,我就听到了她们刺耳的笑声,如同柴火正在锅底爆裂。我想折磨我一生的噩梦就是源自这冰冷而缓慢的时刻。她们最终还是来到了阿妈的近前。开始时她们还假装正经。不一会,她们其中的一个就叉起腰,突起嘴,嘟囔着什么,我意识到她是在模仿阿妈。另一个人在一旁说:"不是这样的,海伦,她不是那样站的。是这样……"说话的这个努力挺起胸,也叉起腰,以一种极为奇怪的姿势来模仿阿妈。而另一个看后大笑起来,说:"不是这样,不是这样,你根本就学不像。你的嘴撅不了那么高。应该这样……"

我想到了门后的那把来复枪,虽然我知道我甚至没办法将它端平。我又想到了我们那把 0.410 英寸口径的短管霰弹枪,那把枪我可以用,但它被锁在箱子里,每年的新年夜拿出来用一次,箱子的钥匙挂在威利叔叔的钥匙链上。透过爬满苍蝇的纱门,我可以看到阿妈的围裙袖子随着圣歌的节奏而抖动,但她的膝盖僵硬得似乎再也无法动弹。

阿妈继续唱着圣歌。声音既没有提高也没有降低,节拍

38

没有加快也没有减慢，就这样唱啊唱……

　　小混混衣服上的污垢与她们腿上、胳膊上和脸上的污垢连成一片，油乎乎的头发打着结垂到肩上，看起来真让人恶心。我跪下来，让自己看得更清楚，让自己永远地记住她们。我的眼泪开始从脸上滑落，滴到衣服上，留下了大小不一的深色圆点。而前院的景象在泪光中变得模糊、不真实起来。世界此时似乎也深叹了口气，不知是否应该让这件龌龊的事继续发展下去。

　　这帮小混混终于对这种无聊的模仿感到厌倦、无趣，但新的恶作剧随之上演。其中一个人扮起鬼脸——斗鸡眼、用两个手指把嘴扯得像青蛙一样大，向阿妈大叫："看这儿，安妮。"阿妈没有停下她的吟唱，围裙的带子却开始颤抖起来。那时的我，真想抓一把黑胡椒粉撒在她们的脸上，再将碱水灌进她们的鼻子，同时大骂她们肮脏、下流、混蛋……但我知道我只是一个被关在牢笼里的看客，而她们是台上的演员，我们都对对方无能为力。

　　小混混中的一个矮个子开始跳起一种木偶舞，其他人则哈哈大笑。接着，一个看起来快要成年的高个子小声地说了句什么，其他人就都从门廊让了出去，盯着阿妈看。只见那个高个子转过身，弯下腰——在那个可怕的瞬间，我以为她要捡起石头来丢阿妈，而阿妈此时僵硬得像一块石头，除了那依然颤抖的围裙。还好，事情并没按我想象的那样发展下去——

她并没有捡起什么东西。高个子将双手平放在地上,开始拿大顶。

她那双肮脏的赤脚板和一对大长腿直直地冲天立起,长裙倒扣下来垂到肩膀,而她却没穿内裤——那些光滑的阴毛在她的两腿间形成了一个棕色三角。在这样一个毫无生气的真空般的早晨,她蠢着,一秒,两秒……然后她开始摇晃,然后她翻倒下来。其他人聚拢过来,有的拍拍高个子的肩膀,有的与她击掌,似乎那是一种鼓励。

阿妈的圣曲已经换成了:"天上吗哪[1],天上吗哪,赐我饱足免饥饿,赐我饱足免饥饿。"[2]

我发现我也在祈祷。阿妈还能忍受多长时间? 她们还想做什么来羞辱阿妈? 我还能置身事外吗? 阿妈到底希望我做些什么?

小混混终于结束了这场闹剧,离开前院。这时我才发现,他们本来是要去城里,到这儿只是随便来看看。她们一个接一个地甩甩头、扭扭屁股,然后转身说道:

"走了,安妮。"

"走了,安妮。"

---

1 吗哪:《圣经》中的一种天降食物。耶和华命令摩西率领以色列人出埃及。以色列人来到旷野,没有粮食吃。人们纷纷抱怨,在旷野饿死还不如死在埃及。上帝听到了,决定每天早晨给他们降下食物。以色列人把这东西叫"吗哪"(希伯来文,意为"这是什么?")。
2 歌名是《伟大救主引导我》(Guide Me, O Thou Great Jehovah)。

40

"走了，安妮。"

阿妈自始至终都没有抬头，也没有放下抱着的双臂，但她还是停下了吟唱，回答道："再会，海伦小姐，露丝小姐，埃罗伊丝小姐。"

我爆发了，像独立日的礼炮一样爆发了。阿妈为什么要称呼她们"小姐"？这些肮脏恶心的东西。我不明白，为什么阿妈不能在看见她们过山腰时就回到店里，享受一份安静和惬意？阿妈想要证明些什么？是不是我错了，难道那些人既不肮脏，也不卑鄙，不然阿妈为什么会称她们"小姐"？

阿妈站在原地又唱了一首歌，随后转身打开纱门。她看见我在门后愤怒地哭泣，但她就这样看着我，直到我抬头望向她。阿妈的脸温和宁静，发着淡淡的光，那样地美丽。外面发生的事情是我所不能完全理解的，但我明显感觉到阿妈很高兴。她弯下腰抚摸着我，像圣母"抚爱生病和受难的人们"，让我安静下来。

"去洗洗你的脸吧，小姑娘。"阿妈转身走到糖果柜台后，又吟唱道："荣耀，荣耀，哈利路亚，我将身上的重负抛下。"

我把清冷的井水撩到脸上，拿平日用的手绢擤了擤鼻子。我现在知道，不管外面发生了什么，阿妈已经赢了。

我带着耙子来到前院，想要把那些肮脏的脚印抹平，这看起来不是件难事。我花了很长时间设计新的图案。工作终于完成，我将耙子丢在水罐后面，进店拽着阿妈的手走出来，一起欣赏

41

自己的作品。

　　那是一个很大的心形,大心形中又一层层地套着很多小心形,最后是一枝丘比特之箭射穿了所有"心",直抵中央。阿妈赞美说,"这真漂亮"。然后,她又回到店里接着唱她的圣歌,"荣耀,荣耀,哈利路亚,我将身上的重负抛下"。

6

霍华德·托马斯(Howard Thomas)牧师是阿肯色州一个教区的长老,斯坦普斯就在他的辖区之内。托马斯牧师每三个月会来我们教堂一次,说是巡察。他在我们教堂的日程可以说是千篇一律,周六晚上在阿妈家里借住,周日进行一次声如洪钟、富于激情的演讲,收齐三个月中募集来的钱款,听取教堂各团体的报告,与所有的成人握手,亲吻所有的孩子,然后走人。(我曾以为托马斯牧师每次都是回天堂去,后来阿妈直截了当地告诉我,他只不过是回特克萨卡纳罢了。)

贝利和我都恨透了这个家伙。他又肥又丑,笑起来就像是一只得了疝气的公猪。每次我们模仿这个浑身肥肉的家伙,都会让对方笑破肚皮。但不得不承认,贝利比我更精于此道,他甚至可以当着威利叔叔的面模仿托马斯牧师而不被抓

43

到,我想那是因为他总是小心翼翼,不发出一点声响。还有,贝利模仿时,总会鼓起腮帮子,把头摇来晃去,他的脸看起来就像湿漉漉的棕色石头,但那副样子还真像极了讨厌的牧师。

托马斯牧师臃肿的身体的确让人恶心,并且他也从不用心记住我们的名字,这让我们觉得很受侮辱,但这两件事都不足以让我们如此地恨他。真正拨动我们情感天平、让我们对他的憎恨正当又无可避免地爆发的是托马斯牧师在餐桌上犯下的"罪行"。他每次在周六晚餐时总是毫不客气地吃掉盘子里最大、最焦、最美味的烤鸡块。

所幸托马斯牧师几乎每个周六都来得很晚,他到的时候我们基本上已经吃过晚饭了。我经常揣测,他在路上时一定满心希望赶上我们的饭点。我也相信这就是实情,因为每当他站在门廊看着空空荡荡的餐厅,小眼睛里总有失望一闪而过,脸上的表情随即变得不自然。然而,就在下一刻,一层透明的面罩又重新罩在了他的脸上,牧师通常会干笑几声说:"咳,咳,亨德森姊妹,我就像老式纺纱机,总是出现(线)[1]。"

阿妈也总是心领神会:"是的,托马斯长老,感谢主,快进屋吧。"

牧师走进门,放下他的格莱斯顿(Gladstone)——那只不过是一个手提旅行包,不过他总喜欢直接称呼它的品牌"格莱

---

[1] 这句话的原文是:Just like a penny with a hole in it, I always turn up。

44

斯顿"——望向我和贝利。而后,他张开一双大肥胳膊,口中念叨着:"让孩子来我这儿吧,因为天国所属,正是这样的人哪。"[1]

贝利每次都会走向他,伸出手来准备进行一次男人与男人之间平等的礼仪——握手。而托马斯牧师也每次都毫不客气地直接把我的哥哥抱个严实,说:"伙计,你还只是个孩子。他们告诉我,《圣经》上说,'我作孩子的时候,话语像孩子,心思像孩子,意念像孩子;既成了人,就把孩子的事丢弃了'。[2]"说完所有这些,他才把贝利放开。

我从来也没有胆量走近托马斯牧师,我害怕当我试图向他问好的时候,那种模仿他的罪恶感会让我窒息。不管怎么说,《圣经》的确告诉我们,"神轻慢不得"[3],而眼前这个人就是上帝的代表。牧师也曾向我说:"快过来,小姑娘,快来接受上帝的祝福。"但我又怕他,又恨他,两种感情交织在一起,不由得让我放声大哭。阿妈一次又一次地重复同样的话来给我解围:"别介意她,托马斯长老,小姑娘太害羞了。"

之后,牧师会吃光我们的剩饭,和威利叔叔讨论近三个月内教堂的发展、他那里新来的牧师、谁结婚了、谁死了以及又

---

1 出自圣经《新约·马太福音》19:14:"让小孩子到我这里来,不要禁止他们,因为在天国的,正是这样的人。"
2 《新约·哥林多前书》13:11。
3 《新约·加拉太书》6:7。

有多少孩子出生。

牧师和威利叔叔谈话的时候,贝利和我像影子一样站在商店后面的煤油桶旁边,静静地等待谈话中最带劲的部分。但是,每当他们谈到最新的"八卦",阿妈就会把我们赶进她的卧室,命我们把主日学校学到的东西背得滚瓜烂熟,临走还不忘威胁我们说,如果记错一个字,晓得会有什么后果。

但这不能阻止我们,我们的"小计策"屡试不爽。阿妈走后,我会坐在炉边的大摇椅上,时而摇一摇,时而跺跺脚。过上一会,我还会用两种嗓音进行对话,一个是柔和的女声,一个是低沉的男声。这样贝利就有机会悄悄跑回店里,去偷听那"大人的秘密"。每次行动中,贝利都会突然飞奔回来,坐到床上打开课本,只要看到这种情形,我便知道阿妈下一刻就会站在门口。

"你们要把功课做好,其他孩子还以你们为榜样呢。"说完这些,阿妈就转身回店里了。而贝利就紧随着她的脚步,悄无声息地蹲在阴影里继续偷听。

有一次,他听到科利·华盛顿先生将一个来自刘易斯维尔[1]的姑娘留在家里过夜。我倒没觉得这有什么不得了,但贝利解释说华盛顿先生有可能对她做了"那事"。他还说,"那事"其实也没什么,世界上几乎每个人都做"那事",但问题是

1　刘易斯维尔(Lewisville):得克萨斯州的一个城市。

46

没有人希望别人知道他们做了。还有一次，我们听说一个黑人被一个白人杀掉并丢进了泥塘。贝利说，被杀黑人的头上被打了个窟窿，甚至他的"那东西"也给切下来装在了口袋里。而这一切的起因只是那个白人认为他对一个白种女人做了"那事"。

贝利每次带回来的八卦内容都是这一类，于是我相信，只要托马斯牧师谈话，并且阿妈又把我们支开，那么他们一定就是在讨论白人和"那事"。对这两个话题，当时我很懵懂。

每逢星期天的早晨，阿妈都会给我们做一顿丰盛的早餐，这样我们从上午九点半到下午三点才会安安静静地不闹事。星期天的早餐包括煎得外焦里嫩的自制火腿、油泼番茄片、双面煎蛋、炸土豆和洋葱、玉米粥和炸得又香又脆的小鲈鱼。我记得那小鱼特别脆，可以连骨带肉一起嚼嚼吞下去。还有猫头饼[1]，阿妈做的猫头饼至少有三英寸大，两英寸厚。刚出炉的猫头饼抹上黄油，堪称人间美味。如果，很不幸地，猫头饼放凉了，那它就会变得又黏又硬，像一块被人嚼过的口香糖。

托马斯牧师每一次与我们共度星期天，我们都可以再一次地证实那关于猫头饼的经验，而这完全要归功于他那冗长无比、令人抓狂的餐前祈祷。饭菜备齐，我们都习惯性地站起来，威利叔叔也已经把拐杖靠在墙上，以餐桌支撑住身体。托马斯

1　猫头饼：一种发面饼。

牧师开始祈祷："圣洁的天父,今天早晨我们感谢您……"声音像宇宙般无止境地蔓延开来,我听了一会就开始走神……贝利踢了我一脚,我定睛一看,那本来是星期天最值得期待的美味已经完全不成样子。但托马斯牧师还在继续向上帝念叨个没完,其实上帝每天听一成不变的东西,想必早已厌烦。我看到番茄片上的油已经变冷发白,大盘里的鸡蛋饼也发皱萎缩,在盘子中间就像一个在寒风中瑟瑟发抖的小孩。我们喜爱的猫头饼因失去热气的支撑而瘪了下去,正如一个满身横肉的女人坐在安乐椅上,敦实而没有活力。但牧师还在继续。当他最后停下时,我们也完全没了胃口。就餐时间,牧师一语不发,而他口中发出的咀嚼声证明这冷饭显然很对他的口味。

卫理公会主教派教会教堂的儿童区设在右侧,儿童区的对角是教堂修女的位置。儿童区的长凳间没有多少距离,如果一个孩子长大到腿脚伸展不开,大人们就知道是时候让他去中间坐了。而贝利和我,只有在非正式集会、教友联谊会或类似场合,才会坐在儿童区,与其他孩子坐在一起。但是,星期天托马斯牧师布道的时候,我们只能坐在第一排,也就是"恸哭者之位"[1]。我以为阿妈让我们坐在那里是因为她以我们为傲,而贝利非常肯定地告诉我,那只是因为阿妈希望能把

1　恸哭者之位(mourners' bench):根据"原罪理论"在教堂里设立的位置,一般认为,恸哭者之位是给那些因为自己的原罪而放声大哭的人准备的。

孙子、孙女置于她的绝对掌控之下。

托马斯牧师这回讲的是《申命记》。《申命记》是《圣经》中我最喜欢的一篇,里面涉及的律法是如此清晰而绝对,我知道,如果一个人真希望免于地狱、硫磺、永远烈火灼身之苦,她就必须牢记《申命记》的一字一句,并恪守其中的教义。另外,我也很喜欢《圣经》的语言从口中诵出的感觉。座中的我想听托马斯牧师布道的内容,又极为讨厌他的声音,真是左右为难。

贝利和我孤孤单单地坐在教堂的前排,硬木椅子硌得我屁股和大腿生疼。我想稍微换个姿势,可每次望向阿妈时,她都似乎在恐吓说:"你敢动一动,我就把你撕碎。"所以,我不得不遵从这无声的命令,老老实实地坐着。我身后的教堂里松散地响起几声"哈利路亚""赞美主"或是"阿门",这是女教友们在热身,因为布道还远没有到达高潮。

记得有一次的布道会真可谓热闹非常。

那次我走进教堂的时候就碰到了梦罗(Monroe)姊妹,她张开嘴向大家问好,我清楚地看到了她闪闪发光的金牙。梦罗姊妹住在乡下,因此无法每个星期天都来教堂。可能是为了弥补这一缺憾,她每次来到教堂都会大喊大叫,声音震得教堂直颤。梦罗姊妹是出了名的,只要她一出现,整个教堂的领座员都会向她这边围拢过来,因为他们知道她一旦发起狂来,要三个女的、有时还得再加上一两个男的领座员才能制住她。

49

这次她已有好几个月没来教堂了(听说是去生孩子了),明显是养足了精神。于是,她放声尖叫并舞动着双臂、抽动着身体,领座员过去想抱住她,而她却挣脱了他们,像一条刚捉上岸的鳟鱼,继而一口气跑上了布道台。在圣餐桌前,她浑身抖动,指着当时正在布道的泰勒牧师大喊:"把那事儿说出来,听见没有,把那事儿说出来。"当然,泰勒牧师没理会她,继续布道。于是,她爬上圣餐桌,用尽全身的力气狂叫:"听见没有,把那事儿说出来。"牧师继续布道,只不过口中的话就像棒球一样,一个字一个字地蹦,梦罗姊妹突然跃起,扑向牧师。一时间,教堂里的万事万物,好像全都静止了,除了泰勒牧师和梦罗。大家的心瞬时提了起来,像是一条晾衣绳上吊着的无数袜子。下一刻,梦罗已经抓住了牧师的上衣袖子和后摆,把他拽得东倒西歪。

有一点值得注意,泰勒牧师一直没有停止他的布道。领座员们纷纷向布道台赶去,显然已经失去了平日在教堂里的那份彬彬有礼和从容不迫。如果实话实说,那就是,他们一路飞奔过去营救牧师。后来,两个身着崭新主日礼服的教堂执事也加入了营救的行列。泰勒牧师在继续布道,每一次梦罗被拉开,他都会深吸一口气,接上下面的句子,但梦罗马上又会重新抓住他,并且抓得更牢。泰勒牧师一边布道,一边跳来跳去地躲闪。在他配合营救行动的时候,他的布道依然没有停,只不过声音会低沉下去,像远方传来的隆隆雷声,而梦罗

50

"把那事儿说出来"的尖叫不时刺穿这低沉的声音……事态仍在发展,我们大家怀疑这事会没完没了(我对坏事经常有这样的担心)。如果他们这样吵闹下去,教堂的礼拜会不会像"瞎子捉迷藏"一样无休无止? 会不会因为这事持续的时间太长,而让所有人都想不起考虑"那事儿"到底是指什么?

我其实根本不明白当时发生了什么,因为混乱如瘟疫一般散播到了人群之中。杰克逊执事和威尔逊姊妹显而易见受到了混乱的影响。杰克逊执事又高又瘦,是个安静的人,他是主日学校的兼职教师,现在也加入了营救牧师的队伍。但此时,他忽然向后仰去,发出大树倒地的那种轰鸣,慌张中一只手打在了牧师的胳膊上。这一下一定很痛,因为牧师显然没注意到有人袭击。于是,布道的隆隆声停止了,泰勒牧师一惊之下躲到一边,然后上前一拳打在了杰克逊执事身上。威尔逊姊妹是领座员的组长,她在此时抓住了牧师的领带,在手上缠了几圈,猛地向下拽。人们没时间作出反应,不管是想笑的,还是想阻止的,总之三个人一起摔到了布道台后。在教堂里,所能看到的就是他们六条腿向天竖着,好像一堆引火柴。

而梦罗,这场骚乱的起因,此时却从布道台上安静地走了下来,她看起来有些劳累,口中却慢慢响起了僵硬的曲调:"照我本相,来就耶稣,疲惫、困倦又忧郁。他是我的安息之所,他使我心畅欢。"[1]

牧师见自己已经倒地,干脆就用那快要窒息的声音建议:让我们一起双膝着地,做感恩祈祷。他还说,有大能的天使刚刚到访,让整个教堂同说"阿门"。

第二个星期天,泰勒牧师布道的主题是《路加福音》第18章。他平稳而严肃地谈起法利赛人,昔日他们在大街上祈祷,以真诚的献身精神感动众人。我怀疑到底有没有人得到福音,至少牧师想启发的那些人不会。但执事会还是给牧师花钱做了新礼服,原来那件肯定没法穿了。

托马斯牧师一定听说过泰勒牧师和梦罗姊妹的故事,但我肯定他没有见过梦罗。我对泰勒牧师的布道抱有很高期望,而对托马斯牧师反感依旧,我决定将托马斯牧师这个人屏蔽掉。屏蔽一个人是我极其擅长的技巧。有道是,"乖小孩非礼勿言",这一点正适合我。而我能做到的不仅如此:乖小孩非礼勿听,非礼勿视,只要他们决定这样做。我做出认真听牧师布道的样子,其实在留神倾听教堂里的其他各种声音。

梦罗已经点燃了导火索,它嘶嘶作响地慢慢移动,下一个爆炸点应该是我身后右侧的什么地方。托马斯牧师跳上台,开始了他的布道,我想他是决心让信徒们获得一些应该在教

1　出自圣歌《我听见耶稣说》(I heard the voice of Jesus say)。

堂里获得的东西。我看到本来站在教堂左边大窗户下的领座员小心翼翼地向梦罗靠近，他们步伐缓慢、神情严肃，看起来就像一支送葬队。贝利轻轻碰了一下我的膝盖。在梦罗姊妹事件(后来我们将其简称为"事件")发生的时候，我们没笑出来，是因为惊呆了。而几个星期过去后，只要小声说一句"把那事儿说出来"，我们就能狂笑不止。贝利总是碰一下我的膝盖，遮住嘴小声对我说："听见没，把那事儿说出来"。

我望向阿妈，隔着一方污迹斑斑的地板和一个募捐桌。我希望阿妈的回望可以让我的头脑恢复清明。但是，阿妈却望向了梦罗姊妹，在我的印象中，这是阿妈第一次没有盯着贝利和我。我想她是借此一望，想用那犀利的眼神让那位情绪激动的女士安静下来。而这似乎没起什么作用，梦罗的声音达到了骇人的高度："把那事儿说出来。"

儿童区的一些孩子没能憋住，发出了几阵闷笑，贝利又开始戳我，小声说："把那事儿说出来"。梦罗这时就像在回应贝利，只不过声音大得吓人："把那事儿说出来。"

两个执事护住杰克逊以防意外，另外两个身材高大、表情严肃的男人沿着走廊向梦罗姊妹走去。

教堂里的喧闹声越来越大，托马斯牧师随之提高了他的声音，事实证明，这是一个可悲的错误。梦罗姊妹突然像是受到刺激，径直冲向圣餐桌，一路上她就像夏日的暴雨，突破了包围她的乌云。而这次她没作停顿，直接扑向托马斯牧师，口中还不停地哭喊:"听见没有,把那事儿说出来。"

"乖乖""该死""她要搞他了",一大堆话从贝利嘴里冒出来。

托马斯牧师倒也不会老老实实地等着"被搞",于是,梦罗从右边上去,他就从左边闪下。教堂里的剧变压根没吓倒托马斯,他继续布道,继续躲闪。最后,他停在了募捐桌前,他离我们很近,在我们看来,他就像站在我们的腿上。梦罗也跟着托马斯绕过布道台,她身后还跟着执事、领座员、一些非官方人士、还有年纪稍大的孩子。

正当托马斯牧师翻卷他那粉红色的肥舌头,讲起"尼波山上伟大的上帝",后脑就被梦罗的手包猛击了一下。牧师想要大叫,嘴还没合拢,又挨了一下。令人吃惊的一幕出现了,牧师的假牙掉了,不,应该说是从嘴里飞了出来。

假牙就落在我的右脚边,露出空洞洞的笑,那空洞似乎可以装下整个世界。我当时只要一伸脚就可以把它踢到椅子底下或募捐桌后面。

梦罗仍旧扯住牧师的衣服不放,其他人则几乎把她架在空中,想把她弄出教堂。贝利这时捏了我一下,嘴唇的翕动几不可察:"我现在真想看他吃饭。"

我绝望地看着托马斯牧师。如果他表现出那么一丁点儿的悲伤或窘迫,我都会觉得他很可怜,也就不会笑出来。我的同情心会让嘲笑充满罪恶感。其实,我对在教堂里大笑有着深刻的恐惧。因为如果我不能控制住自己,有两件事一定会发生:其一,我一定会尿裤子;其二,我一定会挨一顿鞭子。而这次我可能真的要完了,因为所有的事情都那么可笑,那么滑稽——梦罗姊妹、想利用眼神控制她的阿妈、一直在我耳边小声说"把那事儿说出来"的贝利,还有那嘴唇一努一努像松弛了的橡皮筋的托马斯牧师。

梦罗的力气大概是用完了,托马斯牧师挣脱了她的手,抽出一个超大的白手帕盖在他那脏兮兮的假牙上,收了起来。手刚从兜里拿出来,他便瘪着嘴说:"我赤裸裸为此而生,正如我赤裸裸为此而去"。[1]

贝利的笑在他体内左奔右突,他极力控制,但还是有一两声从鼻子里挤了出来,听起来像是马儿在打着响鼻。而我却不再压抑笑的冲动,我张开嘴,尽情地释放。我亲耳听见自己的笑声越过布道台,冲向屋顶,冲出窗户。阿妈大声地呵斥:"玛格丽特!"可我听不到。那时的感觉是椅子很滑,我溜到了地板上,而身体里还有更多的笑想喷薄而出。在那一刻之前,我从来都不知道这世界上竟然有如此多的笑,它们冲击着我身体的每一个出口,什么也阻挡不了。于是,我哭,我叫,我放屁还撒尿。我没看见贝利倒在地上,但我滚落在地上,抬眼

---

1 此句应是从《新约·约翰福音》18:37 中"我为此而生,也为此而来世间,特为给真理作见证"转化而来。

看去,他虽然坐着,但也在狂蹬着双脚,疯一样地尖叫。贝利也看到了我,每一次对视都让我们的笑更加失控。贝利似乎想说些什么,但笑声噎住了他,他只从嘴里挤出七个字:"把那事儿说出来"。更多的笑让我打起滚来,一头撞在了威利叔叔拐杖的胶头上。顺着拐杖往上看,我看到一只健壮的棕色大手,顺着大手看去,是白色的袖子,然后是威利叔叔的脸。他的脸半边拉得老长,这通常表示他在哭,或是在笑。而这一次他一字一顿地说:"这回我要亲自拿鞭子抽你。"

我们是怎样走出教堂的,我已经记不得了,只记得威利叔叔把我们拎进了隔壁的牧师休息室。就在那间杂乱不堪的小房间里,贝利和我经受了一生中最严厉的一次惩罚。威利叔叔每打我们一下,都会大喝"不许哭",我是尽力忍住,而贝利却一直大喊大叫。后来,贝利一脸严肃地教育我,如果有人打你,你就使出吃奶的劲大叫,因为这样会让打你的人感到尴尬,或者引来富有同情心的人救你。我们最后得救了,但并不是靠着贝利说的这些理由。因为贝利的叫喊声太大,闹得教堂里的礼拜根本没法进行,牧师的太太不得不过来要求威利叔叔让我们安静一点。

孩子们富有想象力,而笑在他们那里很有可能会转化成歇斯底里。在之后的一连好几个星期里,我都感觉自己有些神经质,再后来虽然好了一些,但我始终觉得脚下就是笑的深渊,任何一点可笑的事都会轻易地将我推下,而之后,等待我的便是死亡。

　　每当贝利再对我说"把那事儿说出来"的时候，我都会拼命打他，眼里还含着恐惧的泪光。

7

　　阿妈一生曾嫁三夫:约翰逊(Johnson)先生,也就是我爷爷,他在世纪之交离开家,留下了两个儿子给阿妈抚养;亨德森(Henderson)先生,我对他一无所知(阿妈对与她直接相关的问题从不回答,除了宗教信仰);最后一个是墨菲(Murphy)先生,我见过他一次。一个星期六的晚上,他路过斯坦普斯,阿妈让我帮他打个地铺。墨菲先生身材粗矮、皮肤黝黑,头戴一顶乔治·拉夫特[1]风格的翻檐帽。星期天的早上,他在商店周围走来走去,我们从教堂回来时还看到他。那天也是我

1　乔治·拉夫特(George Raft, 1901—1980):美国电影明星、舞蹈家,因出演 20 世纪三四十年代的一系列黑帮片而出名,代表作是《热情如火》(*Some Like it Hot*)、《法网惊魂》(*Each Dawn I Die*)和《卡车斗士》(*They Drive by Night*)等,而他在从影前确实给黑帮做过跑路司机的经历也让他演起戏来得心应手。

记忆中威利叔叔第一次没去参加礼拜。贝利说,威利叔叔在家是为了看住墨菲,不让他偷东西。墨菲先生在吃过阿妈准备的丰盛午餐后不久就离开了。走的时候,他推起帽檐,露出了额头,一边走一边吹着口哨。我注视着他宽厚的背影远去,直至消失在白色教堂的转弯处。

人们谈起阿妈,都说她是个好看的女人。那些人记得她年轻时的模样,说她那时妩媚动人。但我眼中的阿妈仅仅是力量和权威的象征。在我认识的人中,她是最高大的女人,她的手掌宽大,放在额头上可以同时碰到我的两只耳朵。她声音柔和,但那是她刻意为之。在教堂里,当受邀领唱时,她就像从嗓子里拔出了塞子,宏亮、甚至有些粗野的声音击碎了空气,直奔每一个听众的耳朵而去。

每一个礼拜日,只要阿妈一落座,牧师就会宣布:“下面有请亨德森姊妹领唱。”而每一次听到这句话,阿妈都会一脸迷茫,轻轻地问一句:“是叫我吗?”在确认自己没听错之后,阿妈放下手袋,优雅地折好手帕,并且将它平整地放在手袋上。做完这些事情后,阿妈扶着前面的椅背站起身来,开始领唱。一张口,那歌声就像在喉咙里等待了很久一样,跳跃而出。周复一周,年复一年,这种演唱从未改变,也从未有人怀疑过阿妈的歌声与歌唱的真诚。

阿妈希望贝利和我可以学会她和她那一代人的生存之道:一种所有黑人都体验过、被证明是安全的道理。她教育我们,与白人说话是一件有生命危险的事情,在任何情况下绝不要对白人无礼。即便是在没有白人在场的时候,谈论起他们也不能过于粗鲁,除非我们使用暗语"他们"。倘若有人质疑她这样做是否太过懦弱,阿妈就会回答说她只是个现实主义者。"懦弱"显然并不适用于阿妈,因为是她在年复一年地抵抗着"他们"。她也是斯坦普斯惟一一位被冠以"夫人"之称的黑人妇女。

那是一个流传在斯坦普斯的传奇。在贝利和我来到这里之前,某人因袭击白种女人而遭追捕。为了逃命,他躲到了店里。阿妈和威利叔叔把他藏在大衣柜后面,直至夜晚降临。那人离开时,阿妈还给了他一笔钱做盘缠。但他还是被抓到了,在法官问他犯罪当天都做了什么的时候,他回答说,一听说有人要抓他,他就躲到了亨德森夫人的商店里。

于是,法官传唤了"亨德森夫人"。而当阿妈来到法院,并说她就是"亨德森夫人"时,法官、法警和其他所有在场的白人都大笑不止。法官称一个黑人为"夫人",真是出了丑,但他是从派恩布拉夫[1]来的,怎么能指望他知道一间乡下商店的老板娘是个黑人呢?白人们在很长时间里都将这件事当作引人发笑的谈资,而黑人则认为它证明了阿妈的价值和尊严。

---

1 派恩布拉夫(Pine Bluff):阿肯色州的一个城市。

8

阿肯色州的斯坦普斯(Stamps)是以殖民者后代詹姆斯·哈代·斯坦普斯的名字命名的;佐治亚州的奇特林(Chitlin' Switch)镇名的意思是"黑人戏院之路"[1];阿拉巴马州的韩镇(Hang Em High)说的是"把他们高高地吊起来";密西西比州的黑鬼镇意为"黑鬼,别让太阳在你这里落下去"——这些都是与黑人有关的描述性地名。而斯坦普斯的黑人曾说,这儿的种族歧视最严重,除了独立日之外,黑人在斯坦普斯甚至不能买白色的香草冰淇淋。所以,在普通的日子里,黑人只能吃黑色的巧克力冰淇淋。

在这里,有一层无形却坚韧的薄幕将黑人社会与一切"白

---

1 Chitlin 是指"黑人戏院",据称黑人喜食猪小肠(chitlins),故名。

人(色)的东西"隔绝开来,但里面的黑人还是可以看到白人的世界,这让他们对"白人的东西"——白人的汽车、白人豪华的房屋、白人的孩子和女人——产生了一种既害怕又羡慕的感觉。总而言之,最让黑人妒忌的是白人可以尽情挥霍的财富。他们拥有那么多的衣服,他们送给学校缝纫班用来练习的,也只不过是腋下有点旧而已。

其实黑人邻里之间也总是涓滴互助,但这都是建立在"牺牲自我"的痛苦之上的帮助。黑人捐赠给黑人的东西,一般对双方来说都是急需品。而这种给予与接受体现的是贫穷者相互支持的生存关系。

我无法理解白人,无法理解他们为什么可以如此随意地花钱。当然,我知道上帝也是白人,但我绝对不会相信,上帝会因此而歧视我们。阿妈是黑人中的富有者,她比任何一个白人混混都有钱,她拥有土地和房产。但即便如此,她还是不断提醒贝利和我:"无浪费则不匮乏。"

阿妈每年会买两匹布来给我们做夏冬两季的衣服。我上学穿的外套、衬裙、裤子、手帕,贝利的衬衫、短裤,阿妈自己的围裙、便服等都是她亲手做的,其材料就是西尔斯·罗巴克公司[1]运到斯坦普斯的布匹。威利叔叔是家里惟一一个总是买

---

[1] 美国一家以农民邮购业务起家的公司。创办于1886年,自20世纪初开始成为零售业的龙头老大,直至20世纪90年代初才被沃尔玛超越。

成衣穿的人。每天他都穿着干干净净的白衬衫,绣花吊带裤,而他脚上那双特制的鞋子需花费二十美元。我觉得威利叔叔这样爱慕虚荣是有罪的,特别是在被迫给他熨烫衬衫、还必须一丝不苟的时候,我满脑子想的都是这个论断。

在夏天,除了星期天之外,我们都打赤脚,也学会了在鞋子像阿妈说的那样"罢工"的时候让它们重新打起精神来。我们的生活一如既往,而白人的生活却发生了变化。大萧条[1]暴风骤雨般地席卷了白人区,而进入黑人区时,它却像一个瞻前顾后的小偷,行动迟缓。等到斯坦普斯的黑人感受到这场世界性的大危机时,我们的国家已经在萧条中度过了两个春秋。我想所有的黑人都认为,像很多事情一样,大萧条只与白人有关,所以我们不必关心。在斯坦普斯,黑人靠土地为生,他们采摘棉花、帮人锄地、砍伐木材,以赚取买鞋子、衣服、书籍和农具的钱。后来农场主把采一磅棉花的工钱从一毛降到了八分,又从八分降到七分,最后降到了五分,这时黑人们才意识到:至少,大萧条没歧视我们。

福利机构为穷人家提供食物:猪油、面粉、盐、鸡蛋粉和奶粉。在这件事上,黑人得到了和白人一样的待遇。那时没有人再去养猪,因为泔水里根本就没啥内容,养不活猪,更没有

---

1 大萧条(The Great Depression):1929 年至 1933 年之间从美国开始并蔓延至全球的经济大衰退。

人会有闲钱去买饲料。

商店的生意也受到了影响,阿妈用了好多个晚上拟定我们的新价目表,非常认真。她希望在所有客人都没有钱的情况下,生意也可以维持下去。最后,她作出了决定,对我们说:"贝利,你去给我做一个干净漂亮的牌子,要好看但不必复杂。玛格丽特,你帮贝利给牌子上点颜色。牌子的内容是:商店收购——1 罐 5 磅装的奶粉 5 毛钱;1 罐 5 磅装的鸡蛋粉 1 块钱;10 罐 2 号鲭鱼罐头 1 块钱……"

阿妈就这样使商店的生意维持了下去。发展到后来,有些客人甚至根本不把救济品带回家,他们从市区福利中心领了食物之后,径直拿到商店来换成现金。如果他们当时不是很缺钱,还可以把账记在店里的一个灰色大账本上。我们是斯坦普斯不靠救济生活的少数黑人家庭之一,而贝利和我清楚地知道是谁在吃着救济的鸡蛋粉,喝着救济的奶粉。我想我们也是惟一知道这些的孩子。

我们小玩伴的家人会拿不想要的食物来换些糖、煤油、调料、腌肉、维也纳香肠、花生酱、苏打饼干、香皂和肥皂。贝利和我通常都有足够的吃的,但我们都不喜欢成天吃那些疙疙瘩瘩的冲奶粉和黏黏糊糊的冲鸡蛋粉。所以有时我们会去条件稍差的朋友家里吃一点花生酱和饼干。在斯坦普斯,大萧条来得慢去得也慢。第二次世界大战都开始了,在这个被遗忘的小村庄,经济状况还没有发生明显的改善。

一个圣诞节的早上，贝利和我收到了爸爸妈妈寄来的礼物。他们住在一个叫作加利福尼亚的地方，但并不住在一起。从别人口中我们得知，加利福尼亚是一个天堂一般的地方，生活在那里的人有吃不完的橙子和享受不尽的阳光。但我确信那不是真的，因为我难以想象，我们的妈妈在阳光下吃着橙子，高兴地大笑着，却不管她的孩子。其实在收到礼物的那个早上之前，我一直以为他们都已经死了。我一想到妈妈躺在棺材里（虽然我不知道她长什么样），就随时可以哭起来。在我的想象中，妈妈满头黑发，披散在一个白色的小枕头上，身体上盖着被单。她的脸是棕色的，很圆，跟阿妈一样，但我在这张脸上却勾勒不出更多的细节了。每念及此，眼泪就会像微温的牛奶滑落面额。

后来就是那个糟糕的圣诞节和糟糕的礼物。爸爸送来的是他的照片，后来我发现这是他虚荣心的典型表现。妈妈给的礼物是一套茶具——一把茶壶、四套杯碟和小茶匙——和一个蓝眼睛、红脸蛋、黄头发的洋娃娃。我不知道贝利的礼物是什么，我拿到礼物打开盒子后就躲到了后院的楝树下。那天很冷，空气清冽如水，长椅上还结着白霜，但我径直坐在上面哭了起来。当我抬起头的时候，贝利也从屋里走了出来，擦着眼泪。他刚才也哭了。我那时不知道他是否也像我一样告诉自己父母已双亡，而事实残酷地打碎了他的梦，又或他仅仅是因为感到孤独而哭泣。礼物打开了一扇门,指向了那个我们已回避许久的问题:他们为什么把我们送走? 莫非我们做错了什么? 是什么错误严重到让他们一定要离开我们? 为什么在我们三四岁的时候,他们竟忍心给我们系上个标签就托付给一个素不相识的列车员(更不消说他在亚利桑那就下了车),又怎么忍心在我们那么幼小的时候就让我们独自横越美国大陆,从加利福尼亚的长岛坐火车到阿肯色的斯坦普斯?

贝利在我身边坐下,那一次他没劝解我。于是我继续哭,他也忍不住抽泣,我们都没有说话,最后阿妈把我们叫进了屋。

屋里的圣诞树上挂满了银丝带和漂亮的彩球,阿妈站在树下对我们说:"你们这俩孩子是我见过的最不知感恩的东西。你们爸爸妈妈费这么大劲寄来这些好看的礼物,图的就是让你们在冷风里哭鼻子吗?"

我们俩一言不发。阿妈接着说道:"玛格丽特,我知道你喜欢哭,可小贝利你又是为什么哭得像个小姑娘一样? 难道是因为,就是因为薇薇安和大贝利送来的这些礼物吗?"我们仍是不愿回答,阿妈便问我们:"你们是想让我告诉圣诞老人,让他把这些东西收回去?"撕心裂肺的痛苦将我淹没,我真想大声地回答:"是的,让他把东西拿回去。"可其实我什么也没做。

后来贝利和我谈论此事。他说,如果这些东西真是妈妈

66

寄来的，也许就意味着她可能要来接我们。也许几年前她只是生我们的气，而现在已经原谅我们了。圣诞节的次日，贝利和我就把洋娃娃撕得稀烂，但他警告我说要把茶具保存好，因为妈妈可能会在某个白天甚至深夜不期而至。

9

    一年后的一天，爸爸来到了斯坦普斯，事先谁也不知情。面对现实的感觉对贝利和我来说简直是糟透了。我们，至少是我，经年打磨关于父母的幻象，在见到爸爸的那一刻它就像一条纸链般被扯成了碎片。爸爸开着一辆灰色汽车来到商店的前院。车很干净，他一定是在小镇外擦洗过，那是为了"重要时刻"的到来而做的准备。贝利懂点车的品牌，说那是一辆"德索托"[1]。初见爸爸，他的高大让我吃惊。他肩膀极宽，在我看来宽得连进门都得侧身。他很高，比我见过的所有人都高。他还很壮，因为我知道那一定不是胖，而是"魁

1　"德索托"（De Soto）品牌由沃尔特·克莱斯勒（Walter Chrysler）于 1928 年创立，是当时中等价位汽车的代表。

梧"。衣服穿在爸爸的身上显得太小,至少比斯坦普斯人习惯的样式更紧身,也更柔软。总之,爸爸英俊得耀眼。阿妈见到爸爸大叫道:"贝利,我的孩子。哦,上帝,我的贝利。"威利叔叔吃惊得有点结巴:"贝—贝—贝利。"我哥哥说:"乖乖隆地咚,是他。他就是咱爸。"我七岁大的世界就此发生了翻天覆地的变化,再也无法回到从前。

爸爸的嗓音具有金属勺子敲击金属水桶般的磁性,他还说一口标准的英语,和学校的校长一样好,甚至更好。但爸爸的每句话中都会习惯性地夹带"哦"(er)音,他使用这个音就像以动动嘴唇来表示微笑一样频繁而慷慨。爸爸的嘴角不是像威利叔叔的那样向下弯,而是撇向一边,他的头总是歪着,我从没见过它直直地待在脖子上。他的神态始终提醒着别人,他不相信任何人讲的任何话,包括自己正在说的。他也是我见到的第一个世俗的人。"原来,哦,这就是爸爸的小伙子。来告诉我,有没有人,哦,告诉你,哦,长得像我?"他一手搂着我,一手搂着贝利。"还有爸爸的宝贝女儿。你们在这,哦,一直都是好孩子,是不是? 如果,哦,你们不乖,我早就从圣诞老人那里,哦,听说了。"起初我很骄傲,迫不及待地希望爸爸来到斯坦普斯的消息传进小镇上每个人的耳朵里。其他的孩子一定羡慕我们有这么英俊的父亲吧,也会羡慕爸爸跑这么老远来看我们。听他说话,瞧他的穿着打扮和开的车,每个人都能猜出他很富有,甚至可能在加利福尼亚拥有整个城堡。(日后我才知道,他当时只是圣莫尼卡布瑞克斯豪华酒店的门卫。)随后,我意识到他们或许会拿我和爸爸作比较,我们一点也不像,因而,我又不希望任何人见到他。也许他不是我的亲生父亲。贝利是他的亲生儿子,这一点绝对错不了。而我可能只是一个孤儿,贝利的父母领养我只是为了给贝利做个伴。

当爸爸看着我时,我总是很紧张,总是希望自己变得像小提姆[1]一样小。一天吃饭的时候,我左手拿叉,右手拿刀,从刀的第二个齿开始刺进炸鸡,并用力锯鸡骨头——一切都严格照阿妈教我们的礼仪进行。爸爸看到我这样,放声大笑,我抬起头来,见他正学我的样子,两只胳膊上下翻动,还说:"爸爸的宝贝是要飞走吗?"阿妈笑了,威利叔叔笑了,贝利也忍不住笑了几声。爸爸对自己的幽默甚是得意。

一连三个星期,商店里天天人满为患,有爸爸小时候的同学,也有素昧平生的"仰慕者"。有人充满好奇,有人心怀妒忌,而爸爸只管高谈阔论,肆意挥洒着他的"哦"音。这一切都落在了威利叔叔冰冷的眸子里。后来,爸爸说他得回加利福尼亚了。我如释重负,虽然我的世界可能会变得空虚无聊,但那种所有私人时间都被人占据的不自在感将一去不返。而且

---

1 小提姆(Tiny Tim)的全名是"蒂莫西 · 克拉特基特"(Timothy Cratchit),是狄更斯小说《圣诞颂歌》(*A Christmas Carol*)中的人物。小提姆在小说中是鲍伯 · 克拉特基特(Bob Cratchit)的孩子,身形矮小。

我再也不用担心他会离开,自从爸爸来到之后便一直悬在心中的那种恐惧也将不复存在。我不用再考虑我是否爱他。爸爸经常问我们:"爸爸的宝贝愿不愿意和爸爸一起去加利福尼亚呢?"对于这个问题,我也从不回答。贝利曾说他愿意去,但我始终保持安静。阿妈也会松一口气,虽然她不介意多为大贝利烧些风味特别的饭菜,也很享受向邻里炫耀儿子的时光。但威利叔叔却在爸爸日复一日的夸夸其谈中忍受着巨大的痛苦,像鸟妈妈一样,阿妈更关心的是她身患残疾的后代,而不是可以自由飞翔的孩子。

爸爸可能会带我们一起走! 这个想法几天来一直在我脑子里回响,有时甚至会让我不由自主地跳起来,就像匣子里的小丑一样[1]。所以,每天我都要抽点时间去平时人们抓鱼的池塘散散心。我去的时候一般不是很早就是很晚,那会子没人抓鱼,因此我可以独自享受那一片空间。站在墨绿色的泥塘边,我的思绪像水蜘蛛一样,时东时西,一会想这,一会想那,一会又不知飘到哪里去了。我要不要和爸爸一起走呢?我是不是应该跳进这池塘(我又不会游泳),和去年淹死的小男孩做个伴? 我是不是应该哀求阿妈让我留下来和她在一起? 我可以求她说,我愿意把贝利留下的家务都做掉,还不耽

---

1 此处原文是 jack-in-the-box(玩偶匣),它是一种吓人用的小玩具。匣子一打开,里面的小丑就会跳起来。

误自己原来的那份。我有没有勇气面对贝利不在身边的生活？然而，关于这些问题，我一个也找不到答案，于是每次我胡思乱想之后，再背上几首赞美诗，便回家了。

阿妈连夜为我赶制圆领套衫和裙子，她原来从白人女仆那里换来了一些旧衣服，现在剪开来就成了新衣服的原料。阿妈显得很忧伤，但我发现，每当她看着我时，总会说："从现在起，你要做个乖孩子，听到没？不要让别人说我没把你教育好，听到没？"这听起来就好像我一直以来并不是一个好孩子。但阿妈没有把我搂在怀里哭泣，如果她这样做，连她自己都会觉得吃惊。工作、责任、宗教和"地位"充满了她的世界，我想阿妈本人也许都没意识到，她对身边的一切都寄托了无比深沉的爱。很久以后，我曾问过她是否爱我，阿妈却敷衍我道："上帝就是爱。只要你是个好孩子，上帝就会爱你。"

我坐在"德索托"汽车的后座，身边是爸爸的皮箱和我们的硬纸箱。车窗大开，但阿妈为我们准备的炸鸡和红薯派的气味挥之不去。后排的空间很小，我伸不开腿，爸爸知道这一点，时不时问我："爸爸的宝贝，你在那里舒服吗？"答案当然是："舒服。"但他从不等我回答就继续与贝利说笑。他们讲了很多笑话，贝利一直在笑，还帮爸爸拿烟。爸爸说："来，小伙子，帮我开开这东西。"贝利遂把一只手放在了方向盘上。

我们经过的城镇大同小异，沿途的房子又小又丑、了无生趣，我不再关心窗外，只独自聆听着轮胎亲吻大地和发动机低沉吟唱的声音。我当然很生贝利的气。他无疑是在刻意讨好爸爸。他甚至开始学爸爸的笑，"吼，吼，吼吼"的，像一个小圣诞老人。

"见到妈妈你心情会怎么样？会非常高兴吗？"爸爸问贝利。而这个问题却穿透了我为自己设置的隔音层，到达我的耳朵里。我们此行是去看妈妈？我原以为我们是去加利福尼亚。忽然之间我感到非常害怕，如果她像爸爸一样笑话我们，如果她已经有了别的孩子，并且和她住在一起，那可怎么办？我说："我想回斯坦普斯。"爸爸笑着回答："你的意思是，爸爸的宝贝不想去圣路易斯见她的妈妈吗？你知道，她又不会吃人。"

爸爸转向贝利，对他说："小贝利，问问你妹妹，她为什么想回斯坦普斯。"我看着爸爸的侧脸，他是那样地不真实，就像一个会说话的木偶。他的话听起来更像白人说的，而不是黑人。也许他是世界上惟一一个棕色皮肤的白人。也许是我运气好，摊上了这样一个爸爸。但贝利这时安静了下来，自打从斯坦普斯出来，这是他第一次沉默。我猜，他也在想着要见妈妈的事。八岁的他如何能够容纳这么多的恐惧？他必定抿紧嘴唇，把上面的恐惧吞到扁桃体后面；缩起双脚，把下面的恐惧屏在脚趾中间；最后还要夹紧屁股，把后面的恐惧挤回前列腺。

"小贝利，难道是小猫抓住你的舌头了？如果我告诉你们

73

的妈妈，她的孩子不愿意见她，她会怎样想啊。"这句话让贝利和我都受到了震动，我又哭了起来。爸爸从椅背探过身来，对我说："她是你亲爱的妈妈啊，你心里明白你是想见她的，对不对？不要哭了。"爸爸笑了笑，重新坐稳。我猜他一定在问自己："对孩子们刚才的表现，她会怎样想呢？"

我停止了哭泣，反正现在也没什么可能再回斯坦普斯和阿妈的身边。贝利也不站在我这一边，这点我很清楚，于是我决定擦干眼泪，不再说什么，静静地等待见到"亲爱妈妈"的那一刻。

圣路易斯给我的感觉是炎热和肮脏，只不过是一种与斯坦普斯不同的炎热和肮脏。那些被煤灰覆盖的建筑拥挤在一起，没有给我留下任何好印象。我的直觉告诉我，我们正驶向地狱，而爸爸就是那个前来接引的魔鬼。

只有在极为紧急的情况下，贝利才允许我使用黑话拉丁语[1]，但那个下午已经属于"极为紧急的情况"了。我确信，我们至少在同一个转角经过了五十次，就问贝利："你觉得他是我们的爸爸吗？或者我们已经被绑架了。"（黑话拉丁语）贝利回答："天，我们是在圣路易斯，而且马上就要见到妈妈了。不用担心。"爸爸扑哧一下笑了出来，然后用黑话拉丁语说："我

---

1 黑话拉丁语（Pig Latin）是一种特殊的黑话，其规则是将每个单词的首字母移至词尾，并加上"ay"构成新词，比如，"father"的变体是"atherfay"。这种黑话常在儿童间使用。

为什么要拐你们？你以为你们是富豪的孩子吗?"我原以为是我哥哥和他的朋友们发明了黑话拉丁语,但是爸爸戳穿了这个谎言,对此我也不是十分惊讶,因为大人玩弄小孩子的事情也不只一桩。尽管如此,我依然非常生气,气愤于成年人的背信弃义。

描述妈妈是一件很难的事,不啻于刻画风暴无尽的力量和彩虹渐变的美丽——那样令人赞叹,却又无从下笔。到达妈妈的家中,外婆接待了我们。在装饰豪华的客厅里,我们紧张地挨着椅子的一角等待。爸爸与外婆随意地交谈,就像白人在和黑人说话,毫无局促和不安。而一旁的我们却心中忐忑,一方面害怕见到妈妈,一方面又因为妈妈的迟迟不到而焦灼不安。看到妈妈的第一眼,我即深刻地体会了"目瞪口呆"和"一见钟情"的含义。妈妈的美甚至让我感到痛苦。她皓齿朱唇(阿妈说用口红是一种罪),皮肤是鲜黄油般的棕色,干净得近乎透明。她的每一个微笑都从两颊荡漾开去,穿透墙壁,经过街道,传向远方。我真的目瞪口呆,也立即明白她为什么要把我送走。她美得超凡脱俗,根本不可能弄个孩子跟在身边。我也从未见过任何一个如此美貌的女人被称为"妈妈"。而贝利则实践了一见钟情。我看到他眼光闪动,想必早已忘记曾经的孤独,忘记"没人要的孩子"相拥而泣的那些夜晚。他似乎从未远离妈妈温暖的怀抱,也从未与我共同面对冰冷的寂寞。她是贝利亲爱的妈妈,他们俩都有美丽的外貌和十足的个性。而我平凡得什么也没有,我真的不能确定自己是谁的孩子,因为我不像妈妈,远不如贝利像,甚至也不像贝利。

几天后,爸爸离开圣路易斯,回加利福尼亚去了。我对此既不高兴也不伤心。因为爸爸是个陌生人,如果他决定把我们交给另一个陌生人,对我们来说,情况其实也一样。

10

　　外婆被称为巴克斯特夫人,她有四分之一或八分之一的
黑人血统,换句话说,她几乎是个白人。她成长于伊利诺伊州
开罗市的一个德国家庭,在1900年左右来到圣路易斯学习护
理。学业结束后,她在荷马·G.菲利普医院[1]找到了一份工
作。在那里,外婆遇到了外公巴克斯特,并和他结了婚。她是
个白人,至少在外貌上看不出一丁点儿黑人的特征,而他是个
纯粹的黑人。她一生都操着深沉低哑的德国口音,而他说话

---

[1] 荷马·G.菲利普医院(Homer G. Phillips Hospital):坐落于密苏里州
　圣路易斯市加里森大街2601号。1937至1955年间,它是该市惟一服
　务非裔美国人的医院,其他市立医院都是实行种族隔离的。该医院于
　1979年关张,在运营期间,这家医院是美国少数几家培训黑人医生和
　护士的医院之一。1980年,被列为圣路易斯市的地标建筑,2003年作
　为高级公寓重新开张。

则始终改不了西印度群岛土著方言的习惯,抑扬顿挫,子句繁多。

外婆和外公的婚姻是幸福美满的。外公有一句让家人颇为自豪的名言:"去你的上帝,我为我的老婆、孩子和狗而活。"外公小心翼翼地捍卫着他的这句话,他相信他的家人,为此不惜罔顾事实。

圣路易斯市的黑人区在二十世纪三十年代是一个十足的"淘金热"小镇,那里,酗酒[1]、赌博及其相关行业,都在公然进行。它们随处可见、无人禁止,我真的很难相信它们是违法的。贝利和我在学校是新人,很快就有同学告诉我们街角那些人姓甚名谁。我确信他们的名字是根据狂野的西部小说起的,比如,大力吉米(Hard-hitting Jimmy)、双枪客(Two Gun)、情郎(Sweet Man)、扑克皮特(Poker Pete)。他们总是在酒吧门前晃来晃去,搞得像牛仔一样(只是没有马),这也证实了我的推断。

黑人区满是皮条客、赌徒、梦想着中彩票的人和威士忌推销员,他们遍布街头巷尾,甚至,很不幸地,走进了我们雅致的客厅。我放学回家经常可以看到以下情景:他们坐在凳子上,手里端着帽子等待外婆出来,行为举止就像我们初来乍到时

---

[1] 从 1919 年 10 月 28 日《沃尔斯特法案》(Volstead Act)通过到 1933 年 12 月 5 日宪法第二十一修正案通过,这段时间是美国的禁酒时期,任何制造、运输和销售酒精饮料的行为都是违法的。

一样。

外婆的白色皮肤为她赢得了很多尊重。而她自己更是喜欢有意地将夹鼻眼镜摘下，让它自然地挂在衣服链上，显得气度不凡。她的六个孩子都恶名远播，而且她还是选区区长，这些让她即便面对最卑鄙的恶棍也毫无惧色。外婆对警察局有着非同寻常的影响力，所以那些衣着光鲜、伤疤新鲜的家伙像在教堂里一样谦恭有礼地坐着，安静地等她回来，帮他们求情。如果外婆能帮他们的赌场"灭火"、躲过一劫，或是说句话减少他们正关在大牢里的朋友的保释金，他们也很清楚应该怎样答谢她。在下一个选举日，他们会从所在街区拉来很多选票。于是，外婆总是为他们赢得宽大处理，他们也总能为外婆拉来足够的选票。

在圣路易斯的生活也让我认识了薄片火腿（我觉得那是最精美的食物）、吉利百利花生糖豆、生菜三明治、手摇留声机，让我懂得了对家庭的忠诚。在斯坦普斯，我们吃自己熏制的猪肉，早餐的火腿一般都有半英寸厚。而在圣路易斯，我们从一家味道怪怪的德国商店里买火腿，火腿轻薄如纸，可以夹在三明治里吃。外婆不曾改变德国口音，也从未失去对德国面包的喜爱。这种面包又黑又厚，并且买来时从不切片。在斯坦普斯，生菜只是用来做土豆色拉或卷心菜色拉的衬底。而花生则是刚从土里刨出来的，只消晚上放在炉子底下慢慢烘烤，香气就会充溢整个房间，我们每次都免不了吃多。但这些都属于斯坦普斯过去的时光。在圣路易斯,花生是放在袋子里和糖豆一起卖的,这意味着我们每一口都混合了咸味和甜味。我觉得这是一种很好吃的搭配,也是大城市给我的最好礼物。

贝利和我在圣路易斯进的是杜桑·卢维杜尔[1]文法学校(Toussaint L'Ouverture Grammar School),刚一入学,我们就诧异于学校中同学的无知和教师的粗鲁。好印象是,校舍的面积很大,就连斯坦普斯的白人学校也不能与其媲美。

圣路易斯学校里同学的不学无术让我吃惊。贝利和我在阿妈的商店里天天算账,所以在算术方面得心应手。我们书读得也很多,因为在斯坦普斯除了看书也没什么别的事情可做。老师们决定让我们跳一级,他们觉得如果再让这两个乡下小孩在班里,会让别的学生感到自卑:我们也的确可以做到这一点。贝利总是忍不住提醒同学,他们是多么没有见识。午饭时间,在灰色的水泥运动场上,他经常站在一大群高年级学生中间大声地问:"你们知道谁是拿破仑·波拿巴吗?""一

---

1 杜桑·卢维杜尔(1743—1803):海地历史上最伟大的人物,海地革命领导者之一。杜桑·卢维杜尔生于布雷达种植园一个黑人奴隶家庭。1777年成为合法的自由民。1791年北部省发生奴隶暴动后,他率领一千余名奴隶加入起义队伍。1794年他与法军联合将西班牙殖民军逐出海地北部,宣布废除奴隶制度,1798年海地西部的英国殖民军也被他逐出。1801年统一整个海地岛,建立革命政权,颁布海地第一部宪法,他被推举为终身总统。1802年拿破仑派遣远征军入侵海地,迫使杜桑·卢维杜尔求和。1803年,杜桑·卢维杜尔病死法国狱中。

英里合多少英尺?"这可以说是一场近身格斗,贝利式的。

其实在场的任何一个人都可以用拳头将贝利打翻在地,但如果他们这样做了,他们第二天还要费劲再做一次,而第三天贝利还会侃侃而谈,完全不提前两天的事。贝利曾教我在打架时应该怎么做:"应该直接去抓他的蛋蛋。"而我问到"如果对方是女孩应该怎么办"时,他缄口不答。

在那个学校我们整整待了一年,而我在那里学到的惟一新东西就是:"把圆划上一千遍可以提高书法水平。"

然而,不得不承认的是,圣路易斯学校里的老师比斯坦普斯的更体面。他们从不用鞭子抽学生,最多是用戒尺打打学生的手心。相形之下,斯坦普斯的老师更亲切,一是因为他们都是阿肯色黑人学院毕业的,二是因为他们在斯坦普斯既没有房子也不住旅店,只能借宿普通人家。如果一个女老师交了男朋友,到了周末绯闻就会传进孩子们的耳朵,如果一直没人给她写信,或者她夜晚独自在房间里哭泣,那么第二天大人孩子都会讨论她的道德、孤独和其他方面的是是非非。其实,在这样一个无所谓隐私的小镇,想保持体面是根本不可能的。

圣路易斯的老师则很会装模作样,他们喜欢居高临下的姿态,更喜欢身为白人的优越感。他们,无论男女,都像爸爸一样满口的"哦"音,都紧并着两腿走路,都紧绷着嘴唇讲话——如果他们不是害怕吸进对方的臭气,就一定是害怕声音从嘴里传出来。

在冬天上学的时候,我们要绕过一大堆砖墙,还要吸一鼻子的煤灰才能到学校。这让我们每天都很沮丧。不过,也是那个冬天,我们学会了说"是"和"不是",而原来我们只被允许说"是的,夫人"和"不是,夫人"。

我们很少在家里见到妈妈,偶尔碰面也是在路易酒吧。这个酒吧位于学校附近一座桥的对面,狭长而幽暗,酒吧的主人是两个叙利亚人。

我们一般是从后门进酒吧,那里混合着木屑、腐败的啤酒、蒸汽和煮肉的味道,闻起来就像是吃了卫生球一样恶心。妈妈给我剪了和她一样的波波头,并且拉直了上面的小卷。新发型的感觉就像是没了头皮,脖子后面也空荡荡的,只要有人走在我的后面,我就会觉得特别难为情。自然而然,这让我养成了有事没事猛然回头看的习惯,仿佛后面会发生什么事情一样。

在酒吧里,妈妈的朋友称我们是"宝贝的小宝贝",还给我们软饮料和鲜虾。当我们在硬邦邦的椅子上安顿下来,妈妈就会随着西伯格(Seeburg)牌留声机播放的音乐翩翩起舞。她就在我们的面前,独自舞蹈,如一只美丽的风筝,飘在我头顶的天空,这是我最爱妈妈的时刻。如果我愿意,我还可以随时把她拉回自己的身边,比如我说我要去厕所,或者和贝利打一架。我从来没有这样做过,但是有权力这样做的感觉让我的心更靠近她。

有时妈妈会唱起沉缓忧郁的蓝调，这是贝利和我听得懂的歌曲。而在这个时候，那对叙利亚兄弟就会不断表现，希望引起妈妈的注意。他们甚至和其他客人谈话时，也目不转睛地看着妈妈。我知道他们也迷上了这位千娇百媚的女士，因为她身体每一分细微的移动都倾诉出世界上最美的语言。我们在路易酒吧学会了节奏步。节奏步是美国黑人舞蹈的基本舞步，其他所有的舞步都从它衍生而来。它包括一系列的踢踏、跳跃和休止，并且需要很好的节奏感和协调性。学舞步时，我们被带至台前，下面坐着妈妈的朋友们，那真有舞台的气氛。贝利学得很快，几乎每次都跳得比我好。但我最后也学会了，因为我下定决心要像背下九九乘法表一样搞定它。不过酒吧里没有威利叔叔的大手和滋滋作响的火炉，有的只是妈妈和她那些开怀大笑的朋友们，但他们的激励作用对我来说是一样一样的。跳得好的时候，我们会赢得掌声和欢呼，也会得到更多的软饮料和鲜虾，而多年以后，我更是在舞蹈中找到自由与欢乐。

妈妈的三个兄弟，也就是我的三个舅舅，塔提（Tutti）、汤姆（Tom）和艾拉（Ira），在圣路易斯尽人皆知。舅舅们在城市里都有工作，回头想想，我才意识到这对黑人来说是多么地不可思议。他们的家庭出身和工作使他们区别于一般的黑人，而真正让他们出名的是他们接连不断犯下的恶行。外公曾告诉他们："别管什么上帝,如果你们因为小偷小摸这种蠢事进监狱,那是活该倒霉,我才不会救你们。如果你们因为打架被抓起来,我会卖房子卖地卖股票,砸锅卖铁也要把你们弄出来。"有了外公的这番鼓励,再加上他们本来的脾气,也难怪他们成了人见人怕的角色。我还有一个最小的舅舅,叫比利(Billy),他因为年纪小而没能加入兄长们的行列。舅舅们曾做过一件极为过分的事情,日后却被他们夸耀成家族的传奇。

帕特·帕特森(Pat Patterson)是个臭名昭著的大块头。一天晚上,妈妈独自出门,而这个家伙极其愚蠢地辱骂了她。妈妈回家后把这件事告诉了她的兄弟们。舅舅们立即派他们的手下去街上寻找这位倒霉的帕特森,并叮嘱手下一有消息马上打电话回来。

整个下午,他们都在等待,客厅里混合着浓浓的烟味和商量计划的低语声。外公也曾来过一次,不过他只是说："别弄死他,记住,千万别出人命。"说完,他就回厨房陪外婆喝咖啡去了。

他们在一个酒吧找到了帕特森,他当时正坐在一张小桌子边喝酒。汤姆舅舅站在了门边,塔提舅舅守在厕所附近,而年纪最长也最英俊的艾拉舅舅向帕特森走去。一看就知道他们都带了枪。

艾拉舅舅对妈妈说："他在这儿,宝贝,这个就是黑鬼帕特森。你可以过来揍他了。"

妈妈用警棍猛击帕特森的脑袋,直到那家伙血肉模糊,差点丧命。而此事就这样了结了,警方不予调查,社会上也没人指责。

说到底,这还不是因为外公煽风点火,因为外婆是个准白人,还与警察局有关系?!

我承认,此等野蛮行径让我后背发凉。舅舅们对白人也是肆意妄为,和对黑人一样。但是,他们之间的关系非常亲密,也不去结交社会上的其他人。妈妈与舅舅们不同,她性格外向,为人热情,是兄弟姐妹中的例外。妈妈和舅舅们都极为孝顺,我们住在圣路易斯期间,外公卧床不起,几个人就抽出空闲时间来到病榻前给外公讲讲笑话,承欢膝下,说说周围的八卦,让外公感到子女们的爱。

汤米(Tommy)[1]是我最喜欢的一个舅舅,他嗓音沙哑,说话喜欢咬文嚼字,这点跟外公一样。几句平平常常的话,经他组合一番,要么成了最恶毒的诅咒,要么就听起来像是搞笑的打油诗。他是个天生的喜剧大师,他说的那些稀奇古怪的话总能引来一场欢笑,而他却一向镇定地认为别人笑的绝对不是他。汤米舅舅不是一个残酷的人,他只是有些任性。

在圣路易斯的时候,贝利和我经常在房子边上玩手球。有时汤米舅舅会突然从转角出现,应该是他刚下班回来。一

---

1 *汤姆舅舅的昵称。*——编者注

开始他会假装没看到我们，接着就像猫一样敏捷地截住我们的球，并且对我们说："留神背后的情况，兴许我可以考虑让你们加入我的球队。"我们这些小孩子围住他要球，但他一直走到前门楼梯才会抢起胳膊把球丢出去，然后，那球就越过灯柱的顶端，飞向远方，飞向星空。

汤米舅舅经常对我说："瑞提[1]，你不必因为长得不漂亮而担心。我见过很多漂亮女人在挖土沟，还有更惨的。你很聪明，我向上帝发誓，我宁愿你有个好用的脑袋，而不是好看的屁股。"

舅舅们经常夸耀巴克斯特家族的凝聚力。汤米舅舅说，家族里的孩子在还不懂事的年纪，就已感受到这一点了。舅舅告诉我，贝利自己不满三岁的时候就开始教我走路。那时，他虽然对我跌跌撞撞的表现并不满意，但还是说："这是我妹妹（my sister），我必须教会她走路。"他们还告诉我，我的名字"玛雅"（Maya）就是这么来的。教会我走路之后，贝利知道了他的这个妹妹叫"玛格丽特"（Marguerite），但还是不改口，称我为"Mya Sister"（我妹妹）。再后来，贝利长大点，口齿清楚了，也简化了对我的称呼，叫我"My"（我的），后来为了好说好听，就成了"Maya"（玛雅）。

我们与外公外婆一起住了半年，随后妈妈把我们从卡罗

1　瑞提（Ritie）：玛格丽特（Marguerite）的昵称。

琳街的大房子接到了她那里。从家族的中心搬出去，对我来说完全没有影响。我觉得相对生命的宏大规划来说，那只不过是生活细节的微小改变。如果其他孩子在我们这个年纪没有进行如此频繁的迁徙，那也只能说明，我们的命运注定与别人不同。新家并不比其他地方更陌生，更何况我们还有妈妈在身边。

贝利一直叫她"亲爱的妈妈"，与妈妈逐渐熟悉和亲近后，这个正式的称呼就简化为"Muh Dear"，最后，贝利干脆就直接称她"M'Deah"[1]。而我却还没有说服自己相信妈妈是真实存在着的，她是那样美丽，那样干练，即使在她早晨刚刚起床、睡眼惺忪、头发蓬乱的时候，我也觉得她酷似圣母玛利亚。但是我们母女之间对彼此有多少了解呢，甚至可以说，我们对彼此缺乏了解这一点都不曾抱有同情的理解。

妈妈为我们准备了起居的地方，我们心怀感激地住了进去。贝利和我每人都有一间属于自己的房间、一张双人床、各种各样的吃食和商店里买来的成衣。其实，妈妈根本不必对我们这样好。如果我们惹她生气或不听话，她完全可以第二天就把我们送回斯坦普斯去。对妈妈的感激与被遣送回斯坦普斯的威胁让我那幼小的心灵不堪重负，让我逐渐变得稳重

1　Muh Dear 是"亲爱的妈妈"（Mother Dear）的口语简体，M'Deah 意思未变，发音更简单。

87

老成。我甚至被称为"老夫人"，因为我的行动和语调简直像是冬天里的蜜糖，又粘稠又缓慢。

妈妈的男朋友，弗里曼(Freeman)先生，和我们住在一起，或者说，我们和他住在一起，直到现在我也没搞清状况。弗里曼先生是个南方人，也是个大块头，只不过不是那么结实。正因为如此，他的胸部曾让我非常不自在。当他穿着内衣走来走去的时候，总叫人觉得那是一对不太大的女人奶子。

即便妈妈不是一个有着丝绸般白皮肤、一头直发的漂亮女人，弗里曼能与她交往也实属幸运。这一点他非常清楚。妈妈受过正规教育、出身名门，而且她生于圣路易斯。妈妈性格十分开朗，生活充满了欢笑还有风趣的语言。他的确也非常感恩。我想弗里曼一定比妈妈大很多岁，即使事实不是这样，他看起来也像刚娶了娇妻的老男人一样，自卑又木讷。他每天欣赏着妈妈的一举手一投足，甚至在妈妈离开房间的时候，他也要对着门口流连上好一阵子，舍不得让她离开。

11

  我断定，圣路易斯与斯坦普斯不属于同一个国家。我永远无法习惯抽水马桶的可怕声音，无法接受带包装的食物，无法容忍门铃、火车、汽车、巴士的噪音，它们穿透墙壁、挤进门缝，时刻包围着我。印象中，我仅仅在圣路易斯待了几个星期。我意识到这里并不是我的归宿，于是很快就偷偷躲进了罗宾汉（Robin Hood）的森林、阿莱·巫普[1]的山洞，在小说和漫画的世界里，现实变得虚幻，而随着主人公的冒险，我的每一天都过得丰富而不同。在圣路易斯，我又小心地藏进了曾在斯坦普斯使用过的保护罩："我又不会留下。"

---

1 阿莱·巫普（Alley Oop）：1932 年美国漫画家哈姆林（V. T. Hamlin）创作的系列卡通漫画中的主人公。阿莱·巫普的故事里充满冒险、幻想和幽默，表现了美国式的个人英雄主义。

妈妈给我们提供了很好的物质条件。她甚至总是能让别人送来日用品。妈妈是个护士,但和她在一起的那段日子,我们从没见过她做护理工作。在家,弗里曼先生负责买东西,妈妈则在赌场为客人切牌赚些外快。显然,朝八晚五的单调生活对妈妈毫无吸引力。我第一次见到妈妈穿护士服,是二十年以后的事情。

　　弗里曼先生在南太平洋公司的工地做工头,有时会比较晚回家。如果妈妈在他回来前出门,就会把饭菜放在炉子上小心盖好,还嘱咐我们不要乱动。弗里曼先生回到家,便到厨房取了东西自己安静地吃完。而贝利和我则躲在房间里,自顾自地读斯特里特与史密斯公司[1]出版的杂志。我们现在有了零花钱,可以买一些有插图的平装书来看。妈妈不在家的时候,我们就自觉地遵守这样一套生活模式:首先写完作业,然后吃晚饭并把碗碟洗好,剩下的时间我们就可以尽情地读书或听故事:《游侠传奇》(*The Lone Ranger*)、《警探》(*Crime Busters*)或《影子传说》(*The Shadow*)。

　　弗里曼先生举止得体,但有时我觉得他慢得像一只棕熊,而且他很少与我们说话。他在家打发光阴的方式仅仅是等待妈妈回来——那是全身心的等待,他从不读报,也不听收音

1　斯特里特与史密斯公司(Street & Smith):纽约市的一个出版商,在20世纪60年代被并购以前,主要出版用纸不讲究、价格低廉的小说和周刊。《影子传说》是其最著名的产品。

机,他只是等,仅此而已。

如果妈妈在我们睡觉之前回来,我们就可以看到弗里曼先生神奇地起死回生。有时他会从大椅子上弹起来,像一个人从梦中惊醒,脸上还带着微笑。那一定是他听到了妈妈关车门的声音,随后脚步声清晰地在门外由远而近。不等她进门,弗里曼先生就迫不及待地递出他每天不变的问候:"嗨,宝贝,今天过得好吗?"

弗里曼先生的话还没说完,妈妈便跳过来匆匆吻吻他的嘴唇,再转身给贝利和我一人一个口红印。接下来,妈妈会问我们:"作业写完了吗?"如果回答是肯定的,那妈妈会说:"好,去做祷告,然后上床睡觉。"如果回答是没有,那妈妈会说:"回房间去做作业……然后做祷告、睡觉。"

微笑仿佛定格在了弗里曼先生的脸上,他既不大笑,更不会板起脸来。妈妈有时会过去坐在他的腿上,那时,笑更像是塑在了他的两颊,永恒不变。

我们回房之后,可以听到酒杯轻轻触碰的声音,收音机的音量也被调高。值此良辰美景,我想妈妈一定在为他跳舞,因为我在半梦半醒之间常听到随着节拍响起的脚步声,而弗里曼先生根本不会跳舞。

我那时觉得弗里曼先生很可怜,可怜得就像我们阿肯色商店后院出生的一窝无助的小猪崽。我们花上一年的时间去喂养这些小猪,只是为了在初霜时节把它们宰杀。我虽然觉

91

得这些扭着屁股的小东西十分可爱，也不忍杀掉它们，但是如果它们不死，我就吃不到美味的香肠和猪头肉。

因为我们读了太多紧张刺激的故事，又天生一副善于想象的头脑，也可能是因为我们短暂的人生过于忙乱而奔波，贝利和我都有了自己的苦恼——贝利是身体上的，而我是精神上的。他患上了口吃；我常在深夜沉沦于梦魇、大汗淋漓。大人们不断地告诉贝利，要慢慢说话，口吃时，要重新来过；在噩梦萦绕的深夜，妈妈会将我带回房，睡在大床上——和弗里曼先生一起。

孩子们需要安全感，所以他们很容易成为习惯的猎物。从第三次睡在妈妈房间之后，我就不再觉得睡在那里有什么奇怪。

一天早晨，妈妈早起出去办事，而我躺在床上又睡着了。当我醒来时，左腿上传来了一种奇怪的感觉。那种感觉很柔软，不像是手指，却有些力度，一定不是衣服。不管那是什么，我确信那种感觉是我与阿妈共睡的几年中从未有过的。它没有动，我很害怕，也没有动。我小心地偏偏头，想看看弗里曼先生是不是已经起床走了，却见他睁着双眼，两手从被里抽出。我知道了，又似乎早就知道，是他的"那东西"在我腿上。

他说："瑞提，不要动，我不会伤害你的。"我心里并不害怕，可能有些不安，但那并不是害怕。我当然知道很多人都做"那件事"，并且他们都是用"那东西"来做的，但在此之前，我不知道哪个认识的人对谁做了"那件事"。弗里曼先生把我拉了过去,把手放在了我两腿中间。我并未感到任何不适,但阿妈的声音却在耳边响起:"并拢你的双腿,不要让任何人看到你的小皮夹。"

"是吧,这并不痛,不用害怕。"他把毯子掀开,"那东西"就像一支棕色的玉米立在那里。他拿过我的手,说,"摸摸它"。那东西黏糊糊的,还在跳动,就像刚杀还没死的鸡的内脏。他用左手把我拉进怀里,右手也快速地环绕过来,他的心跳得厉害,我甚至怕他会就此死去。鬼故事告诉我,人临死的时候不会放开任何他正抓住的东西,于是,我在想,如果他抱着我死了,我该怎样挣脱他——是不是一定要掰断他的胳膊,才能脱身?

他终于安静了下来,接下来发生的是最难忘的故事。他小心翼翼地抱着我,而我也希望他永远不要放手。我感到他的怀抱就是我的归宿,从他怀里传来的温柔让我知道,他也不会放开我,更不会让任何不好的事情发生在我身上。他可能是我的生父,而我们最终相遇相拥。但这并没有持续很久,他翻身站了起来,把我丢了湿乎乎的床单上。

"我要和你谈谈,瑞提。"他脱掉了挂在脚踝上的短裤,进了浴室。床单的确湿了,但我知道那不是我造成的,也许是弗里曼先生的事。过了一会,他端着一杯水回来,尖酸刻薄地说:"起来,你尿床了。"接着就把水倒在已经湿了的地方。

93

现在看起来的确像是被我尿湿的样子。

我在南方严苛的环境下长大,我知道在大人面前何时应该保持沉默。但是,我真想问他,为什么他明知我没有尿床,还非得这样说。如果是因为他觉得我淘气,那么这是不是意味着,他再也不会抱我,或者不再承认是我的父亲?难道这件事让他认为我是他的耻辱?

"瑞提,你是不是很爱贝利?"他在床上坐下,我有意无意地向他靠近,希望他再抱我一下。"是的。"他俯身去穿他的袜子,他的背是那样宽大而亲切,我真想靠在上面。

"如果你把我们今天做的事告诉任何人,我就杀了贝利。"

我们做了什么?"我们"?那他显然不是在说我尿床这件事。我不明白他话的意思,也没敢去问他。可能这件事与他抱我有关,但我也没办法去问贝利,那样的话贝利就会知道发生了什么。一想到贝利可能被杀,我吓坏了。他离开房间后,我曾想告诉妈妈我没有尿床,但如果妈妈问究竟发生了什么,我就得告诉她弗里曼先生抱我的事,而这样根本不行。

这种困境我是那样熟悉,它与我的生活如影随形。总有一群大人,对他们的目的和行为我不能理解,而他们也并不试图去理解我的想法。并不是说,我不喜欢弗里曼先生,而仅仅是我也不明白他为什么这样做。

之后的几个星期,他再也没有和我说过什么,最多是简单打个招呼,而且语气生硬,甚至说话时根本都不朝我这边看。

此前我和贝利之间言无不尽，这是我的第一个秘密，我以为他可以从我的表情中读出些什么，可他什么也没注意到。

我开始感到孤独，开始怀念弗里曼先生和他宽大的怀抱。在此之前，我的世界只有贝利、食物、阿妈、商店、书和威利叔叔。而现在，也是第一次，我的世界里有了身体上的温存。

我开始期待弗里曼先生从工地回来，而当他回来时，我那充满了感情的问候"晚上好，弗里曼先生"，却总也引不起他的注意。

一天晚上，我心慌意乱，什么事也做不了。我走到弗里曼先生身边，并迅速地坐在了他的腿上。他像往日一样在等妈妈回家。贝利正在听《影子传说》，不会留意我的动静。一开始，弗里曼先生还安静地坐着，没有抱我，也没做其他事。但我感到大腿下面一团软软的东西发生了变化。它有节奏地抽动，并开始变硬。接着，他抱住了我，我闻到他身上煤灰和机油的味道。我与他那样近，我把脸埋进了他的衬衫，聆听那久违的心跳——只是为了我而跳动的心。只有我听得到这沉重的旋律，只有我的脸颊可以感觉到这情感的力量。他说："坐好，不要乱动。"接下来，都是他推着我在他腿上来回扭动。然后，他猛地站了起来，我滑到了地上，而他跑进了浴室。

此后的几个月，弗里曼先生又不和我说话了。我很痛苦，感受到了前所未有的孤独。但是，很快我便忘记了他，就连他怀抱中的温暖也融入了我童年世界的茫茫黑暗中。

从那以后，我更倾心阅读，并且打心底里希望自己是个男孩。小霍雷肖·阿尔杰[1]是世界上最伟大的作家。他故事里的主人公总是十分善良，总是可以取得成功，也无一例外是男孩子。前面两点，我想我可以做到，至于变成男孩，虽说不是完全不可能，但一定非常困难。

虽然我羡慕那些最终总能赢得胜利的大英雄，但我更喜欢星期天漫画中的"小提姆"。我通常在蹲坑时打开报纸，在一大堆无聊也无用的版面中找到小提姆，然后津津有味地欣赏他如何打败他的最新对手。每个星期天，小提姆遇到强大的坏人时，我都会替他捏一把汗，而当他绝处逢生，活蹦乱跳地回来时，我也会大大松一口气。《捣蛋鬼》[2]也很有趣，因为它让大人们看起来很愚蠢。但是，捣蛋鬼们的小聪明有点不合我的口味。

第二年春天，我在圣路易斯拿到了我的第一张借阅证。

---

1 小霍雷肖·阿尔杰(Horatio Alger, Jr. 1832—1899)：出生于马萨诸塞州，美国19世纪著名作家。他善于描写出身贫苦的男孩子如何通过努力而跻身中产，过上美好生活。他的代表作有很多翻译成了中文，如《小小送款员》《旅店里的小男侍》和《供人派遣的小差使》。

2 《捣蛋鬼》(*Katzenjammer kids*)：一部美国连环画作品，作者是德国移民鲁道夫·德克斯(Rudolph Dirks)，由哈罗德·H.克奈尔(Harold H. Knerr)配图。

贝利和我的生活开始变得有些不同。每个星期六,我去图书馆呼吸来自另一个世界的新鲜空气,风雨无阻:在那里,一文不名的擦鞋童,靠着善良和坚持,可以最终成为很有钱、很有钱的人,并且还会在假日里向穷人施舍许多好东西。对我来说,被错当成女仆的小公主和被当作流浪儿的王子,比我们住的房子、妈妈、学校或弗里曼先生来得更真实。

在那几个月中,我们见过我们的外公外婆和舅舅们(我们惟一的姨妈去加利福尼亚发财去了),但他们通常只问同一个问题:"你们最近乖不乖啊?"而这个问题只有一个答案——就连贝利也没有勇气回答,"不乖"。

12

　　暮春时节,那是一个星期六,我们做完了家务(与在斯坦普斯时完全不同的家务)后,贝利和我准备出门。他要去玩棒球,而我打算去图书馆。贝利走下了楼梯,这时弗里曼先生对我说:"瑞提,去买点牛奶。"

　　牛奶通常是由妈妈下班时带回来,但那天我们打扫客厅的时候,透过打开的房门,看到妈妈不在。她昨天应是一晚未归。

　　他把钱给我,我飞快地跑到商店,买了牛奶回来。把牛奶放进冰箱后,我转身出去,刚走到门口,就听见弗里曼先生叫我。他坐在收音机旁边一张宽大的椅子上,"瑞提,过来"。在此之前,我早已忘了他抱我那件事。而当我走近,我看到他的裤子是解开的,那东西从裤缝里自己竖了出来。

"不，先生，弗里曼先生。"我开始往后退，我不想再碰那个黏乎乎、硬邦邦的东西，而且我也不再需要他的拥抱。他抓住我的胳膊，把我拽到他的两腿之间。他的表情平静，甚至堪称和善，但他并没有微笑，眼睛一眨不眨。他什么也没做，什么也没做，除了伸出他的左手摸索着打开收音机。在音乐和电磁干扰声中，他说："你看，这不会很痛的，你以前很喜欢，不是吗？"

我的确曾喜欢他抱我，也曾喜欢他的气味和重重的心跳声，但那个时候我不想承认，所以什么也没说。他的表情慢慢地变得下流起来，和幻影英雄经常打败的邪恶土著人一个模样。

他的腿夹住了我的腰，"脱掉你的内裤"。我有些犹豫，因为两件事：他把我抱得太紧，我动不了；我确信妈妈、贝利或青蜂侠[1]随时都会破门而入，把我救起。

"我们以前也这样玩，不是吗？"他让我尽可能地放松，然后轻轻地褪去了我的裤子，把我拉到他的近前。他调高收音机的音量，到很吵的地步，接着说："如果你叫，我就杀了你，如果你以后乱说，我就杀了贝利。"我知道他说得出，做得到。但

---

1 青蜂侠：美国人乔治·特伦德尔（George W. Trendle）和弗兰·斯特赖克（Fran Striker）于1936年创作的广播剧和漫画。青蜂侠在故事中有两个身份，一个是有钱的出版商，另一个行侠仗义、惩奸除恶的大英雄。

是，我始终想不明白，他为什么要杀我的哥哥。我们可是谁也没有招惹过他。他怎么就要杀了我们呢？接着……

接着就是一阵疼痛。撕裂和侵入，我连感觉本身都似乎已经破碎。对一个八岁的孩子实施这种暴行，就像骆驼穿过针的眼，即使针同意，骆驼也不能。[1] 孩子对暴行的容忍，是因为身体还可以承受，但这并不意味着施暴者的道德可以允许他们这样做。

我以为我死了。醒来时，看到一个白色的世界，我以为那就是天堂。但随后我又看到了弗里曼先生，他正在给我洗澡。他的手抖得厉害，但还是托着我在浴缸里站直，给我洗腿。"我并不想伤害你，瑞提。我不是故意的。但你谁也不要告诉……记住，任谁也不能说。"

我感到十分凉爽和干净，只是有点累。"我不会的，弗里曼先生，我谁也不告诉。"当时，我只知道有一件事比什么都重要："我很累，我想去躺一会，求你了。"我声音很小，如果太大声，他可能会受惊，又来伤害我。他擦干我身上的水，随后把灯笼裤丢给我："穿上，去图书馆吧。你妈可能一会就回来了，表现得自然点。"

我走在街上，觉得裤子里湿乎乎的，两条大腿好像脱了

1　源自《新约·马太福音》19:24:"骆驼穿过针的眼，比财主进神的国还容易呢。"

臼。图书馆里的硬座椅是专门为孩子们造的，很狭小，我在里面坐不了太久，于是，就起身去了贝利玩球的空地，但他不在那儿。我站了一会，看那些大个子男孩在棒球场里跑来跑去，而后朝家里走去。

走过两条街，我就明白我支撑不住了。每一步都清楚地在心里数算，而路上不起眼的裂缝也成了层峦叠嶂。我两腿之间开始灼痛，比用斯隆搽剂（Sloan's Liniment）清洗自己还要厉害。我的双腿在抽搐，准确地说，是我两腿内侧在抽搐，每一下抽搐都像弗里曼先生的心跳一样剧烈。抽搐……一步……抽搐……一步……踩在裂缝上了……抽搐……一步。我挪上楼，一级、一级、一级地走上台阶。客厅里没有人，我把沾满红黄粘液的内裤藏在床垫下面，直接上了床。

不知过了多久，妈妈进来说："噢，小淑女，我想这是我第一次看到你不用催就乖乖上床睡觉。你肯定是生病了。"

我没生病，可我的胸中像是着了火——我怎么能把那件事告诉妈妈呢？后来贝利来问我怎么了。我也没什么可对他说的。到了吃饭的时候，我对妈妈说我不饿，她将手放在我的额头和脸上，一阵清凉。"可能是麻疹。他们说这一带正在流行。"妈妈给我量了体温，又说："有点发烧。你可能是刚刚得上。"

弗里曼先生也来了，他的身体挡住了门口，"那么贝利最好不要进来，除非你希望家里全是生病的孩子"。妈妈偏了一下头回答道："早得晚得都一样。反正都要过这一关。"她的目光穿过弗里曼先生把守的门口，仿佛当他是一堆碎棉花。"小贝利，快拿块凉毛巾上来，给你妹妹擦擦脸。"

妈妈一离开房间，弗里曼先生就凑过来。他俯下身子对着我，整张脸上的威胁意味让我窒息。"如果你说出去……"接着，他压住声音，又说了一遍，"如果你说出去"，声音小得我几乎听不见。我没有力气答话，他也应该知道我不会告诉任何人。贝利拿着毛巾走了进来，弗里曼先生就出去了。

妈妈煮了肉汤，坐在床边喂我吃。汤穿过我的喉咙，就跟尖利的骨头一样。我的肚子和下身沉重冰冷得如同冬天里的生铁，而我的头却轻飘飘的，似乎肩膀上除了空气什么也没有。贝利一直在给我读《流浪男孩》[1]，到很晚才去睡觉。

一整夜我不时醒来，听到妈妈和弗里曼先生在争吵。我听不清他们究竟在吵些什么，但我希望妈妈不要激怒他。弗里曼先生冷酷的表情和空洞的眼神，让我相信他什么事都做得出来，我不希望妈妈也受到伤害。他们的声音越来越急促，

---

1 《流浪男孩》（*The Rover Boys*）：美国 20 世纪初一个广受欢迎的童书系列，由作家爱德华·斯特拉特迈耶（Edward Stratemeyer）创作，并以亚瑟·M. 温菲尔德为笔名发表。从 1899 年到 1926 年，该系列出版了 30 本。故事的主角们是一群觉得自己被成年人忽略了的青少年，他们在一个军事化的寄宿制学校读书。他们喜欢冒险和恶作剧，经常触怒权威人物和罪犯。作者经常把当时的最新科技及新闻事件融入故事中。

高音紧跟着低音。我想去客厅,哪怕是假装去上厕所。因为只要我出现,他们就会停止争吵。但是,我的腿根本不听使唤,也许我还可以动动脚趾,但膝盖以上的部分简直就是根木头。

或许我睡着了一会,但早晨很快又来临。我睁开眼,妈妈正站在我的床头:"感觉怎么样,宝贝?"

"没事的,妈妈。"我本能地答道,"贝利呢?"

她告诉我,贝利还在睡觉,而她却一夜没睡,她一晚上不时到我房间来看看我的情况。我问她,弗里曼先生在哪儿。她的脸色一下子阴沉了下来,看上去余怒未消。"他走了,早上刚走。来,我给你抹点小麦霜,一会再量量体温。"

我现在可以告诉她吗?剧烈的疼痛提醒我,不行。因为既然上帝让我如此痛苦,那么弗里曼先生对我所做的、而我也予以放任的事,一定是极端恶劣、不能让别人知情的。一转念,我又想,如果弗里曼先生走了,那是不是意味着贝利脱离了危险?倘若如此,如果我告诉贝利,那他还会像以前那样爱我吗?

妈妈又给我量了一遍体温,她说她要去睡一会。妈妈临走时交待,如果我感觉不好就叫醒她。贝利留下陪我,妈妈说如果看到我的脸上或胳膊上起麻疹,就涂上炉甘石液。

关于那个星期天的记忆时断时续,就像连线有问题的一次国际长途电话。一会听见贝利在读《捣蛋鬼》;一会看到妈妈在关切地望着我的脸;一会又感到汤汁顺着我的嘴角流下,有那么一点进到了嘴里,我被呛到了;然后一个医生给我测了体温,还握着我的手腕——而其中没有任何间隔之感。

"贝利!"这一声应该是我的尖叫,因为他出现得太突然了。我求他帮我,帮我逃到加利福尼亚、法国、芝加哥,哪儿都成。我知道我要死了,事实上,我渴望着死亡,只是不想死在弗里曼所在的地方。我也知道,这个魔鬼不会让我轻易死掉,除非他真的不愿意我再活在这个世界上。

妈妈说,我应该洗个澡,床单枕套也要换一下,因为我汗出得太多了。但是,当他们来挪动我时,我拼命反抗,就连贝利也按不住我。最后妈妈把我抱在了怀里,恐惧才稍稍减退。贝利着手更换床单,当他将旧床单抽离床垫时,我的内裤也被带了出来。它们正好落在了妈妈的脚边。

13

在医院里,贝利说,我一定要告诉他是谁干的,否则那个
人还将伤害别的小女孩。我解释道,如果我告诉了他,那个人
就会杀了他。贝利自信地说:"他杀不了我,我不会让他得逞
的。"我相信贝利,他从未骗过我。于是,我告诉了他。

贝利在我的床边哭了起来,我也忍不住和他一起哭。我
再一次看到哥哥哭,是十五年以后的事情了。

贝利"少年老成"(他后来用这个词形容他当天的表现),
他把这件事告诉了巴克斯特外婆,弗里曼先生随即被捕。这
对他也许是件好事,因为这样他就不用惨死在舅舅们的枪托
下了。

住在医院里的日子很美好,我真希望一辈子都这样过。
妈妈准备了花和好吃的糖;外婆带来了水果;舅舅们把我的床

围得严严实实,他们大声地说话,就像一群野马在嘶鸣。当然,如果贝利也能混进来的话,他会给我读上好几个小时的故事。

有句老话说,无所事事的人会变得好事,但这只是事实的一个方面。刺激像是鸦片,那些生命中充满暴力的人,总在寻找着下一次修理别人的机会。

法庭里挤满了人,有些人甚至站到了长椅后面。风扇在头顶一圈圈转着,带着老者才有的超然。外婆在巴克斯特的客户们也来了,他们一群人和从前一样吊儿郎当,只是看起来兴致勃勃。穿着细条纹西装的赌徒和他们浓妆艳抹的女人也来了,那些女人咧着血红的大嘴低声对我说,我现在经历的和她们一样多了。我才八岁,难道已经长大了吗?就连医院的护士也告诉我,现在我什么也不用怕了。"对你来说,最糟糕的事已经过去了。"她们说。我真希望把这些话原原本本地塞回那些露着假笑的嘴里去。

我和家人坐在一起(贝利没能来),他们待在椅子上,就像灰石墓碑一样,坚硬、冰冷、既厚且重、纹丝不动。

可怜的弗里曼先生在小一号的椅子里扭来扭去,投向我的眼神里带着威胁。在我看来,这种威胁空洞而无力。他可能还不知道,他已经没办法杀掉贝利了……因为贝利说,他杀不了他……贝利不会说谎……对我不会。

"被告当时穿的是什么?"弗里曼先生的律师发问。

"我不知道。"

"你是说,这个男人强奸了你,而你却不知道他当时穿什么衣服?"他鼻子里哼出一声笑,就好像是我强奸了弗里曼先生。"你能不能确定你被强奸了?"

一种声音挤进了法庭严肃的空气(我肯定那是笑声)。我很庆幸妈妈让我穿上了那件带着铜纽扣的海军蓝冬衣,虽然它有点短,虽然那天是圣路易斯典型的温热天气,但它现在是我在这陌生而不友好的地方可以拥抱的惟一朋友。

"那是被告第一次触摸你吗?"这个问题让我一时无法回答。弗里曼先生的确做了错事,但我也自认那不是他一个人的错。我不想撒谎,但律师不会给我时间思考,所以我选择保持沉默,算是一种逃避。

"在被告强奸你之前,更准确地说,在你说被告强奸你之前,他是否企图触摸你的身体?"

我显然不能说"是",更不能告诉他们弗里曼先生曾有几分钟那样地爱我,以及他在我尿床(他认定的尿床)之前紧紧地抱着我。如果说了,我的舅舅们会杀了我,外婆巴克斯特也会不再开口——她很生气的时候就会这样。而法庭里的人会像砸《圣经》里的妓女一样用石头来砸我。一直以为我是好女孩的妈妈,也会非常失望。但最重要的是贝利怎么想,他会因为我守着这么大一个秘密没告诉他而离开我吗?

"玛格丽特,回答问题。被告在此事发生之前,触摸过你

107

没有?"

法庭上,除了弗里曼先生和我之外的所有人都认为答案只可能是"没有"。我看着弗里曼先生表情凝重的脸,拼命骗自己——他也希望我那样说。于是,我说:"没有。"

谎言像硬骨头卡在我的喉咙,憋得我喘不了气。你这个让我撒谎的男人,我看不起你。你这个又老又丑、下流的东西。你这个卑鄙、肮脏的黑鬼。眼泪不能像往常一样平复我的心情,我尖声叫道:"混蛋,你,下贱、肮脏、卑鄙。你,肮脏的老东西。"我们的律师把我从证人席上带下来,送到妈妈那里,妈妈抱住了我。

弗里曼先生被判一年零一天的监禁,我达到了我想要的目的,但因为靠的是谎言,这个结果并不能让我感到安慰。更何况,他根本就没有服刑,他的律师(或者别的什么人)当天下午就把他弄出去了。

客厅里,为了挡住外面的热气,百叶窗已经合上,贝利和我在地上玩着大富翁游戏。一下午,我总是输,因为我在考虑如何告诉贝利我向他撒了谎,更难的是,如何对他说,我藏着他不知晓的秘密。这时门铃响了,贝利应声去开门,因为外婆在厨房里。出现在我们面前的是一个高高的白人警察,他问巴克斯特太太在不在家。他们是不是发现我在法庭撒了谎?也许这个警察就是来抓我进监狱的,因为我手按《圣经》发誓说,每一句话都是事实,并为事实之全部。救救我,上帝。那个警察站在客厅里,在我看来,他高得吓人,比我想象中的上帝还要白。只是没留胡须。

"巴克斯特太太,我来只是想通知您,我们在屠宰场后面的空地上发现了弗里曼先生的尸体。"

"可怜的人,"外婆回答道,声音平和得就像在讨论教会举行的活动。她用擦盘子的毛巾擦了擦手,又用同样平和的语调问道:"他们知道是谁干的吗?"

警察说:"尸体好像是被故意丢在那里的,有人说他是被踢死的。"

外婆的表情稍稍有些变化。"汤姆,谢谢你来告诉我这些。可怜的人。不过,这样也许更好。你知道的,他活着时是条疯狗。对了,你要来杯柠檬水吗?还是来点啤酒?"

这个警察看起来毫无恶意,但我知道他是数算我罪恶的可怕天使。

"不了,谢谢。巴克斯特太太,我在值班,得回去了。"

"那好吧。噢,告诉你妈,我啤酒喝完了就过去,还有,让她给我留点泡菜。"

记录天使[1]走了。弗里曼先生死了,他是因为我撒谎而死的。一边是谎言,一边是一个人的生命,天平如何能够平

---

1 负责记录人言行和祈祷的天使。出自《旧约·玛拉基书》3:16:"那时,敬畏耶和华的彼此谈论,耶和华侧耳而听,且有纪念册在他面前,记录那敬畏耶和华、思念他名的人。"

衡？贝利可以向我解释一切，但我不敢问他。显然，我已经失去了升入天堂的机会，我没心没肺，就跟几年前我亲手剖开的洋娃娃一样。基督因为撒旦的邪恶而与其反目，他当然也会以同样的理由抛弃我。我能感觉到罪恶在身体里徘徊、等待、积聚，只要我一张嘴，它就会喷薄而出。于是，我紧咬牙关，把罪恶封在里面，因为它一旦释放，我想它真可能会淹没整个世界和世界上所有无辜的人。

巴克斯特外婆说："瑞提、小贝利，你们什么都没有听到。我不希望在我的房子里再听到那个恶棍的名字或任何关于他的事情。你们给我记清楚，我不是在开玩笑。"她回到厨房，继续去做庆祝用的苹果卷去了。

就连贝利也吓坏了。他独自坐在那里，直面着一个人的死亡——虽然是一只活着的羔羊看着一只死去的恶狼。他并不十分理解其中深意，但依然非常恐惧。

从那一刻起，我就确信，贝利虽然爱我，但有些情况是他也帮不上忙的。我已将自己卖给了魔鬼，在劫难逃。我惟一能做的就是，不再和贝利以外的其他人说话。直觉告诉我，我也爱贝利，所以我永远也不会伤害他，但如果我和其他人说话，那些人就会因我而死。不仅仅是说话，就连我的呼吸也会使人中毒，会让他们痛苦地缩成一团，然后像撒上盐的鼻涕虫一样死去。

我必须停止说话。

我发现,想要沉浸在寂静无声的世界,只需像蚂蟥一样不停吸食声音。我开始认真聆听一切。我可能是希望,我听到所有声音,真正吸取了它们,并把它们藏在耳朵深处,周围的世界就会随之安静卜来。我走进一个房间,人们有说有笑,他们的声音如碎石一般撞击着墙壁。而我只要静静地站着,站在这喧嚣中,一两分钟之后,宁静就会从角落重归此处,因为我吞噬了所有声音。

起初几个星期,家人接受了我奇怪的行为,因为他们认为这是强奸和治疗导致的后遗症。(贝利和我又住进了外婆家,而在那里,这两件事谁也不准提起。)对我只和贝利说话这一点,他们表示理解。

家访护士结束了最后一次访视,医生也说我完全康复了。这意味着,我应该回到路边玩手球,或者欢乐地做我病时学会的游戏。但我拒绝再次成为家人了解并接受的那个我,因此有人说我没礼貌,还有人认为我得了抑郁症。

一开始,我因为傲慢到胆敢沉默而受批评,后来,那些觉得自己受到侮辱的亲戚竟动手打我。

我们又坐在了火车上,回斯坦普斯,只不过这一次是我在安慰贝利。他穿过走廊时,哭得撕心裂肺,坐好后就将他那柔弱的身体贴在窗户上,为了看他亲爱的妈妈最后一眼。

我至今也不知道,是不是妈妈想送我们走,或是仅仅因为圣路易斯的家人受够了我这个讨厌的女孩——没有什么比一个总是愁眉苦脸的孩子更让人感到恐惧的了。

我并不在意回不回斯坦普斯,而贝利的不高兴却让我非常担心。旅途的终点没什么特别,我就好像走在去厕所的路上。

14

斯坦普斯清贫的生活正是我想要的，虽然这似乎并不是我的追求，甚至此前我都没有意识到这一点。但在体验了圣路易斯，领教了它的喧嚣和忙乱、它的卡车和公交、它的大家族聚会之后，我爱上了斯坦普斯的幽静小路，还有那孤寂的蓬门陋舍。

斯坦普斯人的豁达让我放松。他们始终心满意足，因为他们相信不会有什么不好的事情发生，虽然在我看来更多的不幸还在到来。他们选择接受生活的种种不公，这对我确实是一种启发。在斯坦普斯，我感觉，就算越过了地图的边界，坠入世界尽头的深渊，我也不会有任何恐惧。因为不会有什么不好的事情发生，至少在斯坦普斯不会。

我蜷缩进了这个精心织就的茧……

113

印象中,在相当长的一段时间里,没有人会要求我们做什么。毕竟我们是亨德森太太的加利福尼亚孙子、孙女,还刚刚去圣路易斯进行过一次令人向往的旅行。我们的父亲年前也来过,开着一辆闪闪发亮的大汽车,操着一口大城市味的纯正英语。所以,有好几个月的时间,我们只需悠闲地躺在那儿,漫不经心地在冒险故事中找寻欢乐。

农夫、女佣、厨师、杂工、木匠和镇上所有的孩子经常到商店里朝圣。"就想来看看见过世面的人。"

他们围成几圈,呆呆地像纸板人一样站着,只想知道:"北边是啥样?"

"看到他们的大楼了没有?"

"坐过他们的电梯了没有?"

"吓着了吧?"

"白人和他们说的一样奇怪吗?"

贝利一个人大包大揽了全部的问题。他用他活跃的想象力编织了一张美丽的大挂毯,上面的景色让斯坦普斯人极为兴奋。我心知肚明,他说的东西是我和他都从未见过的。

贝利像平常一样,说得那叫一个有鼻子有眼:"在北边,他们盖的楼高得要命,冬天那几个月,根本都瞅不到顶。"

"说正经的。"

"他们的西瓜,比牛的脑袋还大一倍,吃起来比糖浆还甜。"我现在还能清楚地记得贝利严肃的表情和听众们着迷的

114

样子。"如果可以在西瓜切开之前猜出西瓜籽的个数，你就可以赢五千亿美元和一辆崭新的汽车。"

阿妈很了解贝利，她在边上提醒说："行了，贝儿，小心那些不实在的话会穿帮。"（善良的人不会当面说别人"撒谎"。）

"每个人穿的衣服都是崭新的，茅房就建在屋里。茅房里有冲水马桶，如果你不小心掉进去，就会被直接冲进密西西比河。有些人有冰盒子，但他们管它叫'冰箱'。北边的雪很大，如果你陷进雪里，就算在家门口，人们也要花上一整年才能找到你。我们用雪做冰淇淋。"这是惟一一件我可以证明的事。在冬天，我们会舀一碗雪，浇上给宠物喝的牛奶，再撒上糖，就做成一份我们口中的冰淇淋了。

贝利用我们的新奇故事吸引来了很多客人，阿妈面露喜色，威利叔叔也很自豪。我们是商店的招牌，也是小镇的偶像。我们的奇幻之旅成了小镇单调画布上一抹绚丽的色彩，而我们的归来更让我们成了大伙羡慕的对象。

斯坦普斯给人的印象多半是不好的：干旱、洪水、私刑和死亡。

小镇上的人需要点什么来分散注意力，贝利就利用了这一点。他回到斯坦普斯后变得尖酸刻薄，说起挖苦人的话来就像在路边拾个小石头一样信手拈来。双关语、双关句从他的舌头上滑出，利剑一样刺进他遇到的所有事。尽管如此，我们的顾客却没有受到伤害，因为他们大都直来直去，根本听不

115

懂贝利在说什么。

"小贝利说起来就像大贝利，能说会道的。他就和他爸一个样。"

"我听说北边的人不采棉花，那他们靠啥过活？"

贝利说北边的棉花长得太高了，一般的人要采就得爬梯子，所以棉农们用机器采棉花。

在那个时候，我是惟一一个了解贝利善良心地的人。这倒不是因为他可怜我，而是因为他根本就认为我们是一条船上的人，只是上船的原因有所不同。所以，我可以理解贝利对重回斯坦普斯的失望与沮丧，而他也能纵容我的沉默寡言。

我到现在也不知道，是不是有人告诉过威利叔叔我在圣路易斯经历的事情，但有时我见到他望着我，眼睛里满是疏远的神色。然后，他会立即派我去做些杂事，好让我远离他的视线。在这种时候，我既感到解脱，又觉得羞耻。我当然不需要一个瘸子的同情（这就像一个盲人带着另一个盲人穿过拥挤的街道），更不希望我（以我自己的方式）深爱的威利叔叔，认为我满身罪恶与肮脏。即使他真的这样认为，我也不想知道。

一时间，所有传到耳朵里的声音都变得沉闷，仿佛人们说话时都蒙着手绢，或用手遮着嘴。周围的颜色也不再逼真，像是由深浅不同的蜡笔画组合而成，那完全不是我以往熟悉的斯坦普斯。人们的名字也逃离了我的记忆，我开始对自己的精神状态产生了疑虑。我们离开斯坦普斯毕竟还不到一年，那些我以前不用看账本就能说出欠了多少钱的顾客，现在已彻底变成了陌生人。

除了阿妈和威利叔叔，其他人都认为，我不说话自然是因为我不愿回到南方，而这说明我怀念在大城市度过的美好时光。后来，我又被很多人认为是"多愁善感"。南方的黑人多用这个词来形容敏感的人，还暗指这些人要么是生病了，要么是身体欠佳。所以，他们虽然理解我，但却不能完全原谅我的行为。

15

在近一年的时间里,我生活的全部就是家、商店、学校和教堂,这种生活乏味得就像一块过期的饼干,落满尘埃。那时,我与一位夫人相遇相知,正是她抛给我了第一条救生索。

伯莎·弗劳尔斯(Bertha Flowers)夫人是斯坦普斯黑人区的贵族。她举止优雅,在三九严寒中如炭火般温暖,在阿肯色的酷暑中如习习清风、吹拂四周。弗劳尔斯夫人面容清瘦,但绝不是营养不良、皮包骨的样子,那些印花的巴厘纱长裙和带花的帽子与她的身材和面容融为一体,贴合程度就像是农夫穿着粗布工装裤一样。她是我们黑人区的骄傲,完全不输镇上有钱的白种女人。

弗劳尔斯夫人皮肤深黑,宛若李子的表皮,吹弹可破。在黑人区,走近她,触摸她的衣服都是人们的奢望,更不用说去碰她的皮肤了。当然,她也不会让人放肆,她甚至还戴手套。

我想我从没见过弗劳尔斯夫人大笑,但她嘴角常带微笑——薄薄的嘴唇缓缓地张开,露出整齐、玲珑、洁白的牙齿,然后缓缓地闭拢。当她向我微笑时,我总想感谢她。因为那微笑如此优雅,如此温和、善良。

她是我见过的为数不多的淑女之一,在我一生中,她都是为人处世的标杆。

阿妈与弗劳尔斯夫人的关系有些奇特。弗劳尔斯夫人每次从店旁的小路经过时,总会用轻柔而富有磁性的声音问候:"你好,亨德森夫人。"阿妈也总是回应道:"噢,你啊,弗劳尔斯姊妹。"

弗劳尔斯夫人不属于我们教会,也不是阿妈的熟人,可阿妈为什么要坚持叫她弗劳尔斯姊妹呢?羞耻感让我想把自己藏起来。弗劳尔斯夫人应该有比"姊妹"更恰当的称呼。其次,阿妈还省略了"好"字。为什么不完整地回声"你好"呢?那时年轻不理智的情感让我憎恨阿妈,觉得她不该在弗劳尔斯夫人面前表现得那样无知。很多年之后,我才明白,阿妈与弗劳尔斯夫人情同姐妹,区别只在于一个接受过正规教育,而另一个没有。

我情绪低沉,想当然地认为那是无礼的问候,但两位夫人对此全无感觉。弗劳尔斯夫人依然步履轻盈地走向山上的小屋,而阿妈则继续剥豌豆,或在前廊做她那些杂事。

有时,弗劳尔斯夫人会拐进店里,这时阿妈会对我说:"去那边玩吧。"在我离开的时候,我会听见她们开始进行亲昵的谈话。阿妈还是用着错误的动词,或者干脆不用。

"威尔考克斯(Wilcox)夫妇准头是(is)最自私的……"是用单数动词"is"吗,阿妈?什么时候用"is"?拜托,阿妈,两个或多个人的时候不能用单数动词"is"。她们的谈话还在继续,而我在一边却希望地上裂个口,好让我钻进去。当我慢慢走远,弗劳尔斯夫人的轻声慢语与阿妈的粗哑嗓音逐渐融为一体,惟有"咯咯"的笑声时不时将其打断。那笑声一定属于弗劳尔斯夫人,因为阿妈一生都没这样咯咯笑过。再后来,她就结束了谈话,离开了。

她吸引了我,因为她正是我从没有亲眼见过的那类人。比如,英国小说中的贵妇,她们漫步于猎场(或者别的什么地方),忠实的猎犬不紧不慢地伴其左右。再比如,古堡中的女人,她们坐在火焰熊熊燃烧的壁炉前喝着茶,随意地从堆满法式面包和松饼的银盘中挑些东西吃。她好像从石南丛生之地走来,手捧用摩洛哥羊皮做封面的书卷,称呼中有两个姓,中间以连字符隔开。弗劳尔斯夫人特立独行,可以说,正是因为她,我才开始为自己的黑人身份感到骄傲。

她举止优雅得与电影和小说中的白人一样,却比他们更美丽。因为当那些白人靠近这温暖亲切的肤色时,相形之下,无不黯然失色。

幸运的是,我从未见过她和白人混混在一起。因为我相信,他们会以为自己是白人就有资格和弗劳尔斯夫人平起平坐,还会理所当然地叫她"伯莎"。如果真是这样,她在我心中的形象一定会像矮胖先生[1]一样摔个粉碎,再也无法复原。

那个夏日午后,在我记忆中如每日送来的甜牛奶那般新鲜香浓。弗劳尔斯夫人停下来在店里买些东西。换了和她同龄、同样身体条件的黑人妇女,一定会单手就把所有东西提回家。而对她来说却不同,阿妈说,"弗劳尔斯姊妹,我让贝利把这些东西送到你家去吧"。

弗劳尔斯夫人的脸上又展露出她那独特的、平和而优雅的微笑:"谢谢你,亨德森夫人。可我更希望玛格丽特和我一起回去。"我的名字在她的口中念出,平添了美感。"其实,我正想和她聊聊天。"她们相互使了个眼色,那是一种同龄人之间才能心领神会的交流方式。

阿妈说:"那,也好。玛格丽特,去换身衣服,把东西送到弗劳尔斯夫人家去。"

衣橱是个迷宫。到弗劳尔斯夫人家去,究竟应该穿什么衣服呢?我知道,我不应选择去教堂时才穿的礼拜服,因为那样可能会亵渎上帝。当然也不能穿居家的便服,我身上这件

---

1 矮胖先生(Humpty-Dumpty):英语语言国家童谣中的形象,是一个蛋形的胖子。童谣唱道:"矮胖先生骑墙上,矮胖先生掉下来。所有王的马、所有王的臣,没法再把矮胖先生修成人。"

已经是最新的了。自然而然地,我选了校服。校服比较正式,也不会暗示人家,去弗劳尔斯夫人家就像去教堂一样。

我信心满满地回到商店。

"噢,你看起来真精神。"我终于选对了一次。

"亨德森夫人,孩子们的衣服都是你做的吧?"

"是啊,夫人,当然是。成品的衣服都不值缝它们用的线钱。"

"我得说,你做得真好,这么板正。就跟裁缝做的一样。"

平日里很少有人这样恭维阿妈,她相当受用。但是,要知道这里的所有妇人(当然,除了弗劳尔斯夫人之外)都做得一手好针线活,对于如此稀松平常的技术,一般也没人会赞美。

"靠着主的帮助,弗劳尔斯姊妹。其实,我试着把里子做得和面子一样好。过来瞅瞅,姊妹。"

我当时已经扣上领子,系上了背后的带子(校服像个大围裙)。阿妈让我转过身来,她一只手解开了绳子,带子就从两边落到我的腰间,另一只手搁在我的脖子下面,解开了扣子。我吓坏了。这是要做什么?

"玛格丽特,把衣服脱下来。"阿妈扯住衣服的褶边。

"不用了,亨德森夫人,我看得出……"说这话的光景,衣服已经扯过我的头顶,只是胳膊还卡在袖子里。阿妈说:"这样就行了。看这里,弗劳尔斯姊妹。袖圈这里是用法式来去针缝的。"透过罩在头顶的衣服,我看到一个人影走了进来。

"这样更结实。现在的孩子就算穿铁皮儿做的衣服,也能磨出个洞。调皮死了。"

"亨德森夫人,你针线活做得真好。你应该为此而骄傲。把衣服穿上吧,玛格丽特。"

"不,夫人。骄傲是一种罪。《圣经》说,骄傲在跌倒之前。[1]"

"是的。《圣经》上是这样说的。你真有心,可以记得这么清楚。"

我不愿意抬眼看她们。阿妈从没想过,在弗劳尔斯夫人面前脱下我的衣服不啻杀了我。但如果我反抗,她又会觉得我过于"早熟",进而会想起圣路易斯的事情。弗劳尔斯夫人发觉我可能有些尴尬,或者说比尴尬更糟糕。我拎起弗劳尔斯夫人的东西,走到店外的烈日下,等着。如果我能在她们出来之前被晒死,就死在店前的门廊上吧,那样最好不过了。

石子路的旁边是一条小径。弗劳尔斯夫人在前面张开两臂维持平衡,小心地在岩石间走着。

她一边走路,一边问我:"玛格丽特,我听说你在学校里学习挺不错的。但只是笔头功课好,老师说你在班里从来不说话。"穿过了左边一个三角形的农场,路变得宽阔起来,我们两人可以并肩而行。但我想到这个没有答案、也没办法回答的

---

1 《旧约·箴言》16:18:"骄傲在败坏以先;狂心在跌倒之前。"

问题,心下踌躇,渐渐落在了后面。

"快一点,和我一起走,玛格丽特。"即使我有心,也没法拒绝这个要求。她说出我的名字,那样地好听。更准确地说,她说的每个字都那么清晰,我想即便是一个不懂英语的外国人,也可以听懂她的话。

"我不会强迫你说什么——也许没人可以强迫你开口。但是,记住,语言是一个人和同伴交流的方式,也是人之为人、与低等生物的惟一区别。"这对我来说是一种全新的观念,我需要时间来理解它。

"你奶奶说你读了很多书,一有时间就读。这很好,但还远远不够。言词不仅仅是落在纸面上的那些符号,人类的声音赋予它们更深层的意义。"

我记住了"人类的声音赋予语言更深层的意义"这个说法,它听起来又合理、又富有诗意。

她还说,她要给我几本书,我不但要读它们,还要读出声来。她建议我,尽可能用声音让语句变得不同。

"等你还书时,如果我发现你没好好地保管它们,我可不想听任何借口。"真不敢想象我弄坏弗劳尔斯夫人的书会受到什么样的惩罚——死亡都显得过于迅速和仁慈。

屋子里的味道让我吃惊。毕竟我还从未将弗劳尔斯夫人与食物或用餐,或任何普通人的普通经验联系起来。我们还经过了一间外屋,但现在我记不得它是什么样子的了。

打开门，一股香草的甜味扑面而来。

"今天早上我做了茶点。这里有曲奇和柠檬汁，你看，为了这次聊天，我还是做了些准备的。噢，柠檬汁在冰箱里。"

可以看出，弗劳尔斯夫人在平日里也有冰块使用，而镇上的其他人只有在夏日的周末，才会买些冰来做冰淇淋。

她从我手中接过袋子，进了厨房。我独自待在屋子里，四处打量——这就是我最大胆的狂想都不敢触及的圣地：褐色的老照片在墙上投来不怀好意或威胁的目光；新洗的窗帘被风吹拂着，胡乱地飞舞。我真想把这房间整个吞下，带给贝利看，他一定会帮我分析和鉴赏这一切。

"坐吧，玛格丽特，坐在桌子旁边。"她端来一个托盘，上面垫着茶巾。虽然她事先曾说，她已很久没有做过甜点了，但我相信这些点心一定像她的其他东西一样完美无缺。

面前是薄脆饼，圆圆的形状、微焦的边缘和奶油色的中心，再配上冰镇柠檬汁，孩子们就算吃上一辈子也不会吃够。为了保持淑女形象，我小口地吃着。她说这是她特意为我做的甜点，并说厨房里还有一些，我可以带回去给贝利。于是，我一下子把手中的脆饼填到嘴里，粗大的碎块磨着我的舌头、牙齿和两腮，要是我永远也不必把它们吞下去就好了，这就是我能想到的最美的美梦了。

我一边吃，弗劳尔斯夫人一边开始了我的第一堂"人生课"（我们后来这样称它）。她说，虽然我们不能容忍无知，但却要理解没有文化的人。她还说,有些人没有机会上学,但他们的学识和智慧远胜大学里的教授。她鼓励我倾听乡下人所谓的"老话",那些朴实的说法里蕴含着一代代人的集体智慧。

吃完甜点,她收拾了桌子,从书柜里拿出一本厚厚的小书。我读过史诗般的《双城记》(*A Tale of Two Cities*),所以,在我看来,那最多是本言情小说。她打开了第一页,然后,我平生第一次听到了,诗。

"那是最美好的时光,也是最糟糕的日子……"她的声音从字间流过,蜿蜒如溪水过涧。她几乎是在歌唱,我真想知道书上的纸页,是不是和我读过的一样。它们是不是像圣歌集里的歌词,标注了音符?她的声音开始缓缓倾泻而下,我依据自己听过上千次布道的经验,知道此时诗已接近尾声。而我这时似乎什么也没有听到,什么也没记住,一个词也没有。

"你喜欢吗?"

我这才意识到,她在期待我的反应。香草的甘美还在唇齿间回味,诗歌的韵律还在耳畔萦绕,是时候说点什么了。

"是的,夫人。"这是我能想出的最简单的回答,但也是我能说出的最多的话了。

"我是想,你把这本诗集拿回去,记下一首诗。下次你来这里的时候,我希望你可以为我背诵它。"

我曾凭借心智的成熟,轻车熟路地在那些天才的作品中寻找迷人的景色。多年之后,以往的东西都淡去,只剩一丝灵气,留存心间。被准许、甚或受邀进入陌生人的私人世界,分享他的喜悦和恐惧,这让我有机会用南方的苦艾草,来换取贝奥武甫[1]的蜂蜜酒或奥利弗·特威斯特[2]的热奶茶。当我大声地读道:"我现在做的事,比从前要好得多得多……"过去的狭隘和今天的释怀,让泪水打湿了双眼。

那一天,我奔下了弗劳尔斯夫人居住的小山,跑在大路上(路上没有什么车),直至临近商店,才放慢了脚步。

之前也有人喜欢我,而这次大不同,她不是因为我是亨德森夫人的孙女、或贝利的妹妹才喜欢我,她喜欢我,仅仅因为我是玛格丽特·约翰逊。

孩子的逻辑从不用求证,所有的结论都是绝对的。我当时没注意到,弗劳尔斯夫人为什么单单注意到了我,也没意识到,有可能是阿妈和她谈过些什么。我关心的只是她为**我**做了茶点,读最喜欢的书给**我**听。这些就足以证明她喜欢我。

阿妈和贝利正在店里等我。贝利问:"玛雅,她给了你什么?"他已看到我手中的书,但我还是有意将诗集藏在了装满饼干的纸袋的后面。

阿妈说:"玛格丽特,我知道你表现得像个小淑女。看到周

---

1 贝奥武甫(Beowulf)是同名英雄史诗的主人公。《贝奥武甫》约创作于8世纪,是古代日耳曼人文化的结晶,中世纪欧洲第一篇民族史诗,英国文学的开山巨著。
2 奥利弗·特威斯特(Oliver Twist):狄更斯《雾都孤儿》的主人公。

围的人都喜欢你,我心里真高兴。主知道,我尽力了,可是这些日子……"她的声音传入我耳中,越来越模糊,我只听到最后一句:"进去,换身衣服吧。"

我想着,在卧室里,贝利拿到给他的饼干该会多高兴啊,我就随口说:"对了(by the way),贝利,弗劳尔斯夫人让我给你带了饼干……"

阿妈听了这话,大叫道:"玛格丽特,你在说什么?你再说一遍。"愤怒让她的声音颤抖起来。

贝利说:"她说,弗劳尔斯夫人给我带了……"

"我没和你说话,小贝利。"我听到沉重的脚步声穿过大堂,向卧室靠近。"玛格丽特,听到没有,我让你把刚才的话再说一遍。"阿妈这时已站在了门口。

贝利说:"阿妈。"他试图让阿妈平静下来:"阿妈,她……"

"闭嘴,小贝利,我在和你妹妹说话。"

我不知道我到底做错了什么,但弄明白总比被吊在细绳上用火烤要好。我重复道:"我说,对了,贝利,弗劳尔斯夫人让我给你带了饼干……"

"我觉着啊,你就是这么说的。去,脱了衣服,我去找根树枝来。"

一开始,我以为阿妈只是在开玩笑,这个玩笑也许有点过分,但终归会结束——"玛格丽特,你确信你没送我点什么吗?"可是,过了一会,阿妈真的拿了一根树枝,回到了屋里。

128

那是一根又长又细的桃树枝,被折断后渗出的汁液闻起来有苦涩的味道。阿妈说:"跪下。小贝利,你也来。"

三个人都跪下后,阿妈开始祈祷:"圣父,您了解您这个谦卑奴仆的苦难。在您的帮助下,我抚养两个孩子长大。很多时候,我都以为坚持不下去了,是您让我看清前路,赐予我力量。而现在,上帝,我心情非常沉重。我希望抚养我儿子的孩子长大成才、走正路。魔鬼却处处与我作对。我一心想把我的家变成赞美上帝的圣地,可不幸的是,今天却在这里听到了不敬的言语。而这不敬上帝的话,竟然出自这孩子之口。但是,您说,在末日,弟兄要把弟兄送到死地,儿女要与父母为敌。[1] 还说,人们只能哀哭切齿,骨肉也遭遗弃。[2] 圣父,原谅这个孩子,我恳求您,我双膝着地,恳求您。"

说到最后,我放声大哭。阿妈声音高得像是在喊叫。我知道,不管我犯了什么错,那一定是无比严重的了。她甚至丢下商店不管,来为我的事情向上帝祈祷。阿妈祷告结束后,我们三个都大哭起来。阿妈一手拽过我,一手用树枝打我,但打了几下就停手了。我所犯罪行给她造成的惊吓,加之祈祷中情感的释放,让她精疲力竭。

---

1 《新约·马可福音》13:12:"弟兄要把弟兄,父亲要把儿子,送到死地;儿女要起来与父母为敌,害死他们。"
2 《新约·马可福音》的末日描述中,没有这两句。其援引自《路加福音》13:28 等处。

当时,阿妈不肯告诉我们到底是因为什么,但到了傍晚我发现,我的罪行就是用了"by the way"(对了)。阿妈解释道,"耶稣就是'way'(前路),就是真理和光明",任何人如果说"by the way"就是在说"依靠耶稣的力量"或者"依靠上帝的力量",而上帝的名号在她的家里,是不允许随便乱用的。

贝利试着解释说:"白人用'by the way'表示'顺便说一下'。"阿妈提醒我们:"白人总是想怎么说就怎么说,在上帝面前,他们这样说话真可恶。"

16

　　最近,镇上来了个白种女人。她说她原先住在得克萨斯,并极力把自己描述成一个宽容大度的君子。有一次,她向我打听镇上的情况。我告诉她,阿妈在斯坦普斯拥有一间杂货店,这也是镇上惟一的黑人商店,阿妈自从世纪之交就开始经营它了。她似乎没有在听,而是惊诧地说:"怎么,怎么你看起来像是个上流社会的女孩。"荒唐,可笑! 但是,在这个小镇上,所有的黑人女孩,无论是家中一贫如洗,还是只能勉强度日,的确都以杂志上的白人姑娘为目标,接受着项目繁多、又与生活无关的训练。有一点当然得承认,目标归目标,我们与白人女孩接受的是完全不同的东西。当白人女孩学习华尔兹,或练习如何将一杯茶优雅地平放在两膝上时,我们却在接受维多利亚中期价值观的熏陶,而更为不幸的是,我们永远也不会有足够的钱来实践。就比方说埃德娜·洛马克斯（Edna Lomax）吧，她用摘棉花挣来的钱，买了五卷米色梭织毛线学习编织。但是，她粗糙的手指每次都会把织好的东西刮坏，她还要一次又一次地重新织好。其实，她在买这些线的时候，就知道必是这个结局了。

大人要求我们学习刺绣，我有一大堆各色各样的擦碗巾、枕套、桌布和手绢。我还学会了钩织和梭编，于是衣橱里又增添了许多做工精致的杯垫。这些东西足够我用到老。每个女孩都会洗烫衣物，这当然更不用说了。但是，布置银质餐具、烤肉、烹饪精致的素食，这类技术则要去别的地方学。"别的地方"一般是指用得着这些能力的地方。在我十岁那年，一个白种女人的厨房成了我的淑女学堂。

薇奥拉·卡利南（Viola Cullinan）太太是一个胖女人，她住在邮局后面一幢三居室的房子里。卡利南太太长得非常不好看，除了微微笑的时候。当笑容绽放，她眼睛和唇边的皱纹便消失不见，脸上一扫阴沉灰暗的颜色，变成一张顽皮精灵的面具。但她通常是一副严肃的样子。只有到了下午，她和女友们一起坐在封闭的门廊里，厨师格洛丽（Glory）小姐端上冷饮时，她才露出笑容。

她屋中陈设严谨，到了不近人情的程度。一只玻璃杯要放在这里，便只能放在这里；就连一只茶杯也有它固定的位置，如果放错一丁点儿地方，就构成对主人最无礼的冒犯。12点整，餐桌布置停当；12点15分，卡利南太太在餐桌前就坐（不管她的丈夫是否已回家）；12点16分，格洛丽小姐开始上菜。

我花了一个星期的时间才分清了色拉盘、面包盘和甜点盘。

卡利南太太出生在弗吉尼亚，她一直保持着贵族家庭的习惯。格洛丽小姐是卡利南太太家族奴隶的后代，她讲了很多卡利南太太的事。据格洛丽小姐说，卡利南太太与她丈夫的婚姻堪称下嫁，因为她丈夫是暴发户，并且"没有多少钱"。

我私下里想，她长得这么不好看，高攀也好，屈就也罢，只要能找个丈夫，就算是福气了。但格洛丽小姐不会容忍我说她女主人的坏话。在家务方面，格洛丽小姐对我非常有耐心。她给我解释餐具、银器和仆人呼铃的用处；告诉我，盛汤的大碗，不叫做汤碗，而要称为"煲"（tureen）；杯子细分为高脚杯、水果杯、冰淇淋杯、酒杯、绿玻璃咖啡杯与配套的杯碟，还有水杯。我和格洛丽小姐都有自己的杯子，它们放在另外一个架子上。汤勺、船形调味汁瓶、黄油刀、色拉叉和托盘，这些东西在我原有的词汇中根本就找不到对应，甚至可以说是代表了一种新的语言。新奇的物品、闲不住的卡利南太太加上她爱丽丝仙境[1]般的房子，令我好奇而着迷。

---

1 《爱丽丝梦游仙境》(*Alice's Adventures in Wonderland*)：英国作家路易斯·卡罗尔((Lewis Carroll)于1865年出版的儿童文学作品。故事说的是，一个名叫爱丽丝的女孩从兔子洞进入一个神奇国度，遇到许多会讲话的生物以及像人一般活动的纸牌，最后发现原来是一场梦。

她丈夫的形象,在我的记忆中是模糊不清的。我总是强迫自己对白种男人视而不见,于是,他的样子混在一大群白种男人中,难以分辨。

一天傍晚,回家的路上,格洛丽小姐告诉我卡利南太太生不了孩子。她说,太太骨架太小。很难想象在她一层层的脂肪下,骨头会是什么样子。格洛丽小姐接着说,而且医生已经将太太的女性器官摘除了。当时我想,猪的器官包括心、肝、肺,如果卡利南太太没有这些重要的东西,那就可以解释她为什么要喝那些没有标签的瓶子里的酒——她是防止自己腐烂掉。

我把这件事告诉了贝利,他也觉得我的想法是对的。他还告诉我,卡利南先生和一个黑人有过两个女儿,而且我还和她们很熟。他补充说道,这俩女孩和她们的父亲长得简直是一个模子刻出来的。可惜我已经想不起来卡利南先生长什么样,虽然几个小时前我刚见过他。后来我又开始回想科尔曼(Coleman)家的两个女孩,她们的肤色很白,和她们的妈妈一点也不像(并且从来也没人提起过她们的父亲)。

我对卡利南太太升起了一种怜悯之心,这种感觉一直持续到了翌日清晨,就像柴郡猫[1]的笑脸一样在眼前挥之不去。那两个女孩很美,她们本来有可能是卡利南太太的孩子。她

1　一只咧着大嘴笑的猫,是《爱丽丝梦游仙境》中的角色。

们的头发不必烫就是直的,即使淋了雨,她们的辫子也如驯服的蛇一样垂着。她们的嘴弯弯的,好比丘比特挽起的可爱小弓。卡利南太太不知道她失去了什么;她或许是心知肚明的。可怜的卡利南太太。

接下来的几个星期,我早来晚走,努力弥补她没有孩子的遗憾。如果她有自己的孩子,她就不会差遣我在她家和她朋友家的后门之间千百次地往返了。可怜的卡利南太太。

一个傍晚,格洛丽小姐让我在门廊那儿服侍太太们。当我放下茶盘里的东西,转身正要回厨房的时候,一位太太问道:"姑娘,你叫什么名字?"问话的是一个满脸雀斑的妇人。卡利南太太说:"她不太说话,她叫玛格雷特(Margaret)[1]。"

"她是个哑巴吗?"

"不是。我看她想说的时候还是能说的,但她一般都像只小老鼠一样一声不响。可不是吗,玛格雷特?"

我对她笑笑。可怜的人,心肝不全,甚至连我的名字也说不对。

"不过她是个可爱的小家伙。"

"嗯,也许是吧,可这名字太长了。我可不喜欢这么麻烦。如果我是你的话,就叫她玛丽。"

---

1 玛雅名字的正确拼写是 Marguerite。

135

我怒气冲冲地回到厨房。那个讨厌的妇人永远也不会有机会叫我玛丽，因为我就是饿死也不会给她干活的。我打定主意，即使她的心脏着了火，我也不会撒尿浇灭它。咯咯的笑声从门廊里飘来，飘进了格洛丽小姐的锅里。我搞不清她们在笑什么。

　　白人是猜不透的。她们是不是在谈论我呢？所有人都知道，白人比黑人更喜欢聚在一起说三道四。卡利南太太在圣路易斯没准有什么朋友，而且她朋友听说，一个斯坦普斯女孩上过法庭，并多事地写信告诉了卡利南太太。也许，她朋友还知道弗里曼先生的事。

　　胃里的午饭很不安分地想回到嘴里，于是我走出去，在紫茉莉花坛边上休息一下。格洛丽小姐以为我生病了，便让我先回家。她还说，阿妈会给我喝些花草茶，女主人那边她去解释。

　　没等走到池塘边，我就意识到自己有多傻。卡利南太太根本什么也不知道。否则，她怎么会给阿妈两条好看的裙子，让她改了给我穿，并且如果她真知道那件事，就不可能会说我是"可爱的小家伙"。我的胃舒服多了，回去以后，我没跟阿妈提起白天的遭遇。

　　当晚，我决定动笔写首诗，是关于一个又老又胖、无儿无女的白种妇人的。那将是一曲悲怆的歌谣。我需要做细致的观察，才能捕捉到她心底深处的孤独和痛苦。

就在第二天下午，她使用了那个错误的名字。格洛丽小姐和我正在洗碗碟，卡利南太太走进门来，喊了一声："玛丽在不？"

格洛丽小姐问道："您在叫谁？"

卡利南太太面带愠色。玛丽是谁，她心里明白，我心里也明白。"我想让玛丽去趟兰德尔（Randall）太太家，给她送些汤。她这几天身体有些不舒服。"

格洛丽小姐脸上满是惊讶，"您是说玛格丽特，太太？ 她叫玛格丽特。"

"这个名字太长了，她从现在起就是玛丽。去，把昨天晚上的汤热一下，盛在瓷煲里。还有，玛丽，端的时候你得小心点儿。"

我认识的所有人都极度害怕"被随意称呼"。对黑人想叫什么就叫什么，非常危险。这会被简单地理解为一种侮辱。因为几个世纪以来，黑人曾被称为黑鬼、黑鸡、脏鬼、黑鸟、乌鸦、皮鞋，或直接被称为鬼。

格洛丽小姐曾为我感到难过，但不过是一瞬间的事。她马上就恢复常态，并把加热好的瓷煲端给我，说："不要在意，也不要往心里去。棍棒和石头能打断骨头，而说出来的话嘛……你看我已经在这里干了二十年了。"

她帮我打开后门。"话说二十年前，我比你也大不了多少。我的名字那时还是'哈利路亚'。我妈就是这么叫我的，但女主人给我起了一个新名字'格洛丽'。我就这么听下来了,现在我甚至更喜欢'格洛丽'这个名字呢。"

我都走到了屋后的小路上,格洛丽小姐还在大声地补充道:"再说这个名字还更短。"

一时间,我觉得我应该抛个硬币来决定是该哭还是该笑——想想看,有人竟然会叫"哈利路亚";再想想,一个白人为了自己方便就给你乱起个名字。但最终,我的愤怒让我哭不出,也笑不出。我必须辞掉这份工,但问题是怎样辞。阿妈是不会容许我随便编个理由就回家的。

"她心肠真好,这位太太真是个好人。"兰德尔太太的女佣一边说,一边从我手里接过汤。我在猜想,她曾经的名字是什么,而现在女主人又在叫她什么。

有一个星期,每当卡利南太太叫我"玛丽"时,我就死死盯着她的脸,她对此视若无睹。甚至我晚来早走,她也毫不在意。格洛丽小姐有点生气,因为我开始故意把蛋黄的污渍留在盘子上,擦洗银器也漫不经心。我真希望她到老板卡利南太太那里告我一状,可她偏不这么做。

后来,还是贝利将我救出这个困境。他先是让我描述一下碗柜里都有些什么东西,又询问了卡利南太太最喜欢哪一件瓷器。她最钟爱的是一口鱼形瓷质砂锅,还有那套绿色的玻璃咖啡杯。贝利告诉了我办法,我认真地记在心里。第二天,格洛丽小姐在晾衣服,我则去服侍在门廊里待着的那帮老娘们。我在厨房里摔碎了一个空的托盘，然后，就在卡利南太太大叫"玛丽"的时候，又拿起了那个鱼形瓷质砂锅和两个咖啡杯，预备好。卡利南太太冲进厨房，正好看到我把手中的东西摔在瓷砖地面上。

我怎么也没办法完整地向贝利描述之后发生的事情，因为每当我讲到卡利南太太坐在地上、扭曲着丑陋的脸大哭的时候，我们就忍不住大笑起来。实际上，她当时团团乱转，捡起杯子的碎片，大哭道："啊呀，我的妈啊。啊呀，我的上帝。这是妈妈从弗吉尼亚给我寄来的瓷器。啊，妈妈，我对不起你啊。"

格洛丽小姐从院子里冲了进来，女人们从门廊那边过来，挤在周围。格洛丽小姐看起来和她的女主人一样伤心："你是说她打碎了我们的弗吉尼亚瓷器？啊，我们该怎么办？"

卡利南太太哭得更大声了："你这只笨猪，你这只黑鬼，你这……小黑鬼……"

雀斑老太弯下腰看了看碎片，问道："谁干的，薇奥拉？是玛丽吗？到底是谁干的？"

"她叫玛格雷特，见鬼，她的名字是玛格雷特。"卡利南太太说着就把一块瓷器碎片向我扔来。一切发生得那么快，我也记不清她是先说的话，还是先扔的东西。但歇斯底里的情绪让她的手失去了控制，飞来的瓷器碎片掠过格洛丽小姐的耳朵。于是，她也哭喊起来。

我一直让前门大开着，好让邻居们听得见屋里发生的一切。

卡利南太太到底还是弄对了一点。我的名字不叫玛丽。

17

一个星期七天,好比大转盘上的七颗螺钉,周而复始。它们确定地、不可抗拒地回到原点,每个新的一天,都像过去一天的粗糙翻版。但是,星期六,也只有星期六,敢于打破这种僵化的轮回,让日子变得有些不同。

在这一天,农民穿上笔挺的咔叽布裤子和衬衫进城。从衣服干净平整的程度看得出,这是由他们的妻子或女儿精心清洗熨烫过的。农民们徒步进城,在身后还带着妻子和一大群孩子。走到阿妈商店的时候,他们总要停下来换些零钱,然后将闪闪发光的硬币分给眼中充满渴望的孩子们。商店里,小家伙们从不掩饰对父母慢慢吞吞的不满,而威利叔叔会把他们叫到近前,给他们吃点运送途中压碎的花生糖。一阵狼吞虎咽之后,小家伙们就会跑出去,在院子里和路上扬起一片片灰尘,他们一定在担心，剩下的时间还够不够到城里玩一趟。

楝树旁，贝利和大一点的孩子在玩飞刀游戏，阿妈和威利叔叔在听农民们谈论乡下的最新消息。一时间，我觉得自己在店里很孤单，像是被囚禁在阳光中的一粒尘埃，最微弱的风都会将我带到屋顶，抛向地下，但却无法自由地回归我渴望的黑暗之中。

在风和日丽的日子里，一天的开始是清冷的井水。洗漱完毕后，肥皂水就泼在厨房边的一块空地上，我们称之为"饵园"（贝利养虫子）。祈祷之后，我们开始享用早餐，夏天我们一般吃鲜奶加麦片。接下来，贝利和我就要做家务（平日的活儿一点也不会少）——擦地板、扫院子、给做礼拜时穿的鞋上油（威利叔叔的鞋还要上光），还要招呼络绎不绝的顾客。他们和我们一样，在星期六总是神色匆匆。

尽管忙忙碌碌，但经过了这么多年，我却惊异地发现：一个星期中，我最喜欢的一天是星期六。然而，从那些无穷无尽的琐事中能挤出什么乐趣呢？孩子们之所以有天赋的忍耐力，是因为他们不知道世上还有别样的生活。

自从我们从圣路易斯躲回斯坦普斯之后，阿妈每个星期都会给贝利和我一些零花钱。其实，阿妈除了把钱装进商店的钱箱和向教堂交什一税之外，很少与钱打交道。我觉得，每个星期的这一角钱，证明就连阿妈都察觉到了我们的变化。我们回来后新产生的陌生感，让她也以一种陌生的方式来对待我们。

一般来说,我会把我的那份给贝利。他几乎每个星期六都会去城里看电影,并给我带回来斯特里特与史密斯公司出版的牛仔小说。

一个星期六,贝利去了莱尔托(Ryeal-toh)电影院,很晚也没回来。那时阿妈已经开始烧星期六晚上用的洗澡水,所有的家务活也已做完。威利叔叔坐在前廊昏黄的夕阳中喃喃地自言自语,或是在唱着什么小调,嘴里还叼着卷烟。天真的很晚了。妈妈们叫回了自己的孩子,"哈……哈……你抓不到我"的吵闹声也随之淡去,只剩些许回响漂浮在空中,飘进店里。

威利叔叔说:"玛格丽特,开开灯吧。"每个星期六,店里会用上电灯,这样最后一拨客人可以从山丘上远远地看到店里是不是还在营业。阿妈之所以一直没有让我去开灯,是因为她不愿意相信天已这样黑了,贝利还在罪恶的黑暗中游荡不归。

厨房里的慌乱、眼神中的孤独恐惧,阿妈的不安表现得越来越明显。南方的黑人妇女,在抚养她们自己、子女或兄弟的孩子时,心其实一直就像悬在高空的吊索上一样。她们喜欢一成不变,日常的规律一旦被打破,对她们来说,可能就意味着难以承受的不幸即将到来。正因如此,南方黑人直到现在也是美国最保守的人群之一。

与很多极为自我的人一样,我对身边人的不安没有什么感觉。如果贝利真的出了什么事,威利叔叔还有阿妈,阿妈还有商店。毕竟我们又不是他们的亲生孩子。但是,如果贝利走了,我将会失去太多,因为他是我所想要的一切——即便不是我拥有的全部。

洗澡水在炉子上冒着热气,阿妈还在不厌其烦地擦着厨房里的桌子。"妈,"威利叔叔叫道,阿妈吓了一跳,"妈。"我在店里明亮的灯光下等待。我可不想有人把哥哥的消息告诉一些陌生人,而那时我正好不在场。

"妈,你和玛格丽特为什么不去路上迎迎他。"

我明白,好几个小时,没人提及贝利的名字,但我们都知道威利叔叔口中的"他"是指谁。

当然要去,我怎么没想到呢?我早就应该去了。阿妈说:"等一下,玛格丽特,去穿上你的毛衣,把我的围巾也拿过来。"

路上比我想象的要黑。阿妈的手电光扫过小路、路旁的野草和吓人的树干,夜突然之间变成了异族的领地,我知道,如果哥哥迷失在这片区域,他一定是永远回不来了。贝利那年十一岁,也非常聪明,但即便如此,他也还是个孩子。如果遇上了蓝胡子[1]、老虎或是斩人魔杰克[2],不等他喊出救命二

---

[1] 蓝胡子(Bluebeards):童话《蓝胡子》的主人公。《蓝胡子》是 1697 年法国作家夏尔·佩罗(Charles Perrault)以小儿子的名义、在巴黎出版的《鹅妈妈的故事或寓有道德教训的往日故事》一书中的一个故事。在童话中,蓝胡子是连续杀害自己六任妻子的人,他家境富裕,长着难看的蓝色胡须。后来人们就用其指代花花公子、纳妾的人和虐待老婆的男人。

[2] 斩人魔杰克(Jack the Ripper):1888 年在伦敦贫民区做案的连环杀手的名字。

字,就被吃得连骨头渣也不剩了。

阿妈让我接过手电,她的声音听起来像是从高远的山上传下。黑暗中,阿妈摸索着我的手,最后我的手紧紧地被她握住。在那一瞬间,一阵爱意涌上心头。阿妈什么也没说——没说"别担心",也没说"别害怕"。粗糙大手轻轻一握,我即感到了她无穷的关心与呵护。

路上我们经过了一座又一座房子,那些白天再熟悉不过的建筑,现在却变成了一个个漆黑的巨影,难以辨认。

"晚上好,詹金斯太太。"阿妈一边走,一边拉紧我的手。

"亨德森姊妹,出什么事了吗?"问话的人比夜还要黑,我只看到了一个轮廓。

"没有,夫人。啥事也没有,托上帝的福。"话音才落,眼中充满关切的邻居,已经远远地落在身后了。

威利·威廉斯先生开的喜客来驿站在远处透着柔和的红光,池塘里的鱼腥味笼罩着我们。阿妈忽然握紧了手,又松了开来。我看到一个瘦小的身影在向我们走来,精疲力竭得像个老人。他的手揣在兜里,头低垂着,走起路来像跟在棺材后面向山上跋涉。

"贝利",还没等阿妈说出"小(贝利)",我就喊了出来。我正想跑过去,却被阿妈抓住,紧紧地抓住,像老虎钳一样。我用力挣脱,可阿妈还是把我拽回了她身边。"小姐,我们慢慢走,和平时散步一样。"这样,我根本没有机会警告贝利,他回来得太晚了,这很危险,也没办法告诉他,每个人都很担心他。其实,我最想说的是,贝利,你要编个很好的谎,最好是个天衣无缝的故事。

阿妈叫道,"小贝利",他抬起头来,并没显出吃惊的神情。"你知道现在已经是夜里了,怎么才开始往家走?"

"是的,我知道,夫人。"他面无表情。贝利,你的借口和辩解呢?

"你干什么去了,这么晚?"

"没干什么。"

"你没什么别的要说了?"

"没了,夫人。"

"好吧,小伙子。咱们回家再说。"

阿妈已经放开了我,于是我想去拉贝利的手,他却躲了开去。我说,"嘿,贝利",希望可以提醒他,我是他的妹妹,惟一的朋友。但是,最后只听到他嘟嘟嚷嚷地说了句,"别理我"。

回来的路上,阿妈没有打手电,也没有回应那些"晚上好"的问候,虽然在我们经过一座座黑漆漆的房子时,它们还是不时地传来。

我不知所措,害怕极了。贝利一定会挨顿鞭子,也许他真做了什么可怕的事情。如果他连我都不能告诉,那事一定非常严重。但贝利身上全无狂欢后的气息,他只是看起来很伤心的样子。贝利到底做了什么,我根本无从猜起。

到家后,威利叔叔没好气地说:"长大了,腿上长毛了,啊?现在可以不用回家了?急死你奶奶算了?"贝利闯了大祸,怕也没有什么用了。威利叔叔那只大手中握了一根皮带,贝利根本没有注意,或者全然不在乎。"这次我要抽你。"威利叔叔在此之前只抽过我们一次,还是用桃树枝抽的,而这次,他看起来真是打算抽死哥哥。我大声嚷叫着去夺那条皮带,但阿妈拦下了我。"别捣乱,小姐,除非你也想挨顿抽。你快去洗你的澡去。"

在厨房里,我听到皮带落下的声音,那种撕裂空气打在赤裸皮肤上的声音冰寒刺骨。威利叔叔大声喘着气,而贝利却一声不响。我不敢弄响身边的水,不敢哭,害怕这些声音淹没了贝利的呼救。但呼救声并未传来,威利叔叔也终于停了手。

那一夜,我久久不能入睡,期待隔壁传来一声叹息、一阵呜咽或是几句低语,好让我能确定贝利他还活着。在我坚持不住、马上就要睡着的时候,我听见贝利念道:"现在我躺下睡觉,请主守护我的灵魂;如果我在醒来之前死去,请主带走我的灵魂。"

我昏睡过去的最后印象是,为什么贝利又念小时候的祈祷词了呢?我们改称"主"为"我们天上的父"已经好多年了。

此后的几天,商店成了一个陌生的国度,贝利和我则是新来的移民。贝利还是不说话、不笑,也不道歉。他眼神空洞,好似灵魂已离开他的躯体。吃饭的时候,我试着给他最好的肉、最大块的甜点,但是,他一点也没吃。

后来,一天傍晚,在猪圈旁,贝利突然开口说道:"我瞧见亲爱的妈妈了。"

他既然这样说,那肯定是真的。贝利不会对我说谎。我也没问他到底是在哪里、什么时候见到妈妈的。

贝利接着说道,"是在电影里,"他的头倚着木栏,"那不是真正的妈妈,而是一个叫凯·弗朗西斯(Kay Francis)的女人。她是一个白人影星,只是长得很像亲爱的妈妈"。

一个白人影星长得像妈妈,而且贝利看到了她演的电影,相信这些并不难。他告诉我,每个星期电影都会换,凯·弗朗西斯的电影下回在斯坦普斯上映的时候,他会叫上我一起去看。他还保证说,他会坐在我的旁边。

上个星期六,贝利是为了把电影再看一遍,才回家很晚。我理解他,也理解他为什么不肯告诉阿妈和威利叔叔。妈妈是我们的妈妈,她仅仅属于我们。贝利和我从不向别人提起妈妈,因为我们对她拥有得太有限了,根本没法与他人分享。

我们等了近两个月,凯·弗朗西斯才又一次回到斯坦普斯。贝利的心情好了很多,但他始终在期盼着什么,这种期盼使他比平日里紧张多了。当终于有一天,他告诉我电影要上映了,我们立即规矩起来,变成了阿妈心目中的模范儿童。

那是一部欢乐的轻喜剧,凯·弗朗西斯在剧中穿着白色的丝绸衬衫,袖子很长,上面缀着大颗的袖扣。她的卧室里锦罗飘动、鲜花满瓶,她的黑人女佣不停在身边回应着,"是的,小姐"。还有一个黑人司机,只不过他只会翻白眼和抓头。我就奇怪了,她怎么会将漂亮的汽车交给这样一个白痴。

楼下的白人每几分钟大笑一次,然后将笑声丢给楼上的黑人,像随手把吃剩的食物丢进秃鹫巢。笑声震动着大厅,不几秒就被包厢的观众吸收干净,最后就是观众的狂笑,冲击着影院的墙壁。

我也笑了,但不是因为那些以黑人为笑料的可恨玩笑。我笑,是因为这个大牌明星和妈妈长得一模一样,只不过肤色有些不同。她住在满是佣人的大房子里,除此以外,她的生活也和妈妈差不多。想到白人崇拜的偶像与妈妈长得像双胞胎,一个是白人,而另一个更加漂亮(或者说是漂亮得多),我就想大笑。

遇到那个电影明星让我感到高兴。因为只要省些钱,就可以随时见到妈妈,对我来说是再幸运不过的事情了。我蹦蹦跳跳地出了电影院,跟得到了意想不到的礼物一样欢喜。然而,贝利的情绪再次低落了下来,因为我恳求他不要等着看下一场。在回家的路上,贝利在铁道前停了下来,等待夜间的货车通过。但是,正在火车快要到达闸口的时候,他却突然冲了过去。

我一个人留在原地,急得快要发疯。也许巨大的车轮正在碾碎他的骨头,把他整个绞得血肉模糊。也许他正准备抓住车厢,却被甩进池塘淹死。也许他搭上了这列火车,远去再也不回来。最后一种情况,对我是最糟的。

火车终于过去,贝利斜靠在一个柱子上。看我走近,他站直了身子,并把吵吵嚷嚷的我教训了一番,然后说:"咱们回家吧。"

一年之后,贝利真的搭上了一列火车,但是因为他的年幼无知和命运的捉弄,他没能找到加利福尼亚和他亲爱的妈妈——他在路易斯安那州的巴吞鲁日(Baton Rouge)流浪了两个星期。

18

又是一个白昼过去,柔和的暮色降临大地。卡车卸下了采棉工人,轰鸣着驶出前院,那声音难听得像巨人在放屁。刚下车的工人打着转,似是出乎意料地发现自己来到了一个陌生的地方,精神萎靡。

在店里,看到那些男人的脸是最痛苦的事,但我似乎别无选择。他们试着用微笑来驱散倦意,想表明疲惫对自己来说微不足道,他们的身体却不管不顾这些美好的希望,透露着实情。他们大笑时,肩膀却低垂着;他们又起腰来,想表现快乐时,他们的手却从屁股上慢慢滑落,好像裤子上打了蜡一样。

"晚上好,亨德森姊妹。哈,我们又回来了,啊?"

"是啊,斯图尔特兄弟。又回到出发的地方,感谢上帝。"即便是最微末的一点成就,阿妈也不会认为是理所应当。一个过去和未来时刻面临灭绝的种族，能够活下来，他们无不认为是借助了神的力量。这种最低贱的生活、最贫寒的状态是上帝的恩赐，而发人深省的是，当人们变得富足，他们的生活水平和方式推高了物质追求，道德标准却日渐沦丧，上帝也被人们抛诸脑后。

"是的，夫人，我们要感谢的正是神圣的主。"他身上的工装裤和上衣破破烂烂，就跟故意撕扯过一般，而发间的棉绒和尘土，让他看上去像个老人，尽管我记得几个小时前他还是个壮硕的青年。

女人们穿着男人的旧鞋，肿胀的双脚把里面撑得满满当当。她们在井边冲洗胳膊上的灰尘和木刺，这些东西沾在身上，也算是一天采摘的收获吧。

这些人让自己整天像牛一样劳作，我觉得可恨又可气，而他们却还假装事情没有事实上那样糟。当他们巨大的身躯斜倚在玻璃的糖果柜台上，我真想直截了当地让他们站起来，"像个男子汉的样子"。但是，如果我这样说，阿妈一定会打我一顿。阿妈对柜台上的裂缝视而不见，只顾在店里忙来忙去，一边满足着他们的要求，一边和他们聊着天："要做晚饭了吧，威廉斯姊妹？"贝利和我在阿妈身边帮忙，威利叔叔则在前廊坐着算账。

"感谢上帝，不用做了，夫人。昨天晚上剩的东西足够我们吃的了。我们回家以后,洗洗就去培灵会[1]。"

罩着一身的疲惫去教堂?不待在家里,躺在柔软的床上,放松一下受尽折磨的筋骨?我忽然觉得我们黑人是一个自虐的种族,不是命运让我们过最穷苦的生活,而是我们希望生活就这个样子。

"你做得太好了,威廉斯姊妹。要像滋养身体一样,滋养灵魂。我也带孩子去,愿主保佑。《圣经》上说,'教养孩童,使他走当行的道,就是到老他也不偏离'。[2]"

"是的,《圣经》上是这么写的,当然要这样。"

布帐篷搭在铁路边田野中央的一块平地上。地上铺了薄薄一层干草和棉秸。椅子陷进柔软的地里,看上去摇摇晃晃;一个巨大的木质十字架挂在帐篷后面的主梁上。电灯从布道坛一直挂到入口外面,挂在宽约四英寸、厚约两英寸的木头柱子上。

灯光向黑暗中伸展,摇曳的灯泡看起来孤单无助、漫无目的。它们在那里似乎不是在提供光明或什么其他有意义的东西。而帐篷却发出昏黄的光亮,像个小金字塔,伫立在田野中,那样怪诞,似乎会漂起来,当着我们的面飞到远方。

---

1 培灵会(revival meeting):基督教一系列活动的合称,其目的是启迪教会中的活跃分子、募集资金或吸收新的皈依者。

2 《旧约·箴言》22:6。

灯光下，忽然有很多人出现，涌向这座临时教堂。大人们的话音传递着一种讯息：他们在进行一项严肃的活动。问候声不时响起，但却非常低沉。

"晚上好，姊妹。你好吗？"

"感谢上帝，很好。我刚要进去呢。"

他们的注意力都集中在将要举行的培灵会，在那儿人们可以与上帝进行一次灵魂的对话。此时此刻，人们不会再去计较世俗礼节和人际关系。

"仁慈的上帝又赐给我一天，我心怀感激。"这不是哪一个人的事情，一切都是上帝赐予的，没有人会妄想这个中心会偏移或被什么掩盖。

青少年和大人一样喜欢培灵会。他们利用帐篷外的夜幕，男追女逐。那摇摇晃晃的临时教堂给人不安定的感觉，也为年轻的男女平添了些许轻浮。他们眼波荡漾，女孩银铃般的笑声从幽暗中传来，而男孩却装模作样，走来走去，好像什么也没注意到。快要成人的少女，穿着紧身的裙子，似要挑战风俗的极限，年轻的小伙则用发蜡和水，把发型整得有模有样。

但是，对小孩来说，在一个帐篷里赞美上帝着实令人费解。如果说得严重些，这样做甚至是对上帝的一种亵渎。摇曳不定的灯泡、脚下软软的地面、一鼓一鼓如同瘦子两腮的帐篷四壁，怎么看怎么像一次乡村集市。大孩子们推推搡搡、眉来眼去,自然与教堂的气氛格格不入。但大人们表现出的紧张——他们的期盼如厚毯子般沉沉压在头顶——是最难理解的了。

亲爱的耶稣基督会到这种临时设置的场所来吗?圣坛摇摇晃晃,随时可能倒塌;募捐桌一条腿陷进泥地,以一个危险的角度立在那里。圣父会让他惟一的圣子与这群采棉工、佣人、洗衣妇、打零工的人混在一起吗?我知道他星期天把圣灵派到教堂,可那毕竟是个教堂,并且人们用了星期六一整天来摆脱重重劳累、滋润绝望的肌肤。

每个人都参加培灵会。高傲的锡安浸信会、有学识的非洲卫理公会、非洲卫理公会锡安教会,以及成员多为朴实劳动者的卫理公会主教派,所有人都在这里。培灵会是一年一度的集会,让那些虔诚的村民有机会与基督神的教会的使徒接触。但是,当人们来到这里,心中却升起了疑惑,这些使徒为什么在做礼拜时这么粗鲁和吵嚷。他们解释道:"《圣经》上说,'全地都要向耶和华欢乐,要发起大声,要高兴无比'。"[1] 但这种解释丝毫没有减少他们纡尊降贵的感觉。使徒们的教堂远离其他教堂,但一到星期天,半英里之外就可以听到他们在做礼拜。他们一直唱啊、跳啊,直至有人晕倒在地。其他教堂的人们怀疑,

---

1 《旧约·诗篇》98:4:"全地都要向耶和华欢乐,要发起大声,欢呼歌颂!"

这些大吵大嚷的唱诗班明星是否真的有可能进入天堂。但他们终会恍然大悟,这些人在俗世间就已拥有自己的天堂。

这就是一年一度的培灵会。

邓肯夫人,一个脸长得像黄雀的小巧女人,最先领唱。"我知道我是主的见证……我知道我是主的见证,我知道我是主的……"

她的声音尖利,直冲房顶,手指细长,举向天空——教堂的人应和着。从前面不知何处传来了铃鼓的伴奏声:"我知道(当当)我是(当当)主的见证(当当)……"

许多声音逐渐加入了邓肯夫人的尖叫,它们相互抵消,让声音柔和了一些。拍手声响彻整个空间,加强着节奏。当一曲唱至高峰、激情达到顶点时,一个一直跪在圣坛后的瘦高男人站了起来,与大家一起唱了几句,随后伸出长长的手臂,扶住讲台。唱歌的人们需要过些时间才能从兴奋中平静下来,而牧师却坚定地站在那里,直到歌声像弦跑光了的玩具一样,终于安静地躺在过道里。

"阿门。"他看着听众。

"是的,先生,阿门。"几乎所有人都应和着。

"我是说,让整座教堂响起'阿门'。"

这次所有人都应和道:"阿门。"

"感谢主。感谢主。"

"是的,感谢主。是的,上帝。阿门。"

"下面由主教带领我们祈祷。"

一个棕色皮肤、戴着方框眼镜的高个男人从前排走上圣坛，跪在了左边。牧师跪在右边。

"我们的圣父，"他唱道，"是你带领我们的双脚走出污浊泥泞……"

教堂里回响起："阿门。"

"是你拯救了我的灵魂。有一天，看吧，亲爱的耶稣。低头看看你这些受苦受难的孩子吧……"

教堂里的人们一起祈祷："主，低头看看吧。"

"在我们被击倒处，将我们扶起……保佑生病和受苦的人。"

祷告和平时一样，没什么特别，只是主教的声音非常奇特，给这次普通的祷告增添了些新意。他每说两个字，就要吸一口气，当空气通过声带时，发出沉闷的鼾声——"是你"（呼噜）"拯救"（停顿）"了我"（吸气）"的灵魂"（呼气）。

接下来又是邓肯夫人，她直接领着大家唱道："亲爱主，牵我手，建立我，领我走。"[1]这首曲子的节奏要比平日里在卫理公会主教派教堂唱得快多了，但在此时此情此景，它十分贴

---

1 《亲爱主，牵我手》中的一句。这首福音歌曲是美国黑人作曲家陶赛
  (Thomas A. Dorsey)创作的，全文是："亲爱主，牵我手，建立我，领我
  走；我疲倦，我软弱，我苦愁；经风暴，过黑夜，求领我，进光明；亲爱主，
  牵我手，到天庭。我道路，虽凄凉，主临近，慰忧伤；我在世快打完美好
  仗；听我求，听我祷，拉我手，防跌倒；亲爱主，牵我手，常引导。"

切。音调里带着的欢乐改变了歌词原本忧伤的含义。"经风暴,过黑夜,求领我,进光明……"这似乎是一种放纵,让人们觉得,正是因为有这些悲伤的事情,才更应该尽情欢乐。

这些一本正经的"喊叫派"俨然已经是名人了,他们手中的扇子(特克萨卡纳最大的黑人殡仪馆散发的广告)和绣着花边的白手绢在空中飞来飞去。这些东西在黑色的手中挥动,就像是失去骨架的小风筝。

高个子牧师又站到了圣坛上,等待歌声和狂欢过后的平静。

他说:"阿门,荣耀的主。"

教堂的歌声慢慢停歇下来:"阿门,荣耀的主。"

他还在等待,最后的几个音符还在空中飘动,高音还时有出现。"我道路,虽凄凉……""拉我手,防跌倒……""防跌倒,拉我手"……一句歌词翻来覆去,一遍又一遍。最后,终于安静下来。

那天诵读的经文是《马太福音》第 25 章第 30—46 节。

他布道的内容是"最小的弟兄"[1]。

伴随着几声"阿门",牧师读完了经文,之后说:"《哥林多前书》劝诫我们,'我若能说万人的方言,并天使的话语,却没有爱,我就成了鸣的锣、响的钹一般。我若有先知讲道之能,也明

---

1 《新约・马太福音》25:40。

158

白各样的奥秘、各样的知识,而且有全备的信,叫我能够移山,却没有爱,我就算不得什么。我若将所有的周济穷人,又舍己身叫人焚烧,却没有爱,仍然与我无益'。[1] 那么,我们必须问自己,什么是'爱'(Charity)? 如果善行不是'爱'……"

教堂里立即响起:"是的,主。"

"如果献出血肉不是'爱'?"

"是的,主。"

"我必须问自己,这反复出现的'爱'是什么。"

我从未见过牧师在布道一开始就切入正题。教堂里的吟诵声正在提高,了解这个牧师的人,已经睁大了眼睛等待马上就要到来的兴奋时刻。阿妈如树桩般坐在那里,但她掌中的手绢已被团成了一团,只有我绣了花的一角,还露在外面。

"我所理解的'爱',不是自吹自擂,更不是盛气凌人。"他深吸了一口气,挺起胸膛,表示"爱"不应当是这样。"爱不是四处说,'我给你食物,给你衣服,你就应当感谢我'。"

会众都知道牧师说的是谁(那些白人),并大声地同意道:"真是这样,主。"

"爱不会说,'我给你工作,你就应当对我卑躬屈膝'。"大家回应着牧师说的每个字。"爱不会说,'我付给你应得的工资,你就应当称我为主人'。爱不会让我自卑、自贬。这都不

---

1 《新约·哥林多前书》13:1—3。

是爱。"

在我的左前方,坐着斯图尔特夫妇,他们几个小时前还不堪采棉的劳累,瘫倒在商店的前院里,现在却坐在摇摇晃晃椅子的一角,前倾着身子,灵魂的快乐让他们满面红光。卑鄙的白人会得到应有的报应,这不正是牧师说的话吗? 这不正是牧师所援引的上帝之言吗? 复仇的希望和公正的未来,让他们振奋起精神。

"啊,我说……爱。哦,一种真爱。它无所求,它不想成为老板……啊,它不想成为领袖……啊,它……我说的是爱……它不想……啊,主……今夜请帮助我……它不想让别人卑躬屈膝,俯首贴耳……"

美国社会中的卑躬屈膝者和俯首贴耳者,在这所临时教堂里,轻松愉快地颠覆了自我。有人向他们保证,虽然他们可能是社会底层的底层,但他们至少不是没有爱的人,所以,"在末日审判来临的那个伟大的清晨,基督将会把绵羊(黑人)和山羊(白人)区分开来"。

"爱是简单。"教堂回响起赞同之声。

"爱是贫寒。"牧师说的正是我们。

"爱是平凡。"我想这是对的,简单而平凡。

"爱是……噢,爱——你在哪里。爱……"

一把椅子支撑不住了,木头开裂的声音在教堂后面刺穿了空气。

"我呼唤你,你却不回答。噢,爱。"

又一个人叫喊着冲到我前面去,一个身形高大的女人坐在地上,双手高举,似是等待接受洗礼。这种激情的释放很有感染力。教堂里爆发出阵阵尖叫,赶得上七月四号独立日的烟火声。

牧师的声音像是钟摆在摇晃——向左、回去、向右、再回去、向左,接着说道:"你怎么能声称是我的兄弟,却又憎恨我?那是爱吗?你怎么能声称是我的姐妹,却又鄙视我?那是爱吗?你怎么能声称是我的朋友,却又利用我、伤害我?那是爱吗?噢,孩子们,我就说到这儿吧……"

教堂里的众人紧跟着回应:"就说到这儿吧,主。"

"我要告诉你们,敞开你的胸怀,让爱占据你。原谅你的敌人,向这个衰落的旧世界展示耶稣所说的爱吧。世界需要爱的施予者。"牧师的声音轻了下来,激情渐息,场中渐静。

"现在让我再次重复使徒保罗[1]的话:'如今常存的有信,有望,有爱这三样,其中最大的是爱。'"[2]

1　圣保罗(公元 3 年—67 年):十三门徒之一,天主教廷将他封圣,称为圣保禄,新教则通常称他为使徒保罗。他是神所拣选的外邦人的使徒,也被历史学家认为是对于早期教会发展贡献最大的使徒。他一生中至少进行了三次漫长的宣教之旅,足迹遍至小亚细亚、希腊、意大利各地,在外邦人中建立了许多教会,影响深远。其纪念日为 6 月 29 日,与圣彼得联合庆祝。

2　《新约·哥林多前书》13:13。

会众心满意足，逐渐平静下来。即便他们是社会的弃儿，他们也会在未来成为洁白天堂里的天使，坐在上帝之子耶稣的右手边[1]。上帝爱穷苦的人，而憎恶世俗中的权贵。上帝不是自己也说，"骆驼穿过针的眼，比财主进神的国还容易呢"。[2] 他们相信，他们将是美好宽阔流奶与蜜之地[3]的惟一居民。当然有些白人也会升入天堂，比如，约翰·布朗[4]，历史书上说他是个疯子。总的来说，现在黑人们，尤其是参加培灵会的黑人，所要做的就是在现世忍受辛苦操劳，因为幸福的家园就在遥远的"不久"等待着他们。

"不久，当清晨到来，当上帝的所有圣徒相聚，我们会讲起吃苦受难的故事，对此我们不久会有更深的理解。"[5]

当福音传教者打开教堂门的时候，晕倒在过道里的几个人悠悠醒转过来。在"感谢您，耶稣"的应和声中，主教开始唱

1　坐在右手之说源于《新约·马太福音》25:31—33:"万民受审判:当人子在他荣耀里、同着众天使降临的时候，要坐在他荣耀的宝座上。万民都要聚集在他面前。他要把他们分别出来，好像牧羊的分别绵羊山羊一般;把绵羊安置在右边，山羊在左边。"

2　《新约·马太福音》19:24。

3　《旧约·出埃及记》3:8:"我下来是要救他们脱离埃及人的手，领他们出了那地，到美好、宽阔、流奶与蜜之地，就是到迦南人、赫人、亚摩利人、比利洗人、希未人、耶布斯人之地。"

4　约翰·布朗(John Brown, 1800—1859):美国废奴运动的领袖之一，曾组织反奴隶制武装起义，被绞死。

5　圣歌《不久》(Bye and Bye)中的一句，此曲由福音歌曲之父查尔斯·艾伯特·田得理(Charles Albert Tindley)创作于1903年。

一首节奏缓慢的圣歌：

> 照我本相，来就耶稣，
>
> 疲惫、困倦又忧郁。
>
> 他是我的安息之所，
>
> 他使我心欢畅。[1]

年老的妇人唱起了圣歌，音调准确而和谐。而唱和声的众人听起来就像累极而倦的蜜蜂，焦躁不安，急着离开。

"所有能够听到我的声音，又没有灵魂归属的人们，那些心如沉石、忧愁不断的人们，让他们来吧。快些来吧，现在还不算太迟。我不是让你们皈依基督神的教会[2]。不，我只是上帝的奴仆，我来到这个培灵会，只是想把迷失的灵魂带回给上帝。所以，如果你今晚皈依，只要告诉我们你想加入哪个教会，我们就会依你的意愿，引见那个教会

1　《我听见耶稣说》(*I've Heard the Voice*) 中的一句。全文是："我听见了主耶稣说：来，就我得安息！疲倦的人，来这里躺卧，你可歇我胸臆。照我本相，来就耶稣，疲惫、困倦又忧郁。他是我的安息之所，他使我心畅欢。我听见了主耶稣说：看！我白白赐给。干渴的人，来畅饮活水，你可欢然取水。我敞开心怀就耶稣，并喝那生命活泉，干渴立消，我魂复苏，现今活在他前。我听见了主耶稣说：我是世界的光，转眼看我，晨星必出现，照耀你的途径。我从自己转向耶稣，他是我晨星、太阳。生命光中，欢乐行走，行尽客旅路程。"

2　基督神的教会 (the Church of God in Christ)：一个以黑人为主的美国教会，规模在美排名第五。

163

的代表。在座每个教会的执事，到前面来，好吗?"

这真是一个革命性的举动，从未听说有牧师会为其他教堂吸收信徒。这也是我们第一次在布道者的身上看到了爱。非洲卫理公会、非洲卫理公会锡安教会、浸信会和卫理公会主教派的代表走了上去，严肃地站好，每人之间相距几英尺。重生的带罪之人从过道鱼贯而入，上前与传道的主教握手，并站在他的身边或被引荐给台上的某位牧师。那一晚有二十人得到了拯救。

救赎的过程几乎和感恩圣歌会一样混乱。

教堂女主持与稀疏头发上别着白色蕾丝盘发器的老妇人们单独进行着礼拜仪式。她们围着刚刚皈依的信徒，一边走一边唱:

来年今日，

我或已不在，

在某个孤寂的坟墓，

主啊，还要多久?[1]

当募捐结束，最后一首圣歌也在感恩中唱完，牧师请求在场的所有人再一次把自己的灵魂献给上帝，把毕生的事工献

---

[1] 源自早期的一首黑人圣歌《来年今日》(*Before This Time Another Year*)。

给爱。然后，就放我们走了。

在回去的路上，人们沉浸在上帝的神力之中，就像孩子们沉浸在泥巴游戏中一样，不愿告诉自己一切已经结束。

"今晚主打动他了，是吗?"

"是的，用火一样的热情打动他了。"

"愿主保佑，得到救赎，我真高兴。"

"千真万确，救赎后生命会大不同。"

"真希望老板们也听听这次布道，他们根本不知道他们的所作所为会得什么报应。"

"《圣经》上说，'听的可以听，不听的真可怜'。[1]"

他们沉浸在穷人的正直和被压迫者的孤傲之中。就让白人拥有金钱、权力、对黑人的隔离和嘲讽、大房子、学校、地毯般的草坪还有书籍吧，最多——最多再让他们拥有白色的皮肤。而此世短暂的逆来顺受、地位卑微、遭人唾弃、被人虐待，总比永世在地狱的烈火中煎熬要好。那些基督徒和以"爱"为最终追求的人，谁也不会承认，看到自己的敌人被戳在魔鬼的长叉上、受尽硫磺烈火的炙烤时，心中会升起莫名的快感。

但这是《圣经》上说的，而《圣经》绝不会出错。"它不是在什么地方说过'一字不实，天崩地裂'[2]吗? 人都是会有报应的。"

做礼拜的人们走上横跨池塘的小桥时，迎面袭来了低俗音乐的嘈杂声。酒吧中传出的蓝调，被唱得声嘶力竭，还夹杂着皮鞋在木头地板上的踩踏声。格蕾丝（Grace）小姐，一个花天酒地的女人，在招待每个星期六晚上来的熟客。白色的大房子里灯火通明、人声鼎沸，里面的人们根本不知悲伤和痛苦是何滋味。

　　走近那个酒吧时，上帝的信徒们都低下了头，停止了谈话。现实开始一步一步往回爬，理智也渐渐得闲占据了头脑。无论刚才发生了什么，他们只不过是穷鬼、饿汉、被鄙视和被压迫的、有罪的人，而外面的世界还在照常运转。还要多久，仁慈的主啊？还要多久？

　　不懂音乐的人，可能会弄不清楚，几分钟前唱的圣歌和铁路边欢乐屋里的舞曲有什么不同。所有人都在问着同样的问题：还要多久，主啊？还要多久？

19

　　最后一寸空地上都挤满了人，但人们还是贴着商店的墙边往里凑。威利叔叔把收音机的音量调到最大，好让门廊里的小伙子们也可以听得一字不漏。女人们坐在厨椅、餐椅、小矮凳和反扣在地上的木箱上，她们每个人的大腿上都坐着年龄不一的孩子。而男人们则靠着货架，或相互倚着。

　　紧张的气氛很快就被一阵兴奋的喧闹打破，就像漆黑的天空划过一道刺目的闪电。

　　"我根本不担心这场比赛，乔[1]一定会把那个赶马车的[2]打趴下，像赛季开始时那样。"

1　乔·路易斯（Joe Louise，1914—1981）：美国著名拳击运动员，在1937
　　—1949年间是世界重量级拳击比赛的冠军，人称"褐色轰炸机"。
2　赶马车的：指南方贫穷的白人。

"他会把那个白小子打得叫他老娘。"

兴致勃勃的谈话停了下来,直播中插入又臭又长的剃须刀广告歌,然后,比赛开始了。

"照头来次快攻。"商店里的众人嚷着,"左拳,打头,右拳,再左拳。"有个人在收音机旁边像母鸡一样咯咯地叫,随后被其他人说得不敢出声了。

"他们抱在一起了,路易斯想挣脱出来。"

门廊上一个爱开玩笑的人有点尖刻地说:"我敢说,现在白人不介意与黑人拥抱在一起了。"

"裁判上前要把他们分开,但路易斯已把对手推开,接着就在下巴上来了一记上勾拳。对手仍在坚持,但已经在向后退了。路易斯上前又是一记左拳,打在对手的脸上。"

低语声如潮水般从店门涌出,冲到院子里。

"左拳,又是左拳,路易斯保留着他强大的右拳⋯⋯"商店里的低语声渐渐不敌婴儿的哭闹。这时铃声响起,打断了一切,广播中传出:"女士们、先生们,第三回合结束。"

我好不容易才挤进了商店,我在猜想,广播员是否意识到了,他在将全世界的黑人都称为"女士和先生",把那些一边汗流浃背地祈祷,一边静听"权威声音"的黑人称为"女士和先生"。

比赛直播过程中,只有几个人叫了皇冠可乐(R. C.

168

Cola)、胡椒博士饮料和海尔斯乐啤露[1],而真正的狂欢到比赛结束时才拉开序幕。笃信基督的老妇人平时对软饮料看也不看,也教孩子们不要去喝,但此时即便是她们也会买上几瓶。如果褐色轰炸机取得了特别血腥的胜利,她们甚至会点些花生饼和贝比鲁斯[2]。

贝利和我把硬币放在收款机上,因为威利叔叔让我们不要在比赛的时候弄响收款机。我明白,收款机动静太大的话,会影响气氛。当锣响宣告下一回合的比赛开始时,我们挤过如在教堂般寂静的人群,来到外面的孩子群中。

"他把路易斯逼向围绳,一记左拳打中身体,一记右拳打在肋部,又一记右拳打在身上,噢,好像低了点……是的,女士们、先生们,裁判示意停止,但那家伙并没有停住,拳头雨点般地落在了路易斯身上。又是一拳,看起来路易斯坚持不住了。"

我的族人在呻吟,那是我们的人在倒下。这是又一次私刑,又一个黑人被吊在树上,又一个黑人妇女在途中遭到强奸,又一个黑人孩子被鞭打致残。这就像一群猎狗追逐在泥泞沼泽中逃跑的黑人奴隶,就像白人因为黑人女仆忘记件小事便甩给她一记耳光。

---

1 乐啤露(root beer):不是啤酒,而是一种软饮料。
2 贝比鲁斯(Baby Ruth):一种花生焦糖牛轧糖,类似于士力架。

店里的男人站直了身子，全神贯注地听着。女人们紧张地抱紧了怀里的孩子，几分钟前门廊里的嬉笑打闹一时间消失得无影无踪。这甚至可能是世界末日。如果乔输了，我们就又要回到无助的奴隶时代；如果乔输了，那么我们真的可能像那些人说的一样，是人类中最低级的种族，是比大猩猩强不了多少的动物；如果乔输了，那么我们就真的愚昧、丑陋、懒惰、肮脏，甚至更可怕的是，上帝也仇视我们，我们注定要永世挑水、劈柴，永永远远，无休无止。

　　我们屏住呼吸。我们不敢抱有希望。我们静静地等待。

　　"他离开了围绳，女士们、先生们。他正向拳击台的中心移动。"还不是松口气的时候，最糟的结果仍然有可能会出现。

　　"现在乔看起像是发狂了。他一记左钩拳打在卡内拉(Carnera)的头上，头上又是一记左拳。一记左直拳打在身体上，一记左拳打到头上。左交叉拳之后，一记右拳打在头上。对手的右眼在流血，他似乎已经挡不住了。路易斯的拳头击破了他的所有防守。裁判插了进来，可路易斯对着他的身体又是一记左拳，下巴上一记上勾拳。对手倒下了！他躺在了地上，女士们、先生们。"

　　女人们站起来的时候，孩子们滑落到了地上，男人们向前探着身子。

　　"裁判，他正在数秒。一、二、三、四、五、六、七……挑战者还会站起来吗？"

店里的所有人大喊："不!"

"……八、九、十。"听众中出现了一点骚动,但在巨大的压力下,他们终于控制住了自己。

"比赛结束了,女士们、先生们。现在麦克风交给裁判……他来了。裁判抓住'褐色轰炸机'的手,高高地举了起来……胜利者诞生了……"

接着,沙哑而熟悉的声音荡过我们的头顶:"获胜者,世界重量级卫冕冠军——乔·路易斯。"

世界冠军,一个黑人孩子,某个黑人母亲的儿子,世界上最强壮的人。现在人们手中的可口可乐胜似玉液琼浆,口中的糖果散发着如圣诞节美好的味道。有些男人走到商店后面,用软饮料瓶盛了点自制威士忌,几个大一点的男孩子也跟了上去。他们大多未能得逞,但那些没被赶走的孩子尝到了酒味,回到前廊,大口哈着气,像一个个骄傲的烟鬼。

一个小时后,人们才会陆续离开商店启程回家。家远的已经在镇上找好了住处。乔·路易斯已经证明了我们是世界上最强大的种族,但即便是这种时候,倘若黑人和他的家人在寂静无人的乡间小路上被白人撞到,也不会有好结果。

20

> 一哒二哒,脆饼苏打;
>
> 一哒二哒,嘭!
>
> 一哒二哒,脆饼苏打;
>
> 我爱着你呀!

捉迷藏的儿歌声在树林间回荡,树顶的枝叶摇动着,回应着儿歌的节奏。我躺在草地上,脑海中勾画着孩子们游戏的图景。女孩们疯跑着,一会儿这里,一会儿那里,在这儿也待不住,在那儿也待不住,她们跟打破了的鸡蛋似的,在地上漫无目的地流淌。但是,大家有一个共识,虽然很少有人明说:所有运动都遵从一种抽象的规律。于是,我让眼界更上层楼,俯视这"一哒二哒"的活动。忽然之间,野餐服艳丽的色彩一闪、

172

一顿,然后消失不见,如掠过幽暗湖面的一只红蜻蜓。男孩子们像阳光下甩动的黑色鞭子,从树后猛地出现,又猛地消失。女孩子们则躲向另一棵树,半遮半掩,在阴影中心儿乱跳。

斯坦普斯每年一度规模最大的户外活动,当属在池塘边的空地举行的夏日炸鱼野餐会。小镇上的每个人都会参加,包括所有教会、社会组织(慈善互助会、东方之星会、共济会、哥伦布骑士会、皮西厄斯骑士会)、专业人士(拉法耶特学校的黑人教师)以及兴高采烈的孩子们。

会音乐的人带来了烟盒吉他、口琴、单簧口琴、包在卫生纸里的梳子,还有人拿来了充当低音鼓的浴盆。

为野餐会准备的食物丰富多样,就算是罗马美食家到场,也会赞赏有加。长凳下面排着一盘盘的炸鸡,用餐布盖着,旁边是小山般的土豆泥,里面嵌着煮好的鸡蛋。整根整根火红的大腊肠,外面裹着厚厚一层奶酪。还有我们自制的泡菜、农家烤火腿,它们的香味与丁香、菠萝的味道争相飘来,吸引着我们。熟客点了冰镇西瓜,于是贝利和我把那些满身青绿条纹的水果塞进了可口可乐箱,并且把所有大桶都装满了冰,连阿妈煮衣服用的大黑锅里都放上了一些。现在它们肯定在下午的空气中高兴地嘶嘶冒着凉气呢。

夏日野餐会给了女士们一展身手的大好机会。烤架上,鸡腿和猪排在油脂和酱汁的包裹中滋滋作响,而那美味酱汁的配方却像家丑一样、不可外扬。但这是一场盛会,所有真正的烧烤高手都会乐于拿出绝活,以供小镇上的朋友品评。橙黄色的松软蛋糕夹着深褐色的巧克力,一层又一层,最上面是椰蓉和浅褐色的焦糖。不堪承受黄油的分量,重油面包的表皮几乎要陷下去了,小孩子们再也忍不住,想去用手沾些糖霜放进嘴里,而妈妈们也总能抓住那些个黏糊糊的小手,教训他们一顿。

垂钓能手和钓鱼爱好者坐在池塘边的树桩上,他们不时从湍急的河水中拽出几条鲈鱼和石首鱼。年轻的姑娘们轮流给钓来的鱼去鳞清洗,忙碌的女人们身穿浆洗的围裙,一边给鱼撒盐,一边就将它们沾好玉米糊丢进荷式大油锅里。

在空地的一角,一个福音唱诗班正在排练。他们的声音,和谐地穿游在乡村歌手的吉它曲和小孩子们的儿歌中,仿佛一大群沙丁鱼嬉戏在珊瑚礁丛。

"小子们,别把球踢到我的蛋糕上,不然有你们好看的。"

"好的,夫人。"但他们该怎么玩还是怎么玩。男孩子们从篱笆上折下树枝,击打着网球,尽力不让球掉进地上的窟窿。这群野孩子搅得空地上鸡犬不宁。

我本来想带本什么书去看,但阿妈说,如果我不想和其他孩子玩,就应该做点有用的事,比如给鱼去鳞、去最近的井里打水,或者捡些烧烤用的柴火。

无意间,我走到了一个幽静的地方。在这里的烧烤坑边上,有三个标志分别写着"男(厕)""女(厕)"和"小孩",箭头指向了经年生长的草丛的深处。我觉得十岁已经不算小,并且自己也比普通的孩子聪明,所以并不想在蹲于树后时被小孩子们发现。但我也没有胆量去"女(厕)"箭头所指的方向。如果被其他大人看到,她们可能会认为我是在"充大",并且会到阿妈那里去告我的状。我知道阿妈听到这话不会对我有什么好脸色。因此,当我确实想要方便一下的时候,我就走向另一个方向。穿过一片高大的桑树林,我发现了一个仅有野餐的地方十分之一大的空地,那里清爽而安静。解决了个人问题后,我找了个地方坐下。那是黑核桃树树根的两个突起之间,坐在上面可以舒服地靠在树干上。在善良的人们看来,天堂应该就是这个样子,或许加利福尼亚也该是这个样子。躺着,直视天穹,叶子划出一个不规则的轮廓,我觉得自己仿佛正坠入一团无边无际的蓝色迷雾。这时耳畔响起了孩子的嬉闹声,鼻间飘过远处烧烤食物的浓郁香味,我这才被带回现实,捡回一条命。

草丛中一阵骚动,有人来了,于是我迅速站了起来。路易丝·肯德里克斯(Louise Kendricks)走进了树丛。我没想到的是,她也不喜欢人群中欢乐的气氛,逃了出来。她与我同岁,和她妈妈住在学校后面一所整洁的房子里。她有年纪相近的表兄弟姐妹,他们更有钱、也更白净,但我暗地里相信:在斯坦普斯,路易丝是除了弗劳尔斯太太之外最美的女子。

"你一个人坐这儿干吗呢,玛格丽特?"她并无责备之意,只是问问而已。我说我在看天空。她问："看天空做什么?"这显然是一个没有答案的问题,所以我也没有硬找句话来搪塞。路易丝让我想起了简·爱。她妈妈肯德里克斯夫人家道中落,但依然保持着贵族式的优雅。这位夫人如今是一名女仆,而我觉得她应当被称为"老师",并且贝利和我也的确就是这样称呼她的。(谁能让一个充满浪漫幻想的、十岁大的孩子实事求是呢?)肯德里克斯夫人年纪并不是很大,但在我看来,十八岁以上者都是大人,没有程度上的区别。孩子们对大人们礼貌、顺从,满足他们提出的任何要求,而大人们自己则必须穿差不多的衣服、说差不多的话、做差不多的事,运行在相似的轨道上。路易丝是个孤独的女孩,尽管她似乎有很多玩伴,也总是乐于参加校园里大家一起玩的扑克游戏。

她脸型修长,呈巧克力般的深褐色。她的脸上罩着一层淡淡的悲伤,虽然很淡,但恒久不去,如棺材上透明的薄纱。她的眼睛,我觉得那是她五官中最好看的部分,秋波流转,好像在寻找着转瞬即逝的美好。

她越走越近,树下斑驳的光影跳动在她的脸和辫子上。我之前从未注意到,她与贝利长得如此之像。她的头发很好、很柔顺,少有打卷的,她的五官端正,像是被精心布置过一般。

她向上看去,"嗯,你在这儿可看不到太多的天空"。接着,她在距我一臂之远的地方坐了下来。她把削瘦的手腕搭在了树根的两个突起上,仿佛坐在一把舒适的椅子上。缓缓地,她也向后靠去,半躺着倚在树干上。我闭上了眼睛,想着是不是该另外找个地方,但转念一想,不太可能有什么地方比这里更好了。这时,一阵微弱的尖叫传来,还没等我睁开眼,路易丝已经抓住了我的手。"我刚才掉下去了,"她摇动着两条长辫子,"我刚才掉到天空里去了。"

我喜欢她,是因为她也可以"掉进天空",并且坦白承认。我提议说:"咱们一起来试试。但我们数到五就都坐起来。"路易丝问:"要不要拉着手,以防万一?"我握紧了她的手。如果我们中有一个人掉进去了,另一个还可以将她拉出来。

几次跌入永恒之后(我们俩都知道那是怎样的感觉),我们放声大笑,那是一种与死神和毁灭共舞、却成功逃脱厄运的快乐。

路易丝说:"让我们转起来,再看看熟悉的天空吧。"于是,我们双手拉着双手,开始在空地中央旋转。先是非常慢,我们扬起下巴,两眼直直地望进那片诱人的蓝色。渐渐地,速度越转越快,一点点变快,然后更快,然后又更快。啊,救命,我们又要掉下去了。到底还是永恒赢了。我们停不下来,我们还在旋转,还在坠落。最后是地心的引力把我从她的手中甩了出去,抛向下面命运的归宿——不,不是下面,而是上面命运的归宿。一切结束了,我安然无恙地躺在了悬铃木树脚下,昏昏沉沉,路易丝则跪倒在树丛的另一边。

这当然值得纵情大笑。我们输了，但我们什么也没失去。起初，我们咯咯地笑着，醉汉一样摇摇晃晃地爬向对方，相触的一刹那，我们放声狂笑起来。我们拍打着彼此的肩和背，继续笑。我们愚蠢了一次，被自己欺骗了一次，难道还有什么比这更可笑吗？

路易丝敢于和我一起挑战未知的世界，因此成了我第一个朋友。我们花大量空闲时间来学习塔特暗语[1]。因为那时所有的孩子都在用黑话拉丁语，而塔特暗语比黑话拉丁语更难说、也更难懂，所以我们觉得自己比别人优秀。随着暗语的进步，我开始理解，女孩子们成天咯咯笑的是什么了。路易丝有时也会用她那还不算熟练的暗语对我说几个句子，而后自己笑个不停。我自然也要跟着大笑，但那其实是傻乐，我根本什么也没听懂。我觉得她也不是十分清楚自己说了什么，但女孩们就是会咯咯咯地笑。在回到斯坦普斯做了三年稳重女性之后，我又重新变回了小姑娘。

有一天在学校，一个我不太认识、也没怎么说过话的女孩走过来，递给我一张字条。字条折得很精细，一看就知是一封情书。我说她肯定找错人了，但她坚持说那是给我的。我承

---

1 塔特暗语（the Tut language）是将组成单词的每个字母单独拼出的暗语。比如 You（Yak oh you）know（kack nug oh wug）what（wack hash a tut）。

认,在打开字条的那一刻,我心里很害怕。害怕那只是一场恶作剧,害怕纸上出现一只丑陋的野兽,上面标着一个大大的"你"字。孩子们搞些恶作剧,有时候仅仅因为他们觉得你太过傲慢。幸运的是,老师允许我去厕所(一个出去的借口),在散发着臭气的幽暗中,我看到:

> M. J. [1],我亲爱的朋友,
>> 时世艰辛,朋友难寻,
>> 书信一封,心绪难平,
>> 问君可愿为我的瓦伦丁?

> 汤米·瓦尔登(Tommy Valdon)

我想得头痛欲裂:谁?谁是汤米·瓦尔登?最后,一张脸浮现在我记忆的深处。他是一个棕色皮肤的英俊男孩,家住池塘对面。在确定是他之后,我就开始纳闷:为什么?为什么是我?只是个玩笑吗?然而,如果我没有记错的话,汤米是一个稳重的孩子、一个好学生。那么,字条就肯定不是个恶作剧。好吧,不是恶作剧,那他心里打的又是什么别的坏主意呢?我的猜测一个一个被推翻,就像一支正在撤退的军队——后退、挖掩体、保护两翼、阻止敌军逼近。但是,做一个

1　M. J.:玛格丽特·约翰逊名字的缩写。

179

人的瓦伦丁[1]到底是什么意思呢?

　　刚要把字条丢进茅坑,我突然想到了路易丝。我可以给她看看。于是,我把字条按原样折好,回到教室。午饭时间我没空找路易丝,因为我要回商店招呼顾客。字条就塞在我的袜子里,每次阿妈看我的时候,我都担心她严肃的目光会变成X射线,非但能发现字条,还能看见上面的内容,而且阿妈还明白瓦伦丁的意思。我感觉我正滑向罪恶的深渊,又一次我差点毁了那字条,只不过一直没找到合适的机会。上课铃响了,贝利催着我回教室,所以一时也就忘记了字条的事情。但这是件大事,终究还是要处理。下课后,我在路上等着路易丝。她正和一群女孩儿有说有笑。我打了个我们约定好的手势(左手摆两摆),她便与其他人道了别,朝我这边走来。我并没告诉她我怎么想(她最爱问这个问题),而是直接把字条给她看。路易丝一看字条的折法,就收起了笑容。我们陷入了困境。她打开字条,出声读了两遍,说:"那么,你是怎么想的呢?"

1　圣瓦伦丁(St. Valentine)是罗马的一位教士。他所处的是一个教会受迫害的时代,但圣瓦伦丁坚定地为因宗教信仰而遭受迫害的信徒服务。他曾成功地帮助朝圣者前往罗马,因此被捕入狱。他在受审时,阐述基督真理,为教会辩护,还显神迹治愈盲女的眼睛。皇帝得知此事,下令杀死圣瓦伦丁。处刑的那一天正是公元270年2月14日。因为圣瓦伦丁是已订婚准备结婚的伴侣的主保圣人,所以每年2月14日被定为圣瓦伦丁节,亦即情人节。

我说："我怎么想？这正是我要问你的问题？在这种情况下,我应该怎么想?"

"似乎他是想让你做他的瓦伦丁。"

"路易丝,我认得字。但瓦伦丁是指什么呢?"

"噢,你懂的,他的瓦伦丁,就是他的爱人。"

又是那个可恨的字眼、怒吼的火山般可怕的字眼。

"不,我不会,百分之一千地不会。再也不会。"

"你以前做过他的瓦伦丁吗？你说'再也不会'是什么意思?"

我不能对我的朋友撒谎,也不愿重提过往的伤痛。

"嗯,那就不用理他,这事儿到此结束。"闻听路易丝说这事可以如此轻易地解决,我稍稍安心了一些。我把字条撕成两半,一半给了路易丝,一半自个留着。在下山的路上,我们将手中的字条撕成千百片,散在风中。

两天后,一位督导来到我们教室,她与我们的老师威廉斯小姐小声说了几句话。之后,威廉斯小姐对我们说:"同学们,我想你们记得,明天就是瓦伦丁节。这个节日是为纪念约于公元270年死于罗马的殉道者圣瓦伦丁而命名的。在这一天,人们互赠表示爱意的小礼物和卡片。八年级的同学已经准备好了礼物和卡片,今天放学时,我也会给你们发一些硬纸板、丝带和红色皱纹纸,你们可以好好准备你们的礼物。工作台上有胶水和剪刀。督导会当你们的邮递员,他会将礼物送到你们指定的人手中。好了,现在我叫到名字的请起立。"

想到昨天那字条的平实内容,又想到路易丝和我匆匆将它撕得粉碎的样子,我一下子愣住了。等我回过神来,威廉斯小姐已把她手中五颜六色的信封整理完毕,开始叫名字了。

当威廉斯小姐打开信封读出内容的时候,被叫上去接受瓦伦丁祝语的学生自然很难为情,但坐在下面的人也好不到哪里去。"海伦·格雷"(Helen Gray),她是一个来自刘易斯维尔、有些木讷的高个子女生,"亲爱的瓦伦丁,"——威廉斯小姐开始读那首幼稚的打油诗,更糟糕的是它一点也不合辙押韵,我睡着觉写的都比这要好。我一边忍受着蹩脚诗句的折磨,一边想着昨天的事,心中充满了愧疚和期待。

"玛—格—丽特·安妮·约翰逊。噢,天啊,这看起来更像是一封信,而不是瓦伦丁祝语。'亲爱的朋友,我写了一封信给你,但却看到你和 L 小姐[1]一起将它撕得粉碎。我相信你不是要有意伤害我的感情,所以无论你是否回信,我都认为你是我永远的瓦伦丁。T. V.[2]。'"

"同学们,"威廉姆斯小姐神秘地一笑,并没有让我坐下,而是接着漫不经心地说,"你们现在才上七年级,我相信你们还没有狂妄到在信尾署上名字的缩写。但这个男生是八年级的学

---

1 路易丝的代称。

2 汤米·瓦尔登名字的缩写。

182

生，马上就毕业了……玛格丽特，你可以拿上你的瓦伦丁礼物和信出去了。"

汤米的信写得文采斐然，字也挺漂亮的。我很后悔把他给我的第一封信撕了。他说，无论我给不给他回信都不会影响他的感情，这打消了我的顾虑。他既然这么说，应该不是小肚鸡肠之人。我告诉路易丝，他下次来商店，我会对他多说点好话。但可惜，在机会来临的时候，我一看到汤米，那些搜肠刮肚想出来的话，全都消融在他甜美的微笑中，我连一句连贯的话都说不利索。过了一段时间，我便在他的视野中渐渐消失了。

21

　　贝利在屋后的空地上插上几根树枝,盖上一块破毯子,搭成了一个简易帐篷。这就是马维尔船长 [1] 的世外桃源。贝利在这里为很多女孩揭开了"性"的神秘面纱。一个接一个地,他将那些被他打动的、富有好奇心和冒险精神的女孩带进了那片灰暗的阴影,他事先给她们的说法是,马上开始的是妈妈和爸爸的游戏。他分配给我的角色是家里的孩子,负责在外面站岗放哨。贝利会要求女孩们撩起衣服,然后,他就压在她们身上,不停地扭动着屁股。

　　有时我必须掀动帘子(那是有大人走近的信号),就会看

1　马维尔船长(Captain Marvel)是连环画中的超级英雄,这套书创作于1939年,文字作者是比尔・帕克(Bill Parker),艺术设计是贝克(C. C. Beck),最初由福赛特漫画出版社(Fawcett Comics)出版。

到他们恶心的动作。他们甚至在谈论学校的事和电影时，也不会停下。

这种游戏贝利玩了六个月，后来他遇到了乔伊斯（Joyce）。乔伊斯是个比贝利大四岁的乡下女孩（他们相遇时贝利还不满十一岁），她幼时父母双亡，和她的兄弟姐妹被分别寄养在几个亲戚家里。乔伊斯于是来到了斯坦普斯跟寡居的姑妈住，她家里比镇上最穷的人家还要穷。乔伊斯身体发育得超出她实际年龄。她的胸部不像别的同龄女孩一样是两个小硬包，而是在稍显紧身的衣服上部鼓了出来。她走路的姿势很僵硬，就好像两腿之间夹了一捆木头。我觉得乔伊斯有些俗气，而贝利却说她很可爱，还说他希望能和她玩"游戏"。

凭着女性特有的敏锐，乔伊斯感觉到她已经征服了贝利，因而，只要到了傍晚和星期六，她就泡在商店里。店里忙的时候，她就帮阿妈跑跑腿，出力流汗也毫不在意。经常，当她从山丘上跑下来、回到店里时，她的纯棉质地的裙子已被汗水打湿，紧贴在瘦削的身体上。这个时候，贝利就目不转睛地看着她，直到衣服干透为止。

阿妈有时会送给她些吃的，让她带给她姑妈，到星期六的时候，威利叔叔会给她十美分作为"客串报酬"。

在逾越节那个星期（Passover week），我们星期六也不能去看电影。阿妈说，我们必须有所牺牲，才能净化灵魂。于是,贝利和乔伊斯决定,我们三个人一起做"游戏"。和往常一样,我还是扮演小孩。

贝利支好帐篷,乔伊斯先爬了进去。贝利让我坐在外面玩我的洋娃娃,接着他也爬了进去,放下了帘子。

"好,来吧。你为什么不解开你的裤子?"乔伊斯压低了声音说。

"不是这样的,你只要把你的衣服掀起来。"

帐篷里响起了窸窸窣窣的声音,帐篷壁几次鼓了出来,好像他们是想站起来。

贝利问:"你要干什么?"

"脱掉我的裤子啊。"

"为什么?"

"穿着裤子没法做。"

"怎么没法做了。"

"穿着裤子,你怎么碰得着它呢?"

一片寂静……我可怜的哥哥根本不明白她在说什么。但是我懂。我掀起帘子,对里面说:"乔伊斯,不要对我哥哥做那事。"她惊得差点尖叫出来,但还是压低了声音道:"玛格丽特,你放下帘子。"贝利又加了一句:"快,放下来。你应该守在外面好好玩你的洋娃娃。"我想,如果她对贝利做了那事,他就得进医院,所以我警告他:"贝利,如果你让她对你做那事,你会后悔的。"然而,贝利威胁我说,如果我不放下帘子,他一个月都不会搭理我。我只好放了手,坐在帐篷前的草地上。

不一会,乔伊斯从帐篷中探出头来,用一种甜腻的、电影中的白种女人一般的声音说:"宝贝,去拾些柴来,爸爸和我想点个火堆。我要给你做好吃的蛋糕。"然后,她的声音陡然一变,听起来像要吃了我:"去,快去。"

贝利事后告诉我,乔伊斯那地方有毛,还说,那是她和很多男孩做那事后才长出来的。她甚至腋下也有毛,两边都有。贝利很为她的"成就"感到骄傲。

随着他们感情故事的发展,商店里的失窃事件也越来越多。其实,贝利和我原来就经常从店里拿些糖块、几个五分的硬币,当然还有酸菜。但贝利现在需要满足乔伊斯贪婪的胃口。他从店里拿走了一听听的沙丁鱼罐头,泛着油光的波兰香肠、奶酪,甚至还有昂贵的粉鲑。那种鲑鱼我们自己都很少舍得吃。

这段时间,乔伊斯越来越不乐意做杂事了,而且常抱怨身体不太舒服。但她现在有了些钱,所以还是整天泡在商店里,不是吃点普朗特斯花生,就是喝点胡椒博士可乐。

阿妈好几次想赶她走:"你不是说你不舒服吗,乔伊斯?最好还是回家吧,让你姑妈给你看看。"

"好的,夫人。"她极不情愿地走出前廊,僵硬的双腿把她送上了小山,送出了我们的视野。

我觉得乔伊斯是贝利在家人之外爱上的第一个人。在他看来,她像妈妈一样,只不过可以像在梦中一样亲近;她也像他的妹妹,只不过不会喜怒无常、难以接近、脆弱爱哭。他所要做的就是保证食物源源不断地流进她的口袋,而她会让感情不停地汩汩涌出。对贝利来说,乔伊斯大他几岁这一点并不重要,这或许还是她很有魅力的一个原因。

乔伊斯在店外晃荡了几个月,但突然有一天,她无声无息地消失无踪了。她的消失和她的出现一样,令人难以捉摸。没有流言,也没有关于她如何离开、去了哪里的线索。一开始我倒是没有意识到乔伊斯失踪了,起初只是觉得贝利有些不同寻常。他忽然之间对所有东西失去了兴趣,整天心事重重地转来转去。虽然看不太出,但我肯定他"苍白"了许多。阿妈也注意到了贝利的变化,她说他身体不舒服是因为时逢夏去秋来。接下来,阿妈去小树林,找了些草药熬成药茶,和着一大勺糖浆一起给贝利灌了下去。贝利并没反抗,也没有像以往一样用花言巧语骗阿妈,以便免于吞下难喝的草药。毫无疑问,这次他病得很厉害。

乔伊斯将贝利玩弄于股掌之间,我自然是非常不喜欢,但她这样不辞而别,就让我更恨她了。我怀念她带给贝利的宽容,那时他几乎不再捉弄镇上的人、或对他们冷嘲热讽了,他也又开始与我分享他的秘密了。但是,现在她走了,贝利就拿我和她相比,还说我无法交流。他把自己封闭起来,就像一颗石子沉入深深的池塘。在他的脸上再也看不见曾经的开朗,当我提起乔伊斯时,他只是淡淡地说:"乔伊斯是谁?"

又是几个月过去了,乔伊斯的姑妈来到店里,阿妈在厨房里招待她。阿妈说:"古德曼(Goodman)夫人,你来了。一件事紧接着一件事,不得消停,这就是生活啊。"

古德曼夫人斜靠在红色的可口可乐箱上,"的确是这样,亨德森姊妹",随口呷着昂贵的饮料。

"事情变化太快,让人有点头晕。"这是阿妈想要开始一次交谈的常见方式。我像小老鼠一样安静地待在一边,希望可以听到些消息,好回去带给贝利。

"你说,你那个小侄女乔伊斯,她有一阵子天天来店里转转。后来却像股烟一样消失了。我们这几个月连她个人影都没见着。"

"噢,不是。其实我都不好意思告诉你……她是怎么走的。"古德曼夫人边说边坐在一把厨房椅上。阿妈看到了暗影中的我,"玛格丽特,主可不喜欢小身材大耳朵的陶罐。你如果现在闲得慌,我可以给你找点事做"。

我出去了,但事实真相还是透过厨房门传进了我的耳朵里。

"我没有多少钱,亨德森姊妹,但我把我的一切都给了这个孩子。"

阿妈说,她相信那是真的。她不会说"我打赌那是真的"。

"但是,我付出了这么多,她却跟一个铁路搬运工跑了。她

189

跟她妈一样放荡,这回也应了那句老话,'有其母必有其女'。"

阿妈问:"那条毒蛇是怎样把她骗到手的?"

"噢,亨德林姊妹,你千万别误会,我不是说你有什么不是。我知道你是一个敬畏上帝的人。但她好像是在你们这儿遇到那个搬运工的。"

阿妈有些吃惊,在商店里居然发生了这样的事?她问道:"是在这店里?"

"是的,夫人。你还记得有一群慈善互助会的人来这里打棒球比赛吗?(阿妈一定记得,因为我都知道这件事。)搬运工碰巧就是其中的一个。她走的时候给我留了张小字条,说斯坦普斯的人都觉得自己比她强,还说,她在斯坦普斯只交了一个朋友,那就是你的孙子贝利。她说,她要搬到得克萨斯州的达拉斯,嫁给那个铁路搬运工。"

阿妈说:"主啊,原来是这样。"

古德曼夫人说:"你知道的,亨德森姊妹,她和我住的时间也不是很久,我也不是说离了她不行,但终归还是很想她。她在心情好的时候,算是一个很乖巧的姑娘。"阿妈宽慰她说:"是啊,这倒让我想起了《圣经》的话,'主赐予一切,也带走一切'。[1]"

---

[1] 《旧约·约伯记》1:21。原文是:"赏赐的是耶和华,收取的也是耶和华。"

古德曼夫人也加入进来，两人一起祈祷："愿主保佑。"

我不晓得贝利知道乔伊斯的事有多久了，但那天晚上，当我想说乔伊斯的消息时，贝利说："乔伊斯？现在天天都有人对她干那事了。"

这也是贝利对我最后一次提起这个名字。

22

风在屋子上方狂吼,卷得屋顶板阵阵颤抖;风在门下尖啸,似是要冲破紧闭的房门。而烟囱这时也发出恐怖的声音,激烈地抗议着阵阵急风的侵袭。

一英里外,堪萨斯城的老凯特火车(在人人仰慕火车的斯坦普斯,它表现得相当高傲,从不停靠)从小镇中奔驰而过,一路威武地鸣着它特有的汽笛,头也不回地驶向一个未知的美好终点。

风暴即将来临,在这样一个夜晚重读《简·爱》是再好不过的了。贝利早已干完活,靠在火炉边读着他的马克·吐温了。这一天轮到我关店门,于是,我把读了一半的书,放在糖果柜台上,准备去前廊。因为过会儿天气就会变得很糟,威利叔叔肯定会同意早点关门,事实上,如果我不动,他也会催我关好门,而后全家人一起待在阿妈的房间(阿妈的房间相当于我们的客厅)里休息,这样还能省点电钱。龙卷风要来了(判断依据是:狂风大作,而天空却晴朗而平静得如夏日清晨),很少有人会在这样的天气出门。阿妈也说,今天不如早点休息,所以我去前廊上了门板,插上门闩,关好灯。

厨房里,炖锅在噗噗地冒着气,阿妈在煎玉米糕,配上锅里的蔬菜汤,这就是我们的晚餐。熟悉的声音和味道萦绕在周围,我靠着这点慰藉,走进《简·爱》中冷冰冰的英国绅士那冷冰冰的英国大房子。威利叔叔专心致志地读着历书,这是他的睡前休闲读物,而我哥哥则早已乘着小木排在密西西比河上远行了。

我听到后门有动静,先是窸窸窣窣、敲门,接着是敲门、窸窸窣窣。我是第一个听到这声音的,心下怀疑是《简·爱》中住在塔楼里的疯太太,但不能确定。随后,威利叔叔也听到了,就把贝利从《哈克贝利·费恩历险记》中那只正在密西西比河上漂流的小筏上叫了回来,让他去开门。

房门敞开,月光倾泻而下,洒在了屋子的地面上,冰冷的光晖吞没了黯淡的煤油灯光。我们都等着——恐惧而期待地等着——门口根本就没有人,冲进房间的只有风,与煤油灯的微弱火焰纠缠在一起。一时间,家中大肚子火炉的温暖空气被卷得四散而去。威利叔叔觉得必是大风吹得门响,所以叫贝利把门关上。但是,正在贝利要重新上好门板的时候,一个

193

声音从门缝中飘了进来,它喘息着说:"亨德森太太、威利兄弟在吗?"

贝利没理会这个声音,接着关门,但威利叔叔问道:"是谁?"乔治·泰勒(George Taylor)先生那棕色而憔悴的脸从黑暗中浮现出来。他确信我们还没睡觉,并且自己并不是非常不受欢迎,才走了进来。阿妈看到是泰勒先生,便邀请他留下一起吃饭,并让我再往炉灰里加几个甘薯,这样晚饭就足够吃了。可怜的泰勒先生在去年夏天埋葬了他的妻子,从那以后就在镇上吃百家饭。也许是因为我正处在胡猜乱想的年龄,或是因为孩子们的身体里都自有一套排斥他人、求得生存的机制,我一直害怕泰勒先生想娶阿妈,并搬来和我们一起住。

威利叔叔将历书摊放在分开的两膝之间。"你随时来,我们都欢迎,泰勒兄弟,随时。但是今晚的天气很糟糕,你来看这儿,"他用那只畸形的手指指着历书,"11 月 12 日,一场风暴将从东边席卷斯坦普斯。今晚不好过啊。"泰勒先生从一进家门就保持着一个姿势,他像一具冻僵了的尸体,甚至无法向温暖的火光靠近一点。他低着头,炉火的影子在他油光发亮的光头上跳动。但他的一双眼睛却对我有着独特的吸引力。他的脸庞不大,双眼深陷,眼周像用黑铅笔描过一样。他的眼睛又圆又大,在小巧的五官中显得尤为突出,这让他看起来就像一只猫头鹰。他意识到我在盯着他看,但还是难以转动脖子,只是动了下眼睛,望向我。如果他的眼神中包含了轻蔑或优越感,或任何一种大人对孩子的通常感觉,哪怕只是一点点,我就会很容易地回到我的书中去。但他的眼神是湿漉漉的空洞,一种叫人难以忍受的空洞。突然,我看到了他眼中闪过玻璃的质感,这种质感我只在崭新的大理石、从冰块中取出的啤酒瓶瓶口见到过。他的眼光在我身上一闪而过,那般迅速。其实,我早已料到他会是这样。

"但是,你随时来,我们都欢迎。家里始终给你留着地方。"威利叔叔似乎没注意到,泰勒先生对他说的所有事情都无动于衷。阿妈端来了汤,把壶从炉子上取了下来,换上了蒸锅。威利叔叔转向阿妈,说道:"妈,我对泰勒兄弟说他随时可以到咱家来。"阿妈说:"是啊,泰勒兄弟。你不应该一个人坐在房子里独自伤心。主赐予一切,也带走一切。"

我不晓得是阿妈的原因,还是炉子上热腾腾的汤起了作用,泰勒先生活跃了很多。他抖了抖肩膀,像是要抖去长久的疲倦,他还试着想微笑一下,但没有成功。"亨德森姊妹,我万分感激……我是说,我都不知道该怎么办,如果不是大家……我想,你不知道这些对我意味着什么……唉,我只想说,谢谢。"每次停顿的时候,他都会向前探一下头,如同一只乌龟从壳里向外张望,他的眼光却始终没动。

对于在公开场合表达情感,阿妈总是觉得非常尴尬,除非这些情感源自对上帝的爱。所以,她叫我和她一起去拿面包和碗。阿妈端着吃的,我跟在她后面,举着煤油灯。回到房间时，新的光亮照得屋里阴森而丑陋。贝利还是坐在那里，弯着身子看他的书，他的眼睛随着手指在书上移动，像一个驼背的侏儒。威利叔叔和泰勒先生纹丝不动，酷似某本《美国黑人史》上的人物画像。

"来，喝吧，泰勒兄弟。"阿妈端了一碗汤给他。"你可能并不饿，但喝了还是可以补充点营养。"阿妈的声音充满关切，仿佛是在和一个生了重病的人说话。这话虽然朴实，却真挚得令人感动。泰勒回应道："非常感谢。"此时贝利从痴读状态中清醒了过来，洗手去了。

"威利，开始祷告吧。"阿妈放好贝利的碗，低下了头。在祷告时，贝利站在门口，一副恭顺的样子，可我知道他满脑子想的都是汤姆·索亚和吉姆。如果不是为了打量干瘦苍老的泰勒先生那双闪亮的眼睛，我也会沉浸在简·爱和罗切斯特先生[1]的爱情故事中。

我们的客人应付似的喝了几口汤，咬了一口面包，便把碗放在了地上。我们狼吞虎咽的时候，他却出神地凝望炉里的火光。

看到泰勒先生停了下来，阿妈说："我知道你们在一起相伴很久，但再这样伤心下去也不是办法……"

威利叔叔说："四十年啊。"

---

1 罗切斯特先生：《简·爱》的男主人公。

"从她安息到现在,也有六个月了……你要有活下去的信念。上帝不会让我们承受无法承受的痛苦。"这番话让泰勒先生振作了一些,他重又拿起了碗,用勺子搅着里头的浓汤。

阿妈看自己的话起了作用,就接着说下去:"你有过很多年的美好时光,应该感恩。可惜的是,她没能留下一男半女。"

如果我在埋头读书,有可能就会错过泰勒先生的反应和变化——那不是一步一步的、而是突如其来的变化。他把碗砰的一声摔在地上,身子整个倾向阿妈,屁股都欠了起来。但更令人惊奇的是他的脸,棕色的皮肤好像因为生活的重压而黯淡,但胸中的怒火好似随时都会喷薄而出。他那大张的嘴里仅余几颗大牙,就像幽暗的房间里排放着几把白色的椅子。

"孩子,"他空荡荡的嘴里反复念叨着,"是的,孩子。"贝利(和我)曾经也被称为孩子,于是我们看着他,想知道下面他会说些什么。

"那正是她想要的。"他的眼睛神采奕奕,似乎要从眼眶里蹦出来。"那正是她说过的,孩子。"

气氛顿时变得沉重、令人窒息,仿佛有一个更大的房子压在我们的屋顶上,正要把我们的房子压进土里。

阿妈用和善的语气问:"是谁说的,泰勒兄弟?"她其实知道答案,我们也都知道答案。

"弗洛里达(Florida),"他不大却满是裂纹的手握成了拳头,而后伸开,又握成拳头,"她昨天晚上说的。"

贝利和我交换了下眼神，我把椅子向贝利移了移。"她说，'我想要几个孩子'。"他的嗓门本来就挺高的，说这句话时还刻意提高了声调，模仿女人的声音，或者说是模仿他妻子的声音。尖利的嚎叫划过房间，犹如一道曲折的闪电。

威利叔叔不再吃东西，只是略带同情地看着泰勒。"也许你只是在做梦，泰勒兄弟。那应该只是个梦。"

阿妈接着安慰说："是啊，你知道，孩子们有一天给我读了段东西，说日有所思、夜有所梦。"

泰勒先生一下子跳了起来："那根本就不是梦，我当时和现在一样清醒。"他生气了，紧张的情绪给他戴上了一张彰显强壮的小小面具。

"让我告诉你们发生了什么。"

哦，上帝，鬼故事开始了。我最讨厌也最害怕的是，在冬日的夜里，晚来的客人在店里一边围着火炉烤花生，一边一个接一个地讲鬼怪、幽灵、女妖、符咒、巫术和超自然的故事。而这回更恐怖，一个真实的故事，发生在真实的人身上，就发生在昨天晚上。这将是一个令人无法忍受的故事。我站起来，走向窗边。

弗洛里达·泰勒夫人的葬礼是在六月举行的，那时我们刚刚结束了期末考试。贝利、路易丝和我都考得不错，自然为对方和自己感到高兴。整个夏天在我们面前展开了一幅美好的图景:野餐、烤鱼、摘黑莓、玩撞球,喜欢干什么就干什么,一直玩到天黑。一般人真是难以想象和了解我幸福的感觉。正是那个时候,我遇到并爱上了勃朗特三姐妹[1],并且喜新厌旧地选择了吉卜林的《如果》(*If*),放弃了威廉·亨利的《不可战胜》(*Invictus*)。路易丝和我在抛接子、跳房子的游戏中度过了一天又一天,我们彼此分享了无数心底最深处和最阴暗的秘密,那些秘密都是"发誓不能告诉别人的"。在这样的交往中,我们的友谊变得牢不可破。但是,我从未和她谈起过在圣路易斯发生的事情,并且自己也开始相信,那个充满罪恶和恐惧的梦魇实际上从不曾发生在我身上。它很久很久以前发生在了一个讨厌的女孩身上,而这个女孩与我半点关系都没有。

　　一开始,泰勒夫人的死对我来说并不是一个有特别意义的新闻。身为一个小孩子,我只是想,既然她已经非常老了,她便只有一件事可做,那就是死去。泰勒夫人是一个招人喜欢的女士,岁月让她步履蹒跚,一双小手已干枯得像动物的爪子。她喜欢抚摸年轻的皮肤。每次她到店里来,阿妈都让我去接待她。那时她就会用她泛黄的指甲划过我的脸颊。"你的肤色真好看。"在我极度匮乏称赞的世界里,这算是稀有的恭维了。这样一来,被她干枯的手指抚摸,也变得物有所值。

1　勃朗特三姐妹(Bronte sisters)是家喻户晓的英国作家,其中夏洛蒂·勃朗特的代表作是《简·爱》,艾米莉·勃朗特的是《呼啸山庄》,安妮·勃朗特的则为《艾格尼丝·格雷》。

"玛格丽特,咱们一起去参加葬礼。"阿妈的语气显然不是在征求我的意见。

阿妈说:"你要去,因为泰勒姊妹生前十分挂念你,还把黄色的胸针留给你了。(她没说那是'金胸针',因为那不是金的。)她对泰勒兄弟说,'我要把我的金胸针留给亨德森姊妹的孙女'。所以,你一定得去。"

我曾有几次随着灵柩从教堂到山上墓地的经历,但阿妈说我比较多愁善感,所以她未曾命我从头到尾地参加葬礼。对十一岁的我来说,死亡极其虚幻,而并不怎么恐怖。但是,为了一个可笑的旧胸针,就在教堂里坐一整个下午,简直是虚度大好光阴。再说,那个胸针不但不是金的,对我来说,还过于老气,根本没办法戴。不管怎样,阿妈既然说了要去,那我肯定非去不可。

前排的哀悼者坐在蓝哔叽和黑绉绸围成的阴郁之中。葬礼圣歌浸透着整个教堂,沉闷乏味,倒也恰如其分。它缓缓地融进了每个美好回忆的深处,开启了往昔岁月的大门。歌声轻抚烛火,歌词充满希望:"在约旦河的另一边,有一个安静的地方,那里是劳苦者的居所,那份安静为我向往。"在这里,好像所有人的最终归宿离我不过一步之遥。而在此之前,我从未想过濒死、死亡、逝世、亡故这些词与我有何关系。

但是,在那压得人喘不过气的沉重中,死亡的诅咒如潮水渐渐袭来,我终于也意识到自己有一天也会远离人世。

哀歌尚在回响,牧师就已走上圣坛,开始布道。布道的题目给我的感觉有点不舒服:"你是又良善又忠心的仆人,你来我很高兴。"[1]他的声音与哀歌留下的沉重情感交织在一起,显得单调而严肃:"'今天可能就是你的最后一天',如果你不想死去时还是个罪人,你最可靠的保证就是'全心皈依上帝',这样,在那一天到来的时候,上帝会说,'你是又良善又忠心的仆人,你来我很高兴'。"

他让坟墓里的冰冷恐惧渗透进了我们每个人的肌肤,然后将话题转向泰勒夫人:"她是一个虔诚的女人,她济贫救困、同情疾苦、捐献教堂,度过了令人赞叹的一生。"话音刚落,他就面向棺材开始了另一段祷告(棺材,我来时就已经注意到了,只不过一直在有意回避):

"我饿了,你们给吃的,渴了,你们给喝的,我病倒了,你们照料,我入狱时,你们来探望。这些事你们只消为我兄弟中最小的一个做到,便是为我做了。"[2]他跳下圣坛,走向那黑紫色的"箱子"。他动作粗鲁地扯下了"箱子"上罩着的灰布,并注

---

1 《新约·马太福音》25:21:"主人说,'好,你这又良善又忠心的仆人,你在不多的事上有忠心,我要把许多事派你管理,可以进来享受你主人的快乐。'"

2 这段话出自《新约·马太福音》25:35—36:"因为我饿了,你们给我吃,渴了,你们给我喝;我作客旅,你们留我住。""我赤身露体,你们给我穿;我病了,你们看顾我;我在监里,你们来看我。'"25:40:"王要回答说:'我实在告诉你们:这些事你们即作在我这弟兄中一个最小的身上,就是作在我身上了。'"

201

视着里面。

"安息吧,高贵的灵魂,直到基督召唤你去圣洁的天堂。"

牧师继续对着死去的泰勒夫人唠叨,我隐约间忽然希望泰勒夫人会觉得这种粗鲁的行为冒犯了她,还希望她站起来教训他一顿。忽然,泰勒先生发出一声尖叫,伸手抓向牧师、棺材和他妻子的遗体。他的手就那样悬着,整整有一分钟时间。而他背后的教堂里此时响起了牧师的训导,话语滚珠似的落入房间,充满了希望,又不乏警示。阿妈和其他几位夫人及时拦住了泰勒先生,并把他搀回原先的座位。泰勒先生像破布做的兄弟兔[1]一样迅速瘫了下去。

泰勒先生和教堂的高级牧师走在队伍的最前面,首先向逝去者道别,我从他们眼睛的反光中瞥见了所有人类的未来。接着,教堂里的成年人迈着缓慢的步子走向棺材,然后回到座位,生者对逝者的愧疚令他们的步履越发沉重。走向棺材时,人们的脸上表现出的是紧张不安,而从另一边回来时,他们再也掩饰不住内心的恐惧。这种观察就像是透过没关严的百叶窗偷窥,虽然我尽力忘记,但始终难以抹去"剧中"角色的鲜明印象。

随后一个穿黑衣的引座员僵硬地伸手指向孩子们坐的区

---

1 兄弟兔(Br'er Rabbit)是《瑞摩斯舅舅的故事》(*The Tales of Uncle Remus*)一书的主人公,它常常以机智诡计取得成功。

域。一阵骚动响起,大家显然还没做好准备。过了一会,最终一个十四岁的男孩领着我们起身离开座位。我根本不想去看现在的泰勒夫人,但我也不敢拖在后面不去。过道上,哭泣声和尖叫声交织在一起,迎面而来的还有黑色羊毛衣服在炎热天气里发出的恶心味道,以及黄色花朵下枯萎的绿色树叶。当时我真的分辨不清,到底是闻到了悲伤痛苦得让人揪心声音,还是听到了死亡的沉闷气息。

如果泰勒夫人的遗体上覆一层薄纱,我可能还会好过一点。但是,当我向棺材里望去,她那表情呆板的脸无遮无拦地呈现在我的面前,好像忽然间变得空洞而邪恶。一时间,我似乎被看穿了所有不为人知的秘密。她脸颊上深深的凹陷一直延伸到耳根,嘴唇已经发黑,尽心的整容师为她涂了口红。她身上散发出淡淡的腐败气息。这种气息经久不去,似是怀抱贪婪而愤怒的渴望在寻求最后一丝生机。所有这一切让我感到天旋地转,我想离开,但我的鞋像粘在了地板上一样。我只好抓住棺材的边缘,以免自己倒下。在行进的队列中,我突然停下,使得孩子们挤在了一起。毫无恶意的议论和低语声传进了我的耳朵里。

"往前走啊,玛格丽特,往前走。"阿妈的声音引导着我的意识,与此同时后面有人推了我一把,我这才从恍惚中清醒过来。

在冷酷的死亡面前,我立即屈服了。泰勒夫人撕裂空气的高音，永远地凝固了；她那丰满的褐色脸庞，也像一坨牛粪一样被拍得扁扁的。死亡可以让泰勒夫人变成这个样子，足以证明它的力量是不可抗拒的。

灵柩由一辆马车运往墓地。一路上我和死亡天使们交谈，询问他们将在何时、何地，降临于何人。

第一次，葬礼对我有了意义。

"尘归尘，土归土。"[1] 可以肯定的是，泰勒夫人本是从土而出的，仍要归于尘土。其实，这样一想，我倒觉得她躺在紫罗兰色的棺材里的白色缎子上，就像一尊泥像。泰勒夫人这尊泥像一定是由一群别出心裁的孩子在雨天塑成的，而现在她马上就要回归松软的泥土中去了。

我深陷于对冷酷葬礼的回忆，那种体会来得如此真切，以致当我回过神来看到阿妈和威利叔叔在炉火边吃饭时都有些吃惊。他们两人对泰勒先生讲的故事既不急切、也不抗拒，似乎明白只要他想说，终归还是要说的。但我一点儿也不想听，外面的风和我一样，它只顾着在后门摇着它的楝树。

"昨天晚上祷告完之后，我躺在床上。哎，你们知道的呀，就是她去世时躺着的那张床。"噢，如果泰勒先生能就此打住

---

1 源自《旧约·创世记》3:19："你必汗流满面才得糊口，直到你归了土，因为你是从土而出的。你本是尘土，仍要归于尘土。"

该多好啊。阿妈说："玛格丽特，坐下喝你的汤。今天晚上这么冷，你应该吃点热的东西。泰勒兄弟，接着讲吧。"我坐下来，尽可能地靠近贝利。

"嗯，什么东西跟我说话，让我睁开眼睛。"

"到底是什么东西呢？"阿妈问道，手里举着勺子。

"是啊，"威利叔叔解释说，"那东西可能是'好东西'，也可能是'坏东西'。"

"这个嘛，我也说不准。所以，我想我最好还是睁开眼，因为它，嗯，既可能是好的，也可能是坏的。于是，我睁开了眼，一下子就看到了一个小天使，胖乎乎的，像个圆球。它笑啊，笑啊，眼睛很蓝，很蓝，很蓝。"

威利叔叔问道："一个小天使？"

"是的，先生，它就在我面前，对着我笑。然后我就听见了长长的叹气声，'唉……'就像你说的，亨德森姊妹，我们在一起四十多年了，我熟悉弗洛里达的声音。我当时一点也不害怕。我喊了一声：'是你吗，弗洛里达？'小天使听了，笑得更加响亮，悲叹声也更大了。"

我放下了碗，又向贝利那边靠了靠。泰勒夫人性格开朗，总是面带微笑，很有耐心。她惟一不太让我喜欢的是她在商店里发出的声音。她说话时，就像一个听不清声音的人，为了让自己听得见说出的话，并且让别人以同样的方式回答，她几乎是在尖叫。当然那是泰勒夫人活着的时候，而现在，那声音又从坟墓里传出，从墓地一直传到我们的头顶，萦绕不去。想一想，我头发都要竖起来了。

"是的，是这样的。"泰勒先生盯着火炉，红红的火光照着他的脸，看起来就像他的脑袋里也燃烧着一团火焰。"我又说，'弗洛里达，弗洛里达，你想要什么？'那邪恶天使却疯狂地笑个不停。"泰勒先生想模仿这种笑，但只是让自己看起来更加可怖。"'我想要几个……'她就是那个时候说的'我想要几个'。"他让自己的声音听起来像是风声，得了支气管炎的风声。他模仿道："我想要几个孩——子。"

贝利和我差点没跌倒在阴风阵阵的地面上。

阿妈说："嗯，泰勒兄弟，你可能是在做梦呢。你知道，日有所思，夜有所梦……"

"不是的，亨德森夫人。我当时和现在一样清醒。"

"她让你看到她了吗？"威利叔叔漫不经心地问道。

"没有，威利，我只看到了一个胖乎乎的小天使。但是，那声音我不会听错……'我想要几个孩子。'"

冰冷的风冻僵了我的双脚和脊背，泰勒先生诡异的声音更让我全身感到一阵寒意。

阿妈说："玛格丽特，去拿把长叉，把甘薯取出来。"

"阿妈？"我真希望她指的不是挂在厨房炉子后面的长叉——那里离房间可有一万英里远。

"我说，去把长叉拿来，甘薯快烤焦了。"

我把双腿从缠绕的恐惧中挣脱出来,但刚一迈步就差点摔在炉子上。阿妈说:"这孩子,地毯上的花纹都能把她绊一跤。你接着说吧,泰勒兄弟,她还说啥别的了吗?"

阿妈想听,我可不想听,但我也不想离开这明亮的房间,及围坐在温暖炉火边的家人。

"对了,她又'唉'了几声,然后小天使就离开了天花板,我告诉你,我当时都吓傻了。"

泰勒先生的声音渐渐变得遥不可闻,而我也走入了一个寂静无人的黑暗世界。向前,还是向后,这个问题已不重要。我知道穿过威利叔叔卧室那浓重的黑暗是种折磨,但那也总比坐在屋子里听鬼故事要好很多。我现在也绝不能惹阿妈生气。阿妈一不高兴,就会让我离她远远地睡在床边,而我知道,今晚我一定要紧紧地靠着她睡。

一只脚迈进黑暗,那种与现实脱离的感觉让我惊慌失措。一个想法在脑际闪过:我可能再也无法回到光明中了。我很快找到了回去的那扇门,门后即是我亲切的家人,但当门一打开,可怕的鬼故事就挤了出来,抓住我的耳朵。我慌忙又把它关上。

我只是小孩子,我自然相信幽灵鬼怪的存在。由笃信上帝的南方黑人奶奶抚养长大,倘若我不迷信,反倒有些不正常了。

通常,从阿妈的房间到厨房再回来,用不了两分钟,但这一路我却恍若置身泥泞的墓地,中间还要翻过落满尘埃的墓碑,绕过深夜里难以分辨的一窝窝黑猫。

回到家人身边,我突然发现烧得通红的火炉肚子,真像独眼巨人的眼睛。

"这让我想起了我爸死的辰光。你了解的,我们父子之间很亲密。"泰勒先生已经让自己沉迷于那个神秘的恐怖世界。

我希望可以打断他的这番追忆:"阿妈,给你叉子。"贝利在火炉边躺着,两眼放光。比起陈旧的故事,贝利对泰勒先生神经质的讲述更感兴趣。

阿妈扶住我的胳臂,说:"你在发抖,玛格丽特。你咋的了?"我的皮肤仍在因为刚才恐怖的经历而颤抖。

威利叔叔笑着说:"可能是去厨房吓的。"

他的高声假笑根本骗不了我。被抛到一个未知的世界,换作谁都会心神不宁。

"不,先生,我看什么也不如看那个小天使那样清楚。"泰勒先生在用无牙的颌骨机械地啃着已经黏糊糊的甘薯。"一直尖笑,声音大得像房子着了火似的。亨德森姊妹,你说说,这是什么意思?"

阿妈已经靠在了摇椅上,似笑非笑地说:"如果你肯定那不是做梦,泰勒兄弟……"

"我很清醒,像现在……"他又恼了,"像现在一样清醒。"

"嗯,这样的话,那她的意思可能是……"

"我当然知道我什么时候睡着了,什么时候醒着。"

"……意思可能是,弗洛里达姊妹希望你去帮助教堂里的孩子们。"

"我过去总是对弗洛里达说,人们不喜欢模棱两可地说话。"

"也可能是,她想告诉你……"

"你明白的呀,我没疯。我脑子和三十年以前……"

"……让你到主日学校教教课。"

"一样正常。如果我说我很清醒,并且看到了胖乎乎的小天使,你们就应该相信我。"

"正好主日学校现在还缺老师。主也愿意相信她是这样想的。"

阿妈和泰勒先生两个人,你一言我一语,像打乒乓球一样,每个球都能擦网而过,径直袭向对方。此时,他们说的到底是什么已经不重要了,剩下的只是单纯的对话。对话的节奏缓慢如一场庄重的乡村舞会,而对话内容却像是星期一晾在风中的衣服[1],一会东、一会西,飘忽不定,只是想把里面的湿气甩干净。

只几分钟的时间,那种对恐怖的迷恋就完全消失不见,仿

---

1 当时,美国普通家庭主妇的生活节奏是差不多的,每天都有特定的任务,周一洗衣,周二熨烫,周三缝纫,周四去市场,周五大扫除,周六烘焙,周日休息。

佛它从来没有存在过。阿妈鼓励泰勒先生收养一个男孩协助打理农场,威利叔叔在烤着火打盹,贝利则早就逃回到哈克贝利·费恩的冒险故事中去了。这时房间里出现了些奇异的变化。角落里床上那时长时短、时明时暗的鬼魅不见了,或者说现出了原形——我所熟悉的椅子和其他物品的影子。映照在天花板上的灯光也稳定了下来,从凶猛的狮子变成温顺的小兔,从食尸鬼变成小毛驴。

我在威利叔叔的房间里铺了个草垫,那就是泰勒先生的床,然后去蜷缩在阿妈的怀里。我第一次感到阿妈如此善良,如此勇敢,她可以斥责那些躁动不安的鬼怪:"住了吧,静了吧。"——就像上帝斥责大海一样。[1]

---

1 "住了吧,静了吧。"源自《新约·马可福音》4:39:"耶稣醒了,斥责风,向海说:'住了吧! 静了吧!'风就止住,大大地平静了。"

23

　一种期待让斯坦普斯的孩子们兴奋得发抖，甚至有些大人也很激动。毕业综合征在整个年轻的一代中蔓延。大批学生将从小学和中学毕业，即使那些毕业多年的人也积极地帮忙，像迎接自己的"荣耀日"一样。下一级的学生要搬进新的教室，这时他们总是想表现一下领导和组织才能。他们获得了新的权威，在校园里趾高气扬，根本不把低年级学生放在眼里。但他们的权威地位尚未稳固，那种骄傲哪怕有一点过头，就会遭人蔑视。不管怎么说，新的学期就要开始了。六年级的男孩有个八年级的女朋友，十年级的学生和十二年级的学生称兄道弟，这些都没什么大不了。大家都能理解和容忍。但戴上了贵族光环的毕业生们比一般人更加健忘。他们像憧憬着秀丽山川的旅行者一样，完全不在乎路途上的琐事——上学忘带书本、写字板，甚至连铅笔也不带。在这时候，总会有些志愿者为他们找些替代品，而他们在接受了东西之后，有时说声谢谢，有时一句话也没有。当然，时值毕业前夕，没有人会在意。现在，就连老师也对沉稳年长的毕业生尊重有加。和他们说话时，老师即便认为他们仍是学生，也会觉得他们和其他的成年人差不多了。最后的考试成绩出来了，学生们像大家庭里的成员一样知道谁考得好，谁非常优秀，而又是哪些可怜的家伙没及格。

拉法耶特县立培训学校和白人中学不一样，它没有草坪、没有围栏和网球场，也没有攀援生长的常春藤。学校有两座楼，一座是主教学楼，包括小学；还有一座是家政楼。它们都建在一个小土坡上，周围没有栅栏，没有边界，也没有花园。学校的左边一块很大的空地，它有时是棒球场，有时则充当打篮球的地方。如果去的是本校学生，场地又空闲着，那么体育老师会拿出球棒和球。但场地上全部的娱乐设施只是锈迹斑斑的篮圈和摇摇晃晃的球架。

学校周围都是石子路，偶有几棵高大的柿子树撑起一片绿荫，这儿就是毕业生们散步的地方。女孩子们手牵着手，不再费心去回应低年级学生的搭讪。她们脸上笼罩着一层忧伤，因为这个旧世界不再是她们的家园，她们必须去寻找更高远的归宿。而男孩此时却更友善、开朗，与期末考试前表现出的封闭状态截然不同。他们现在似乎已准备好离开原来的学校、熟悉的教室和小路。极少数人会继续读大学——南方的某个农机学院，在那里他们会被培训成木匠、农民、杂工、石匠、女仆、厨师或保姆。绝大多数人将直面未来的生活，沉重的负担压在肩头，这让他们无心享受男孩和女孩世界里洋溢的欢乐，哪怕是在学校里的毕业季。

有些钱的家长，都已经从西尔斯·罗巴克（Sears and Roebuck）或蒙哥马利·沃德公司[1]为自己订购了新鞋和成衣。他们还约了最好的裁缝为孩子们做毕业礼服、改制二手裤子。这些衣服要熨烫得如军装般平整，才配得上这人生中的重要时刻。

噢，这的确是个重要的时刻。白人也会出现在仪式上，他们中的两三位还会谈谈上帝、家人、南方的生活方式。校长太太帕森斯（Parsons）夫人会演奏毕业进行曲，低年级的毕业生将踏着欢快的节奏穿过过道，坐在台下的座位上，高中毕业生则在后台的教室里等候，等候那台前的荣耀时刻。

在商店里，我成了所有人的焦点，像过生日那天一样，是万事万物的中心。贝利比我早一年毕业，但他毕业的时候并不开心，可能是因为在巴吞鲁日流浪浪费了他太多时间。

我们班的毕业礼服是奶油色的裙装，阿妈听说之后立即着手操办。她在裙腰勾出细碎的小褶，又在上身拷出漂亮的

---

1 蒙哥马利·沃德公司（Montgomery Ward）：乡村商店店主艾伦·蒙哥马利·沃德于1872年创办，美国最早的一家综合性邮购商品公司，至今仍属五百强企业之一。

纹理。她深色的手指在柠檬色的布料上上下翻飞,于是裙摆上又多了朵朵雏菊的图案。阿妈快要完工时,不忘用钩针在袖肩上添了翻边和花领。

穿上它,我将会很美,我将是以一身衣服展示多种手工技艺的模特。我并不担心我年仅十二岁,不过是个八年级的毕业生。阿肯色黑人学校里有很多老师也只获得了这纸文凭,就有资格去传道授业了。

日子显得那么漫长,我甚至能意识到每一秒的流逝。过去的每一天像是褪色发黄的纸张,现在取而代之的是强烈明朗的色彩。我开始注意同学身上穿的衣服、皮肤的颜色,还有随风漫舞的柳絮。天空中懒洋洋过路的云朵也成了值得欣赏的艺术品,在我盈满幸福的眼中,它们变幻无端的姿态里一定藏着什么秘密,而只要给我一点时间,我就可以破译其中的奥妙。在那段时间里,我虔诚地注视着苍穹,结果脖子一直又酸又痛;我比从前笑得更多了,僵硬的两腮也因为不适应而痛了起来。脖子和脸都痛得要命,本来这应该很不舒服,但当时我并不觉得。作为1940届毕业班这成功团体的一员,我早已把所有不愉快都远远地抛在了身后。我面前是广阔的天地,我要向它奋力奔跑。

青春年少与社会赞誉比肩而至,我们封存了所有被轻慢和被侮辱的记忆。我们大步走过,卷起的轻风改变了我们既有的形象。忘却了的泪水浸入泥土,化为灰尘。年复一年的忍耐一扫而去,抛至身后,就似墙角经年的蛛网被一扫而尽。

长久的努力回报给我的是最高的荣誉——在毕业典礼上我将是最早走到台前的学生之一。教室的黑板上、礼堂的公告板上,画满了蓝色、白色和红色的星星,它们记录着我在这一学年没有旷课、没有迟到、成绩优异。我背诵宪法序言的速度甚至超过了贝利。我们对着钟表开始背诵:"我们合众国人民为建立更完善的联邦树立正义保障国内安宁……"我还记住了所有美国总统的名字,从华盛顿到罗斯福,不管是按任职先后,还是按字母排列,我都倒背如流。

我的头发也叫人高兴,那团黑乎乎的东西逐渐长长、变得浓密。我终于可以留起辫子,并且再也不用梳头梳得头皮好像要被揭下来。

路易丝和我为了毕业典礼排练了一遍又一遍,直至精疲力竭。代表毕业班发言的是亨利·里德(Henry Reed)。亨利是个身材瘦小、皮肤黝黑的男孩,他眼睛细长、鼻子长而阔,脑袋则呈不规则形态。这么多年,我一直很佩服他,因为每个学期都是他在和我争夺班上的最优成绩。虽然多数情况下我是他的手下败将,但我并不会因此而失望,反而很高兴能和他成为学习上的对手。跟很多南方黑人孩子一样,他也和奶奶住在一起。他的奶奶和阿妈一样严厉,但懂得如何疼爱孩子。亨利为人礼貌、尊敬长辈,在运动场上却选择最粗犷的游戏。我敬佩他。我觉得,一个人表现得彬彬有礼,可能是出于害怕，也可能是迟钝使然。他在成人世界和孩子世界都游刃有余，这非常令人钦佩。

亨利毕业演讲的题目是"生存还是毁灭"。稿子是一个古板的十年级老师帮他写的。他光是为了搞清楚戏剧台词的重音，就花了几个月的时间。

毕业前的几个星期里排满了各式各样的活动，令人兴奋。年纪小的孩子要在典礼上表演一个关于金凤花、雏菊和兔子的儿童剧，整栋楼里都能听到他们有节奏的舞步声和银铃般的歌声。年纪大一些的女孩（当然，毕业生除外）负责为典礼后的晚间庆祝会准备点心。家政楼里弥漫着生姜、肉桂、豆蔻和巧克力的浓郁味道，小厨师们正在制作样品、练习手艺。当然，他们自己和老师们还可以一饱口福。

工作间里，每一个角落都堆满了斧头、锯和新加工好的木料，这是负责木工的男孩在制作舞台布景。每个人都在忙碌，只有毕业生们置身事外。我们或是坐在教学楼后面的图书馆里悠闲地读读书，或是超脱而心安理得地看看大家为典礼所做的准备工作。

就连牧师也在上个礼拜日以毕业为主题进行了布道。他的题目是："你们的光也当这样照在人前，叫他们看见你们的好行为，便将荣耀归给你们在天上的父。"[1]虽然这次布道名

---

1 《新约·马太福音》5：16。

义上是为我们举行的,牧师却利用这个机会来规劝屡教不改的坏人、赌徒和一切游手好闲的懒汉。不过,既然他在布道一开始就提到了我们的名字,我们对此也并不介意。

黑人有一个传统:孩子只要升入高年级,大家就要赠送礼物祝福他。可以想象,如果一个孩子以最优成绩从学校毕业,将会得到怎样的礼遇。威利叔叔和阿妈托人给我去买和贝利那块一样的米老鼠手表。路易丝送给我四方手绢。(我曾送过她三块针织桌巾。)牧师的太太斯尼德(Sneed)夫人为我做了毕业礼服的衬裙,并且每个来店的客人都会送给我一个五分甚至一角的硬币,并叮嘱我要"继续往高处走",或说一些类似的话鼓励我。

不可思议,我憧憬的那一天终于到了破晓的时刻,我昏昏然起了床,自己都没意识到。我打开后门想感受下晨光,但阿妈对我说:"玛格丽特,别在门那儿站着,去穿上你的睡袍。"

我希望那个清晨的记忆永远不会离我而去。朝阳柔美,不像几个小时后的阳光那般执著热烈。我穿着睡袍、光着脚,装作去看我新种的豆子,自己却沉浸在温和的空气之中。感谢主,尽管我一生做过无数的错事,但他还是让我活着看到了这一天。我曾悲观地认为,死亡会不期而至,我根本没有机会步上礼堂的台阶,优雅端庄地接受那来之不易的毕业证书。感谢仁慈的上帝,推迟了对我罪恶的宣判。

贝利穿着睡袍出来,递给我一个用圣诞彩纸包装的盒子。

他说，他省了几个月的钱才买了这份礼物。盒子里装的好像是巧克力，但我知道贝利不会用省了几个月的钱去买糖果，因为在店里我们想要多少手边就有多少。

贝利为那份礼物而感到骄傲，我也一样。那是一本软精装的爱伦·坡诗集，贝利和我喜欢叫他"Eap"（Edgar Allan Poe）。我翻到了《安娜贝尔·李》（Annabel Lee）那一首，而后，我们在后院的小径徘徊，吟诵着凄美的诗句，任由清冷的泥土穿过赤裸的趾间。

这一天是星期五，阿妈却做了只有星期天才能享用到的丰盛早餐。餐前祈祷后，我睁开眼睛，一块米老鼠手表静静地躺在面前的盘子里。这是我梦想中完美的一天。所有的事情都称心如意——没有人提醒我应该做些什么，没有人会责备我。快到傍晚的时候，我紧张得什么也做不了，于是贝利在洗澡前自愿做好了所有的家务。

几天前，我们用纸板做了一块"毕业典礼，暂停营业"的牌子，出发关灯的时候，阿妈把它挂在了门把手上。

我的礼服非常得体、合身，每个见到的人都说我穿着它就像一朵太阳花。去学校的小山坡上，贝利和威利叔叔一起走在后面。威利叔叔小声说："到前面去，贝利。"他希望贝利和我们一起走在前面，好更快一点，这个速度实在让他难受。贝利说，还是让女士们在一起比较好，男人们应该绅士一些，跟在后面。我们会意地大笑起来。

218

小孩子们如无数的萤火虫一般从黑暗中冲出来,从人们身边掠过。但他们那皱纹纸做的衣服和背后的蝴蝶翅膀并不适合奔跑,干涩的撕裂声随之传来,继而便是惋惜的惊叫声。

　　学校里灯火通明,却没有欢快的气氛。从山坡下看去,学校的窗户冷清而淡漠。一种不祥的预感爬上我的脊背,如果不是阿妈拉住了我的手,我可能早就退到贝利和威利叔叔身边、乃至更远的地方去了。阿妈开玩笑说,玛格丽特,你的脚怎么被冻住了,然后把我向原本熟悉、现在却显得陌生的学校拽去。

　　及至走到学校门前的台阶,我重新找回了安全感。那里站满了今天的"主角",毕业班的同学们。她们头发向后梳着,腿上抹了油,身上穿着压了褶的新裙子,手里拿着新手绢和手包,这些东西都是家里刚刚做好的。噢,好紧张啊,典礼真的要开始了。我加入了我的同伴们,连家人走开去观众席找座位我都没意识到。

　　过了一会,学校乐队奏起了进行曲,所有班级按彩排的次序入场。根据安排,我们站在座位前,乐队指挥一发信号我们便一起坐下。我们还没坐好,乐队又开始奏国歌,因而,我们又起立、唱国歌,然后诵读效忠国家的誓言。我们刚站了不到一分钟,乐队指挥和校长又急切地示意我们坐下。这些指令出乎意料,与我们精心彩排的完全不一样,于是事先演练好的那一套流畅的程序被抛诸脑后。一时间,我们为了找到自己的座位而挤作一团,动作笨拙,令人尴尬。压力有时会让人们忘记习以为常的事物,而有时却正好相反。情急之下,我们又回到了平时开大会的程序:唱国歌,读效忠誓言,唱"黑人国歌"(我认识的所有黑人都这样称它)。一切都是按同样的基调、投入同样的情感,大多数人连站姿都没有变。

我终于找到了自己的座位,但另一种不祥的预感又向我袭来:某些没有排练过、不在计划中的事情将会发生,最后会让"我们"很难堪。我清楚地记得,我心里惦念的是"我们",即毕业班。真的,那时候我关心的是这个团体会不会有什么不测。

校长开始讲话,他首先对"家长和朋友们"的光临表示欢迎,然后请浸信会牧师带领大家祈祷。牧师的祷辞简洁有力,甚至有那么一会儿我觉得一切都返回了预定的轨道。但当校长回到台上时,他的声音发生了微妙的变化。我一向对声音非常敏感,校长的嗓音又是我最喜欢的之一。平日开大会的时候,校长的讲话总能柔和地飘落,融化在听众的心里。我本来没打算听校长说什么,但好奇心让我坐直身体,集中精神听了起来。

他谈到了布克·华盛顿[1],我们这位"已故的杰出领袖"

---

1 布克·华盛顿(Booker T. Washington, 1856—1915):美国非裔教育领袖,创立了"塔斯克基学院"(Tuskegee Institute)并出任院长。1895年,华盛顿发表了著名的亚特兰大演说,由此闻名全国,受到政界和公众的关注,成为美国黑人的代言人。他是第一位被罗斯福总统邀入白宫讨论种族问题的黑人。著有《出身奴隶》(*Up from Slavery*, 1901),至今仍广为流传。

曾说黑人将团结一心,如掌中五指……接着,校长又谈到了友谊,用词抽象,说仁慈的人也可以和境遇不如自己的人结成牢固的友谊。说完这些,他的声音就已经变得很轻很细,几乎听不见了,就像大河变成了小河,小河又变成了涓涓细流。但最后他还是清了清嗓子说:"今晚我们的演讲嘉宾,也是我们的朋友,专程从特克萨卡纳赶来,为我们做这次毕业演讲。但是,因为火车时刻表有变,他可能要'讲完就走'。"校长说,我们理解这种安排是缘于工作繁忙,也希望贵宾知道我们多么感激他抽出时间赶来,还说任何时候都欢迎他再次光临,愿意根据他的行程做任何调整。"我就说这么多,"校长宣布,"下面有请爱德华·唐利维(Edward Donleavy)先生。"

从后台走上来的不是一个,而是一高一矮两个白人。矮个子走向了讲台,高个子则走到台上中间的座位坐了下来。但那是校长的座位。被迫起身之后,高个子先生左右为难了好一会,才被浸信会牧师让到了自己的座位上。牧师则带着略显夸张的尊严感走下了台。

唐利维扫视了一下台下的听众(现在想来,我肯定他只不过是想再确认一次,我们还坐在那里),扶了扶眼镜,开始念手中的一叠稿子。

他说:"有幸来到这里,看到学校的运行情况和其他(白人)学校一样好,我很高兴。"

当第一句"阿门"从观众中传出时,我真希望这个人立即被回应声噎死。但随后一声声"阿门""是的,先生"在屋子里滚落,就像穿过破雨伞的雨滴,溅得四处都是。

之后,他向我们描述了斯坦普斯最近会有哪些可喜的变化:中心学校(当然是白人的学校)的改建计划已获批准,秋天就会投入使用。一位著名的艺术家要从小石城来中心学校给孩子们授课。学校的实验室还将配备最先进的显微镜和化学仪器。唐利维先生没忘提醒我们,中心中学的条件发生这样的改观端赖他一人之力。他还表示,在他的宏大计划中我们也不会被忽略。

唐利维说,他曾在一次高规格的会议上指出,阿肯色农机学院最出色的橄榄球阻截员即是毕业于久负盛名的拉法耶特县立培训学校。这次回应的"阿门"声少了许多。寥寥数声也是出于惯性,懒洋洋地漂浮在空气中。

他继续赞扬我们。他说,菲斯克篮球队的最好球员之一,就是在拉法耶特县立培训学校投进了平生第一个球。

当白人孩子有机会成为伽利略、居里夫人、爱迪生或高更的时候,我们黑人男孩(女孩甚至都不在考虑之列)却只能努力成为杰西·欧文斯[1]或乔·路易斯。

欧文斯和"褐色轰炸机"的确是我们黑人世界的英雄,但

---

1 杰西·欧文斯(1913—1980):全名詹姆斯·克利夫兰·欧文斯(James Cleveland Owens),美国黑人田径明星、短跑运动员,被誉为"20世纪最佳田径运动员"。

凭什么一个来自小石城的白人官员有权决定他们就是我们惟一的梦想?谁又有权决定,如果亨利·里德想要成为科学家,就必须像乔治·华盛顿·卡弗[1]一样先去擦鞋,好有钱去买劣质显微镜。贝利身体瘦小,显然做不了运动员,但又是何方神圣可以决定,他如果想要成为律师,就必须先花二十年的时间摘棉花、锄玉米地、晚上读函授课?谁能决定,他仅仅因为是黑人,就必须进行这样的苦修?

唐利维僵硬的话语像砖块一样抛向在礼堂里就坐的人们,也一块一块地压在了我的心头。过往习得的礼节约束着我,我没有回头张望,但坐在我左右的朋友们,1940届的毕业生,他们都低下了头。我这一排的女孩发现了手绢的新用途:她们有的把边角折成爱情结,有的折成三角形,但大多数人都在把手绢揉成一团,然后在黄色的裙摆上压平。

台上正重演着古老的悲剧。帕森斯教授僵直地坐着,像一个被雕塑家丢弃的作品。他那庞大沉重的身体似被抽空了意志,他空洞的眼神说明他的灵魂早已离我们而去。台上的其他老师,或是认真地研究着右侧悬挂的国旗,或是端详着自己的笔记,又或透过窗户远眺唐利维口中已盛名在外的运动场。

1　乔治·华盛顿·卡弗(George Washington Carver, 1864—1943):美国教育家、农业化学家、植物学家,第一个进入艾奥瓦州立大学并取得农业硕士学位的黑人。

毕业,这意味着新衣、礼物、祝贺、文凭的梦幻时刻,对我来说却在走上台前就已结束。所有的成就都一文不值,用三色墨水一丝不苟描绘的地图,费力拼写的十音节诗行,倒背如流的整首《鲁克丽丝受辱记》(*The Rape of Lucrece*),全是徒劳。唐利维向我们表明了这一点。

我们注定是农民或女仆、杂工或洗衣妇,任何崇高的理想或愿望对于我们来说都是荒唐可笑、自以为是。

我现在真希望加布里埃尔·普罗瑟[1]和那特·特纳[2]把所有白人都在睡梦中杀死,真希望亚伯拉罕·林肯在《解放奴隶宣言》(Emancipation Proclamation)签署之前就被暗杀,希望哈丽特·塔布曼[3]头上所遭的一击就让她丧命,甚至希望克里斯托弗·哥伦布(Christopher Columbus)淹死在"圣玛丽亚号"船下。

生而为黑人是可悲的,我们掌控不了自己的命运。我们在很小的时候,就被残忍地培养为驯服的绵羊,我们甚至可以

1　加布里埃尔·普罗瑟(Gabriel Prosser, 1776—1800):美国黑人奴隶。在1800年,他计划领导一场奴隶革命,但消息泄露,他被绞死。

2　那特·特纳(Nat Turner, 1800—1831):美国黑人奴隶。1831年领导黑人奴隶革命,几天之内杀死了60名白人。最终特纳因革命失败而被绞死。

3　哈丽特·塔布曼(Harriet Tubman, 1820—1913):美国杰出的女社会活动家。南北战争前逃离南方并领导了废奴运动。她曾不顾南方重金缉捕的危险,帮助三百多名奴隶逃往北方,被誉为"黑人奴隶的摩西"。

安静地倾听别人嘲笑自己的肤色,而不作任何辩解。我们都应该死。我想我会很高兴看到我们全部死掉,一具具尸体堆在一起。我希望看到我们的血肉筑成一座金字塔,将白人压在最下面,之上是印第安人,夹着叮笑的战斧、帐篷、茅屋和条约,最上面是黑人,拿着拖把、草药,扛着棉花,嘴里吐出灵歌。荷兰的孩子都应该被他们穿的木鞋绊倒,折断脖子。法国人应该在 1803 年《路易斯安那购买协议》签署后就窒息而死,而蚕就该吃掉所有的中国人和他们的长辫子。作为一个物种,我们面目可憎,我们所有人。

唐利维正在竞选,他向我们的父母保证,如果他当选,我们有望拥有阿肯色东北部惟一的彩色砖石运动场。但是,当下面的人们表示欣喜时,他甚至懒得抬头去看一眼,他接着说,如果他当选,也当然会为我们的家政楼和工作间添置些新设备。

他说完了,似乎除了草草一声"谢谢"之外,也没必要再说些什么了。而后,他对台上的人点头致意,那个一直没有被介绍的高个子就走到门口去等他。他们一起走了,那神气看起来是要去做一些真正重要的事情了,而拉法耶特县立培训学校的毕业典礼只不过是走过场罢了。

唐利维留下的不快是显而易见的。这种感觉犹如家里的不速之客,不受欢迎,还不愿离开。乐队又集合起来,开始演唱一首现代版的《基督精兵前进》(*Onward*, *Christian*

225

Soldiers)。新歌词是专为行将探索新世界的毕业生填写的，但它未能改变礼堂的气氛。牧师的女儿埃露易斯（Elouise）背诵了《不可战胜》，当我听到"我是自己命运的主宰，我是自己灵魂的统帅"两句时，其间蕴含的荒唐自信让我差点哭出来。

我的名字听起来不再那么熟悉，直至有人用胳膊肘碰了碰我，我才意识到轮到我去领毕业证书了。精心准备的一切都逃得无影无踪。我既没有像亚马逊战士一样雄赳赳气昂昂地走上台，也没有在观众席中寻觅贝利骄傲的神情。玛格丽特·约翰逊，我又一次听到了我的名字，接着宣布的是我获得的荣誉。我听到观众中传来啧啧称赞声，然后我按照预先的安排在台上找到位置坐了下来。

我暗暗数着自己讨厌的颜色：淡褐色、浅褐色、淡紫色、深褐色，还有黑色。

四周都是窃窃私语的声音，亨利·里德即将发表题为"生存还是毁灭"的演讲。难道亨利没有听到那个白人说的话吗？黑人不可能"生存"，问这个问题纯属浪费时间。然而，亨利的声音清晰而坚定，我不敢抬头看他。他还没有明白唐利维的言下之意吗？黑人头脑中并无"高贵的东西"，因为全世界压根不认为我们黑人有思想，今天只不过有人直白地告诉了我们。是"命运多舛"吗？不，这只是命运开的一个玩笑。当典礼结束，我要告诉亨利，如果我还在意的话，我会说："不是'阻碍',亨利,而是'清除'。""啊! 就是清除,要被清除的就是我们。"[1]

亨利是个擅长演讲的学生,承诺与警示相间,抑扬之声交错,情感如潮水般向听众袭来。英语老师协助他写的这篇讲稿,像是用《哈姆雷特》中的独白改成的布道词:做一个男人、行动者、建设者、领导者,抑或做一个工具、不可笑的笑话、搅屎棍。我惊奇地发现,亨利从头到尾都自信满满,就跟我们面前有光明和黑暗两条道路可以选择似的。

我一边听,一边闭着眼睛,默默地反驳着亨利的每一句话。忽然四周一片寂静,这提醒观众:要发生点计划之外的事情了。我抬头看着亨利,这位保守有礼、成绩优异的学生,转过身来,背对观众朝向我们(怀着自豪之情站在台上的1940届毕业生),直着嗓子唱了起来:

> 人人引吭高歌,
>
> 直至天地与之共和,
>
> 和出自由的交响……

---

1 《哈姆雷特》中的独白写道:"死即睡眠,它不过如此! 倘若一眠能了结心灵之苦楚与肉体之百患,那么,此结局是可盼的! 死去,睡去……但在睡眠中可能有梦,啊,这就是个阻碍:当我们摆脱此垂死之皮囊,在死之长眠中会有何梦来临?"(朱生豪译文)

《人人引吭高歌》[1]起初是詹姆斯·韦尔登·约翰逊的一首诗，后来他弟弟 J. 罗瑟蒙德·约翰逊[2]为它谱了曲，成为我们现在的黑人国歌。我们情不自禁，跟着唱了起来。

　　黑暗的大厅里，家长们也站了起来，加入了这雄壮的旋律。一位幼儿教师带着出演那有关金凤花、雏菊和兔子的儿童剧的孩子们走上台，踏着步子，也跟了上来：

　　　　我们爬过崎岖道，

　　　　身挨罚杖毒鞭敲，

　　　　那年月，希望未见命已夭；

　　　　可疲乏跋涉未却步，

　　　　坚定走完祖先的路，

　　　　而今不是又踏祖先之地，

　　　　叹凄苦？

　　我认识的每一个孩子，在学字母"ABC"和圣歌《耶稣爱我我知道》的时候，就会唱黑人国歌了。但我从未用心听过这首歌，虽然我也唱了它成千上万遍，却从未考虑过歌词的含义，更从未想过歌词与我有什么关系。

而另一方面，帕特里克·亨利[1]的话我却铭记在心："别人怎样想我不知道，但对于我来说，不自由，毋宁死。"每读到这一句，我都会站直身体，激动得微微发抖。

而现在，我终于明白了，也是第一次明白了：

> 我们爬过的路，
>
> 痛苦的泪水，
>
> 洗刷过；
>
> 我们爬过的路，
>
> 受害的血水，
>
> 淹没过。

歌声在空中回荡，亨利·里德向听众鞠了一躬，道了声"谢谢"，回到自己的位置。此时，多少人的脸上流淌着泪水，却没有人将它拭去。

我们又一次战胜了，像曾经千百遍经历过的一样，我们又一次幸存下来。虽曾沉入冰冷黑暗的深渊，但我们的灵魂现

---

1 帕特里克·亨利（Patrick Henry, 1736—1799）：美国政治家，曾两次担任弗吉尼亚州州长。亨利与塞缪尔·亚当斯和托马斯·佩恩同为最有影响的美国革命与共和主义倡导者。1775 年 3 月 23 日，亨利在弗吉尼亚州首府里士满的圣约翰教堂发表了著名演讲《不自由，毋宁死》。

在又一次地沐浴在明朗的阳光之下。我不再仅仅是骄傲的1940届毕业班的一员，还是伟大而美丽的黑人种族的一分子。我为此而自豪。

啊，有名无名的黑人诗人，你们可知多少次你们痛苦的呐喊支撑了我们？多少孤独的黑夜因为你们的歌曲而不再孤独？多少饥饿的眼睛因为你们的故事而不再悲伤？

如果我们是一个喜好彰显内心秘密的民族，我们可能会为我们的诗人树碑立传，但长久的奴隶生活，让我们变得不愿张扬。无论如何，正是因为与诗人（以及牧师、音乐家和布鲁斯歌手）的作品血脉相连，我们才能历劫重生。这样说或许也足够了吧。

24

糖果柜台的天使最终还是抓住了我,我现在要为我偷吃过的银河路牛轧糖(Milky Ways)、好时明珠巧克力(Mounds)、好时真棒巧克力(Mr. Goodbar)和好时杏仁巧克力忍受酷刑的惩罚。我的牙上有了两个蛀洞,一直烂到牙根。那种疼痛已经远远不是捣碎的阿司匹林或丁香油可以抑制的。有一个办法或许有用,我虔诚地祈祷,希望当我坐在屋子里时,上帝让整个房子塌下来砸在我的左脸上。斯坦普斯没有黑人牙医,甚至没有黑人医生,所以,阿妈以前对付牙痛的办法就是把牙拔下来(用一根细绳,一头拴在牙上,一头绕在手上),吃止痛片,还有祈祷。而我这一次,药完全不起作用,牙也烂得太厉害,拴不住绳子。我只能祈祷了,但执法天使又从中作梗,主根本就听不到。

几天几夜，我痛得天昏地暗。这可不像听起来那么简单，因为我当时真的动了跳井的念头。阿妈决定带我去看牙医。最近的黑人牙医在特克萨卡纳，离我们有二十五英里，我相信我走不到一半就该痛死了。阿妈说，我们可以去找林肯医生，他就在斯坦普斯行医，他会给我治牙，虽然他是个白人。阿妈说，因为他欠自己一个人情。

我知道镇上有一些白人欠着阿妈人情。贝利和我见过一个账本，上面记着大萧条时期向阿妈借过钱的黑人和白人的名字，其中大多数人到现在也没把钱还上。我不记得在账本上看到过林肯医生的名字，也没听说有哪个黑人去找他看过病。但是，阿妈说，我们现在就去，并且立即烧上了洗澡水。我从未去看过医生，阿妈说，我洗过澡之后（洗澡能让我的牙感觉好一点），要从里到外换上浆洗熨烫好的衣服。这次洗澡没能让我好过一点，而且我知道世界上没人忍受过这样剧烈的痛苦。

在出商店门之前，阿妈让我去刷牙，并用李施德林漱口水漱漱口。张开嘴？哪怕想一想，都会让疼痛加剧。然而，阿妈语气强硬，还解释说，看医生之前要把全身上下洗干净，特别是要检查的部位。终于，我鼓起勇气张开了紧咬的牙关。冰冷的空气灌进了嘴里，蛀牙痛得打起了颤，我失去了仅存的最后一丝理智。疼痛让我身体僵硬，家人为了把牙刷从我嘴里拔出来，用了很多手段，就差把我绑住了。他们又费了很大劲重新说服我去看牙医。阿妈和路上碰到的熟人打着招呼，但并没有停下来和他们聊天。阿妈不断回头解释说，我们要去看医生，回来以后再和他们"好好聊"。

在我走到池塘之前，疼痛就是我的世界，它像一个光环罩着我，照亮了身旁三尺之地。过了桥来到白人区后，我的神智慢慢恢复起来。我必须停止呻吟，挺直了走路。缠在头上、包住下巴的白毛巾也要理理好。就算要死，倘若是死在白人区，也要死得体面。

到了桥的另一端，疼痛似乎减轻了一些。也许这是因为有一阵纯净的清风卷走了所有白人，让这个区域的所有不快都缓和了一点，包括我的牙痛。石子路更平了，路上的沙石似乎也更细了，树枝垂满了路旁，几乎把我们祖孙隐在其中。如果不是疼痛真的减轻了，那一定是这奇特的景致让我产生了幻觉。

但我的头继续按低音鼓的节奏阵阵作痛。我们正在经过监狱，耳边传来囚犯们的歌声、叹息和欢笑，为什么牙痛就没有一点变化？区区几个发炎的牙根为什么竟能在面对一大堆白人小混混，面对他们的愚蠢无知、欺软怕硬时，而不自惭形秽？比起他们，满嘴烂牙都算不了什么。

牙医诊所的后面是一条小路，走这条路的一般是仆役、或给肉铺和饭店送货的小贩。阿妈和我沿着这条小路来到了林肯医生诊所的后门。我们从楼梯走上二楼时，正值烈阳高照，照得这个世界无比清楚而真实。

阿妈敲了敲后门，一个白人女孩探出头来，看见是我们，显得非常惊讶。阿妈说，我们要见林肯医生，请转告他安妮来访。闻听此言，女孩牢牢地关上了门。听到阿妈当着一个小女孩的面，自称安妮，好像并无姓氏一样，这种屈辱甚至超越了身体上的疼痛。我一边要忍受剧烈的牙痛和头痛，一边还要承担黑色皮肤带来的沉重负担，这世界对我也太过不公平了。

还有一种可能就是，牙齿突然自己不痛了，或者自己掉下来。阿妈说，我们先等等。于是，我们倚着牙医诊所后门廊上摇摇晃晃的栏杆，在烈日下等了一个多小时。

终于，林肯医生打开了后门，他看到阿妈，问道："啊，安妮，找我有什么事吗？"

他没注意到我脸上包的毛巾和肿得发亮的两颊。

阿妈说："林肯医生，这是我的孙女。她有两颗牙蛀了，痛得她要命。"

阿妈等着林肯医生对她说的话做出反应，而他却既不说话，也没有任何表情。

"她已经牙痛四天了，今天我才说，小淑女，你得去看一下牙医。"

"安妮……"

"是的，林肯医生。"

他在斟酌字句，用心程度好比在沙滩寻找贝壳："安妮，你知道的，我不给黑人和有色人种看病。"

"我知道，林肯医生。但她只是个小姑娘，我的小孙女，她不会给你添太大麻烦的……"

"安妮，每个人都有一定的原则。在这个世界上，每个人都要有自己的原则不是？而我的原则就是不给有色人种看病。"

太阳已经晒得阿妈出了一层油汗，也晒化了她发间的凡士林。阿妈从林肯医生门前的阴影里走了出来，我看见她油乎乎地发着光。

"照我看，林肯医生，你还是给她瞧瞧，她只不过是个小孩子。再说，你好像还欠我一两个人情……"

他脸上微微泛红："欠不欠人情都一样。我已经把钱还给你了，我们两清了。对不起，安妮。"他的手落在门把上，"对不起"。他在说第二声"对不起"的时候，声音柔和了一些，好像他真的感到抱歉。

阿妈说："如果是我自己生病，我不会这样勉强你，但这是为了我的孙女，我不能接受你的做法。当你来向我借钱的时候，我可没让你求我。你一开口，我就借给你了。其实，借钱也不符合我的原则，我又不是放高利贷的。但是，我想，如果我不借给你，你就会失去这幢房子，我这才想帮帮你。"

"我已经还过钱了，你嗓门再大也改变不了我的主意。我

235

的原则是……"他松开了门把手，走近了阿妈。如此一来，三个人挤在一个窄小的楼梯拐角。"安妮，我的原则是，宁可把手伸进狗嘴里，也不给黑鬼看牙。"

从头到尾，林肯医生一眼也没看过我。他转过身，进门消失在清冷的阴影中。阿妈愣在那里，足足有好几分钟。其他的事我也记不清楚，只记得她换上了一副我从未见过的表情。她探身向前，握住了门把手，并用平日里最温柔的声音对我说："玛格丽特，下楼去等我。我去去就来。"

即便在平时，我也知道和阿妈争论没什么用。所以，我听话地走下楼去。我想回头看，但很害怕，可不回头看，也很害怕。终于，我还是转过身来，看到门已关上，阿妈也不见了。

阿妈走进房间，派头像房主一样。她一只手把那个傻护士推到一边，大步流星走进了医生办公室。林肯医生正坐在自己的座位上，打磨他那些肮脏的器具，在药品里面加入超量的止痛剂。阿妈的双眼如火焰般燃烧，她的手臂也像长长了一倍。没等林肯医生抬头，阿妈就已揪住了他的白色衣领。

"看到女士时要站起来，你这个傲慢的混蛋。"阿妈突然变得伶牙俐齿，说出的话，字字清楚——清楚、尖利，好像一条条跳动的电弧。

牙医没有办法，只能像预备役军官训练营的士兵听到命令后那样站起来。过了一会,他低下了头,声音也变得谦卑:"遵命,夫人,亨德森太太。"

"你这无赖,当着我孙女的面,和我那样说话,你觉得你像个绅士吗?"阿妈没有推他,虽然她很有力量。她只是让他好好站直。

"不像,夫人,亨德森太太。"

"不像,夫人,亨德森太太,然后呢?"接着,她轻轻地推了一下他。虽然很轻,但因为阿妈太过强壮,牙医的头和胳膊似乎快被从身体上摇了下来。他现在结巴得比威利叔叔还厉害:"不像,夫人,亨德森太太,对不起。"

阿妈面露一丝厌恶,把他扔回座位里。"说对不起,就要有个说对不起的样子。顺便说一句,你是我见过的最'对不起观众'的医生了。"(阿妈此刻对语言掌握得十分纯熟,可以自如地抛出双关语。)

"我没有让你当着玛格丽特的面道歉,因为我不想让她知道我的力量。但是,现在,在这里我要命令你,太阳落山前给我离开斯坦普斯。"

"亨德森太太,我来不及收拾好我的仪器……"他现在抖如筛糠。

"听好了,还有第二个命令:你永远不能再做牙医,永远不能! 在别的地方住下来之后,你只能做个兽医,靠给长了癞疮的狗、染了霍乱的猫和疯牛治病为生,贫贱一世。听懂了吗?"

牙医张大了嘴,口水顺着下巴流下,眼里满是泪水。"遵命,夫人。感谢不杀之恩。谢谢,亨德森太太。"

阿妈从身高十英尺、臂长八英尺的超人变回了原样。她说:"你这个无赖,根本一文不值。我才不会费力气杀你这种人。"

在出来的路上,阿妈对着那个护士晃了晃手帕,把她变成一个装满鸡饲料的大袋子。

阿妈从楼梯下来的时候,显得很疲惫。但谁能在经历了这么多之后,还轻松自若呢?阿妈走近我,整理了下我那在下巴上垂着的毛巾。(那时我其实已忘记了牙痛,但我还记得阿妈的手很轻,很怕再弄痛我。)她拉起我的手,语调平静地说:"走,玛格丽特。"

我以为我们会先回家,到了家,阿妈会沏一杯药茶帮我止痛,甚至也许会给我一颗新牙——它一夜之间就会从牙龈里长出来。但阿妈带着我朝药店的方向走去,那与回家的路正好相反。"我要带你去特克萨卡纳的贝克医生那里。"

我洗了澡,还擦了轻柔百花(Mum and Cashmere Bouquet)牌爽身粉,本来就很知足了,现在要去特克萨卡纳,当然更是喜出望外。我的牙痛虽已减轻,却挥之不去。阿妈已经彻底忘记了那个忘恩负义的白人,我们俩一起踏上了去

238

往特克萨卡纳的路。

在灰狗长途车上,阿妈在车尾找了个靠里的座位坐下,我坐在阿妈旁边。身为阿妈的孙女,我很自豪,我确信她的魔力中必定有一部分已遗传给了我。阿妈问我害不害怕。我摇了摇头,靠在了她清凉的臂弯里。牙医,特别是黑人牙医,根本就没有机会伤害我。只要阿妈在,就没机会。一路风平浪静,惟一不同的是,阿妈始终搂着我,这对她来说,极不寻常。

医生在对我的牙龈做麻醉之前,先给我看了针和药。但即使他不这样做,也没什么可担心的,因为阿妈就站在他身后。她叉着腰,审视着医生的一举一动。牙拔出来了,阿妈从药店边上给我买了一个冰淇淋。回斯坦普斯的旅途也很平静,只不过我要把口水吐在阿妈找来的一个小小的空烟盒里。汽车在乡村的土路上颠簸跳动,这还真不是一件容易做到的事情。

回到家里,我用温盐水漱了口。吐了水之后,我让贝利看了看那个空荡荡的缺口。凝结的血块还在里面,就像馅饼里露出的馅。贝利说我很勇敢,这引起了我讲白人牙医故事的兴趣,我绘声绘色地描绘了阿妈的勇猛事迹。

我不得不承认,阿妈进去之后,我并未听到他们的谈话。但是,除了我说的那些,她还能说什么呢?贝利冷淡地赞同了我的分析(毕竟我还在生病),我便高兴地冲到商店里。阿妈正在做晚饭,威利叔叔依旧靠在门边上。阿妈向他讲述了故事的另一个版本。

"听到我求他,他立刻傲慢起来,说自己宁可把手伸进狗的嘴里。接着我提醒他还欠我人情,他轻描淡写地敷衍过去,像拍掉身上的一个碎线头。于是,我让玛格丽特下楼去,然后自己进了屋子。我从来没进过他的办公室,但我还是找到了他拔牙的地方。他和一个护士在里面,热乎得不行。我就站在那里,直到他看到我。"炉子里的爆裂声冲击着锅底。"他像屁股上挨针扎了一样跳起来。他说:'安妮,我告诉过你了,我不打算在黑鬼的嘴里搞来搞去。'我说:'那总要有个人来做这件事。'他说:'带她到特克萨卡纳的黑人医生那去。'这时我就说:'你还了我的钱,我才有钱带她去。'他说:'我已经还过了。'我告诉他,利息还没还。他说:'不是说没利息吗?'我说:'现在有了。再还我十美元,我们两清。'你知道的,威利,这并不光彩,我借钱那会儿压根没想过利息的事。"

　　"他让那个讨厌的小护士给我十美元,还让我签了一张'欠款清结'的收据。我拿过了钱,签了字。虽然他以前是还了钱,但我想,他既然做事这样恶心,就要为此付出代价。"

　　阿妈和威利叔叔不停地笑啊笑啊,笑白人医生的猥琐,笑阿妈报仇的痛快。

　　相形之下,我更喜欢我那个版本,喜欢得多。

25

正因为熟悉阿妈，所以我知道我永远也不可能真正了解她。她继承了黑人在非洲丛林里形成的诡秘和猜疑，并且由于美国长久的奴隶制而变得更加严重；几个世纪以来，白人对黑人一次次信誓旦旦又一次次背信弃义，更让她认定自己的疑虑持之有据。美国黑人中流传着一句老话，正可以说明阿妈谨小慎微的性格："如果你问一个黑人从哪儿来，他会告诉你他到哪里去。"若想理解这句话的真正含义，就必须明白运用这一策略的是什么人，它又对什么人有效果。假如听者是一个糊涂人，那么他在听到了一部分实情（回答必须体现真实）后，就会满足于所得到的回答。假如听者是一个明白人（他自己也使用同样的策略），那么在得到一个真实、却与问题几乎毫无关联的回答后，他会明白，他所问的问题涉及隐私，别人不想让他知道。如此一来，生硬的拒绝、说谎或泄露隐私就得以避免。

　　一天，阿妈告诉我们，她要带我们去加利福尼亚。她解释说，我们都长大了，需要和父母在一起，还说威利叔叔毕竟行动不便，而且自己也老了。这些都是实话，但没有一句能说明真相。商店和后面的房间成了为旅行做准备的工作室。阿妈一连几个小时坐在缝纫机旁，缝制和改制我们在加利福尼亚穿的衣服。邻居们从箱底拨开一层层樟脑球，将藏了好几十年的布料都找了出来。（后来我穿的是带水印的波纹绸裙、黄色的缎子罩衫、缎背绉面料的套裙和双绉面料的内衣，我敢说，在加利福尼亚上学的女孩中，像我这么打扮的仅此一例。）

　　不管真实原因是什么，我总是觉得，送我们去加利福尼亚背后的真相大概与贝利有关。不知什么时候，他开始了模仿克劳德·雷恩斯[1]、赫伯特·马歇尔[2]和乔治·麦克里迪[3]的习惯。贝利不过是尚未重建的南方小镇斯坦普斯的一个十三岁男孩，说话却带着英国腔，虽然我倒没觉得有什么奇怪。他

1　克劳德·雷恩斯(Claude Rains, 1889—1967)：美国演员，1933年进入电影界，主演《隐身人》。曾分别以《民主万岁》《卡萨布兰卡》《夕阳无限好》和《美人计》四获奥斯卡最佳男配角提名。
2　赫伯特·马歇尔(Herbert Marshall, 1890—1966)：美国演员，代表作有《爱之女神》《真实好莱坞》《守卫者》《假面凶手》和《气球上的五星期》。
3　乔治·麦克里迪(George McCready)：美国演员，主演有《荡妇姬黛》等。

心目中的英雄包括达达尼昂(D' Artagnan)和基督山伯爵,并且还时不时展示他自认为的豪侠气概。

就在阿妈公布西进计划的几个星期前,有一天下午,贝利哆哆嗦嗦地回到了商店。他的小脸不再是健康的黑色,而是一种毫无血色的灰白。他走到糖果柜台后面,身体靠在收款机上:进店铺时我们都有这样的习惯。威利叔叔本来是派贝利去白人区办事的,所以他正要贝利解释怎么会那么磨蹭。看了一眼贝利,威利叔叔明白是出了事,并且事情严重到他也应付不了的地步,于是把阿妈从厨房里叫了出来。

"怎么了,小贝利。"

他没有回答。我一看见他就知道,在他那种状态下,你问他什么也没有用。这意味着,贝利一定是看到或听到了某种丑恶或恐怖之极的事情,让他茫然不知所措。以前他跟我解释过:每当事情糟糕透顶的时候,他的灵魂就会爬到他的心后面蜷缩起来睡觉。当灵魂再度醒来,可怕的东西肯定会消失不见。自从读了《厄舍古厦的倒塌》(The Fall of the House of Usher)[1],我们俩就约定:绝不允许对方被别人匆匆埋葬,除非"绝对地、完全地确信"(他最爱用这个说法)对方已经死亡。我还发过誓,绝不会试图把他的灵魂从酣眠中唤醒,因为惊吓也许会让他的灵魂长眠。所以,我就顺其自然地没去继

---

1 爱伦·坡的小说。

续问他;过了一会,阿妈也只好随他去了。

我一边招待顾客,一边在他周围转来转去,有时还弯腰看看他;贝利毫无反应,和我猜想的一样。当心头的阴霾渐渐散去,贝利问威利叔叔,黑人原先做过什么对不起白人的事。威利叔叔和阿妈一样,从来不善于解释什么,他只是说:"黑人连白人一根头发丝都没碰过。"阿妈补充道:"有人说白人到过非洲(她的口气听起来像是在说月亮上的隐蔽山谷),还偷抢黑人去做奴隶,不过没有人相信这是真的。"那么早以前的事没办法说清楚,但现在白人的确正占着上风。不过白人的好日子也不会太长久,摩西不是带着以色列的子民脱离了法老的魔掌进入"应许之地"[1]了吗? 我们的主不是在烈火的窑中保护了希伯来的子孙不受伤害吗? 我们的主不是拯救了但以理吗? 我们只需虔心侍奉我们的主就行了。

贝利说,他看到了一个男人,一个黑人,没有人来救他,他死了。(贝利几乎是在亵渎上帝。如果不是事关重大,我们肯定会听到阿妈一通爆发和之后的喃喃祈祷。)贝利接着说:"那男人死掉了,烂掉了。没有发臭,可已经烂掉了。"

阿妈喝斥道:"贝利,不许乱说。"

威利叔叔问:"是谁? 那人是谁?"

---

1 应许之地在《圣经》中是指迦南,上帝将它赐给以色列人的祖先,是巴基斯坦、叙利亚和黎巴嫩等地的古称。

244

贝利身材不高,脸还不能从收款机后面完全显露出来。他说:"我路过警局,碰到几个人正把一个人从池塘里捞起来。他身体包在一条床单里,全身上下缠得像个木乃伊。接着一个白人走过来把床单解开了。那人本来是面朝下躺着的,可那个白人把脚伸到床单下面,把他给翻了过来。"

白人转过脸对我说:"我的天,他脸上一点颜色也没有,肿得像个球。"(有一个问题我们后来一直争论了好几个月。贝利说,完全没有颜色是不可能的。我反驳说,只要有"颜色"就一定有"无色"。而现在他承认无色是可能的。我赢了,但我一点也不好受。)"当时黑人都往后退,我也一样,可那个白人还站在那里,低头看,还在笑。威利叔叔,他们为什么这么恨我们呢?"

威利叔叔低声说:"他们不是真的恨我们,他们只不过是不了解我们。他们怎么会恨我们呢? 他们大概是因为害怕,才不喜欢我们。"

阿妈问贝利认不认识那个人,可他还沉浸在当时的情形里面。

"布巴(Bubba)先生对我说,我还太小,不应该见到这样的事,我本该赶紧回家。可我觉得我应该留下来。接着,那个白人叫我们走近点。他说:'喂,你们几个小孩,把他抬进拘留所里,治安官来了会通知他的家人。你们不用担心这个黑鬼,他跑不到哪儿去。'被叫到的几个人揪住了床单的边角,因为谁也不想靠近死人。而大家正巧都抓在了床单的一头,那人差点滚到地上。于是,白人就叫我也上前帮忙。"

阿妈发作了:"那是什么人?"她又补充了一句,让问题更加明确:"那个白人是谁?"

贝利摆脱不了那种恐惧:"我抓住床单的一角,跟那些人一起直接走进了警局。我抬着一个腐烂的、死掉的黑人进了拘留所。"他的声音因受惊吓而变得遥远而陌生。他这次真的差点把眼睛瞪了出来。

"那个白人假装要把我们都关在里面,可布巴先生说:'噢,吉姆先生,不是我们干的,我们什么错事也没干。'听了这话,那个白人笑了,说我们这些孩子真没有幽默感。"贝利松了一口气,"唉,我真高兴可以离开那里。牢里的犯人都尖叫着说不要和那个死黑鬼呆在一起,说他会把屋子熏臭。他们管那个白人叫'头儿'。他们说:'头儿,我们没干什么坏事,你可不能再把一个黑鬼留在这里,还是死黑鬼。'接着他们就大笑起来。他们都在笑,好像真的有什么好笑的事一样。"

贝利说得飞快,忘了结巴,忘了挠头,忘了用牙清理他的指甲。他茫然无措,失落在一个秘密之中,被锁定在那个不可思议的难解之谜里:南方黑人男孩开始探索、开始**试着**探索的谜,从七岁直到生命的终点。那就是不平等和种族仇恨之谜,了无生趣。贝利的经历提出了尊严和价值的问题,提出了那极度的自卑和傲慢源自何处的问题。威利叔叔不过是一个残疾的南方黑人，怎能指望他回答这个不曾说出口的问题（虽然我们心中早已疑窦丛生）？阿妈深知白人的手段和黑人的自欺欺人，知道她孙子的生活本身就依赖于这个未解之谜，难道她会去回答她孙子的问题吗？绝对不会。

威利叔叔和阿妈的反应不同，他说了几句"真不知道这世界要变成什么样子"之类的话，而阿妈则祈祷："愿上帝让他的灵魂安息，可怜的人！"我确信，当天晚上她就安排好了我们加利福尼亚之行的具体计划。

一连几个星期，阿妈主要担心的是我们的交通问题。她用一些食品杂货做交换，设法让一名铁路雇员给我们提供了一张通行证。那张通行证也许能使我们的车费减少一点，但这需要获得批准。于是我们只好惴惴不安地等待，等待在那间我们永远进不去的办公室里，等待我们永远见不到的白人，为那张通行证盖章，并把它寄回给阿妈。我的车费必须要用现金支付，不能赊账。商店收款机里硬币的突然外流，打破了我们原本稳定的收支平衡。阿妈确定贝利无法与我们同行，因为那张通行证必须在一段期限内使用，而贝利只有阿妈还清了其他账款之后，才能动身。但那肯定要等一个月了。尽管我们的妈妈住在旧金山，比爸爸所在的洛杉矶只远一点，但阿妈还是觉得先去洛杉矶更好一点。她口述了一封信，告诉我的父母我们祖孙快上路了，我记录好，寄了出去。

我们整装待发，但哪天动身还说不准。我们的衣服早已洗干净、熨烫好并叠放整齐。所以，在那段时间里，我们穿着不大好、配不上加州阳光的衣服。邻居们知道出远门的麻烦，成千上万次地找我们道别。

"好吧，在你们拿到车票之前，我也不一定再有机会见到你，亨德森姊妹，就先祝你旅途愉快吧。还有，不要忘记早点回来。"阿妈一个鳏居的朋友答应照顾威利叔叔，承担起做饭、洗衣、打扫房间和陪伴的任务。经过无数次的耽搁，我们终于离开了斯坦普斯。

对我来说，离别的哀伤仅止于三件事：要离开贝利一个月，而我们从没分开过；想象威利叔叔孤单的情景，虽然他强作欢颜，但我知道三十五岁的他从未离开过阿妈；还有，我要失去我的第一个朋友路易丝了。我不会想念弗劳尔斯夫人，因为她已经将她的秘密箴言传授给我，并给我招来了事奉我一生的巨灵：书籍。

26

　　年轻人在生活中经常专注于自己想关注的东西,这就使
得他们尽可能地"忽略"那些他们不喜欢的东西。直至旅行的
最后一天,我才想到我马上就要见到妈妈了。我本来是要"到
加利福尼亚去",要去吃橙子、享受阳光、看影星、听地震故事,
而最后我才意识到,我还要面对妈妈。旧时的罪恶感,像一个
久违的朋友又回到我身边。我不知道弗里曼先生的名字会不
会被再次提起,也不知道会不会有人问到我现在的情况。我
当然不会去问阿妈,而贝利此刻却在几亿英里之外。

　　满怀着惴惴不安的心情,柔软的座位硬得像铁块,煮鸡蛋
也多了腐坏的味道,我望向阿妈,发现她比平时更粗壮、更黑
也更老气。我看到的所有事物都如此陌生,小城里没有一个
人向我招手笑谈,车厢里那些亲同骨肉的旅客,也逐渐淡漠在

茫茫人海之中。

　　我不想见妈妈,正如一个罪人无颜去见造物主。而妈妈那么快地就站在了我的面前。妈妈没有记忆中那般高大,但却比以往所有的想象都要光彩照人。妈妈穿着一身浅棕色的羊皮套装,鞋子搭配得也很得体,她还戴了一顶帅气的帽子,帽带上插着根羽毛。妈妈戴着薄纱手套,轻轻拍了拍我的脸。如果不是看到妈妈那嫣红的嘴唇、雪白的牙齿和闪亮的黑眸,我真的以为她是刚刚出浴的天使。妈妈和阿妈在站台上拥抱的一幕,一直深深地印刻在我记忆里,那一幕曾让我感到尴尬不安,现在记起它是因为我已经成熟。妈妈偎依在阿妈怀里,如一只快活的小鸡偎依在黑色大母鸡的翅下。她们的声音更有一种内在的和谐:阿妈的声音深沉和缓,衬托着妈妈轻快的叽叽喳喳,就像巨石拥着山间小溪。

　　妈妈表现得跟个孩子似的,又是亲吻,又是欢笑,跑来跑去帮我们收拾衣服,搬运行李。一个乡下人半天才能做好的琐碎事情,她轻轻松松就办妥了。我又一次为妈妈的神奇魅力所倾倒,恍惚之中,那无所不在的焦虑已然消失不见。

　　我们搬进了一间公寓,我睡沙发。这张沙发到晚上就会神奇地变成一张舒适的大床。妈妈在洛杉矶住了一段时间,把我们安顿下来。然后,她就回旧金山为突然增加的家庭成员安排住宿。

　　贝利一个月后赶到,他、阿妈和我在洛杉矶住了六个月,在这段时间里,妈妈也为我们准备好了稳定的住所。爸爸有时会过来,带给我们一袋袋的水果。爸爸的笑容灿烂得像太阳神,亲切、温暖地照耀着他黯然无光的子民。

因为我当时始终沉浸在自己的世界里,所以直到多年以后,我才意识到阿妈对陌生环境有非凡的适应能力。作为一个一辈子都没离开过家乡怀抱的南方黑人老妇,阿妈竟然很快就学会了对付白人房东、墨西哥邻居和陌生黑人。洛杉矶的超市比整个斯坦普斯还要大,阿妈却可以在其中找到要买的东西;耳边充斥着尖锐难懂的各式口音,阿妈却能对答如流;洛杉矶市区以西班牙语命名的街道像一个难解的迷宫那般错综复杂,而从未离开出生地五十英里以上的阿妈却学会了在其中穿梭自如。

阿妈结交了一些新朋友,这些朋友与她从前的朋友是一类人。在礼拜日的傍晚,教堂晚祷还没有开始的时候,一群和阿妈似一个模子里刻出来的老妇们会来到我们的公寓,分享剩饭,谈论光明的来世这样的宗教话题。

当我们北上去旧金山的准备工作完成的时候,阿妈宣布了一个令人震惊的消息:她要回阿肯色去。她说,她已经完成了任务,威利叔叔还需要她。还说,我们终于拥有了自己的父母,虽然他们不在一个城市,但至少在同一个州。

对贝利和我来说,那是一段弥漫未知迷雾的日子。我们拥有了自己的父母,这听起来真不错。但是,他们究竟怎么样呢？父母会不会比阿妈更严厉地管教我们呢？这可不太妙。又或，对我们不管不问？那就更糟了。我们能学会那绕口令一般的语言吗？我有些怀疑。而我更怀疑，我是否能够搞明白，他们那么大声、又那么经常地笑，是为了什么。

我当时情愿回斯坦普斯，即使贝利不和我一起回去，我也不在乎。但阿妈最终还是一个人回阿肯色了，她那不容置疑的强大气场像一层厚厚的棉花包围着她。

妈妈开车送我们去旧金山，如果有人说那宽阔泛白的高速公路永无尽头，也不会令我感到惊奇。妈妈一刻不停地说话，向我们介绍着路边的名胜。在我们经过卡皮斯特拉诺（Capistrano）的时候，妈妈唱了一首流行歌曲，这首歌我在收音机里听到过："当燕子回到卡皮斯特拉诺的时候。"

一路上，妈妈一刻不停地讲着笑话和小故事，想要吸引我们。但其实她早就已经成功了，从她成为我们妈妈的那一刻就已经成功了。看着她费力地没话找话，我觉得有些多此一举。

妈妈一只手驾驶，就让大汽车那么地服服帖帖。她还很用力地抽着好彩香烟（Lucky Strike），脸颊都被她吸成了两道深深的峡谷。我们最终找到了妈妈，而且在行驶中的汽车这一封闭空间里独自拥有她，没有比这更奇妙的事情了。

尽管贝利和我都被喜悦冲昏了头脑，但我们还是发现妈妈有些紧张不安。意识到我们竟然有影响女神心情的能力，我们不禁相视一笑。这也让妈妈更平易近人了几分。

我们在奥克兰的一套公寓里沉闷地过了几个月。我们在置于厨房的浴缸里洗澡，我们的房子紧邻南太平洋车站，一有火车进出站，它就会剧烈地抖动。从很多方面来看，这次的生活是圣路易斯的往日重现：有汤姆舅舅和比利舅舅，有戴夹鼻眼镜、严肃端庄的巴克斯特外婆，虽然自从几年前外公去世后，强大的巴克斯特家族便步入了它的艰难岁月。

我们像以前一样去学校上学，但再也没有家人关心我们的学习成绩和功课。我们也像以前一样常去运动场，只不过那里多了垒球场、足球场和带遮阳篷的乒乓球台。我们星期天不再去教堂做礼拜，于是我们选择了看电影。

我与巴克斯特外婆睡在一起，她抽烟抽得很厉害，还患有慢性支气管炎。白天的时候，外婆会把抽了一半的烟碾灭在烟灰缸里，放在床头。当她晚上因咳嗽醒来，就在黑暗中摸索出半截烟头（她叫它们"威利斯"），火光一闪，她便猛抽起来，直到疼痛的喉咙再次被尼古丁麻痹。抽了一半的烟味道更重，在最初的几个星期里，摇动的床和浓烈的烟味会把我弄醒。但很快我便习以为常，可以一觉睡到天亮了。

一天晚上，我正常地洗刷、上床、睡觉，梦中却被一阵异常的摇晃惊醒。在从窗户透进屋里的一丝微光中，我看见妈妈蹲在床边。她贴近我的耳朵说："瑞提，起来，小声点。"然后，她悄悄地起身走了出去。我本能地跟在后面，一头雾水。透

253

过半掩的厨房门，我看到贝利穿着睡衣坐在浴缸盖上，两脚在空中荡着。饭桌上的表显示当时是凌晨两点三十分，我从未在这个时间起过床。

我疑惑地看着贝利，贝利也傻傻地盯着我。我立即明白没有什么可担心的。我又将所有重要的日子在脑海里过了一遍：这一天不是任何人的生日，不是愚人节，也不是万圣节，那妈妈叫我们起来总有点什么原因吧。

妈妈把厨房的门关上，让我坐在贝利的旁边。她双手一叉，说我们今天受邀参加一个派对。

就因为这个，半夜把我们叫起来？但我们谁也没说什么。

妈妈继续说："我要举行一个派对，而你们就是我尊贵的、也是惟一的客人。"

她打开烤炉，拿出一盘烤得焦黄的饼干，还摆上了藏在炉子后面的一罐牛奶巧克力。面对我们美丽而疯狂的妈妈，我们真真无计可施，惟有傻笑。我们一笑，妈妈也跟着笑，更可笑的是，她还把手指放在唇前试图让我们安静下来。

我们受到的招待很正式，妈妈为没能请乐队来演奏而道歉。但她亲自为我们唱歌助兴。妈妈边唱边跳，节奏步、细腰步[1]、扭摆步（Heel Twist），试问哪个孩子能抵御一个纵情欢笑的母亲散发的魅力呢？尤其是两个心智成熟到足以懂得幽

1　细腰步（Snake Hips）：一种扭动腰部的舞步。

默的孩子。

　　妈妈的美貌让她自信，而自信让她坦率真诚、无所畏惧。当我们问她做什么工作的时候，她带我们去了奥克兰的第七大街。那里有乌烟瘴气的酒吧、各式香烟铺和开设商店的教堂。妈妈指给我们看"雨衣"皮纳克尔牌馆（Raincoat's Pinockle Parlor）和风格张扬的斯利姆·詹金斯酒吧（Slim Jenkins'）。有时候妈妈会去玩几局皮纳克尔牌[1]赚点钱，或者去史密斯院长（Mother Smith）的牌馆分几局牌，又或去斯利姆·詹金斯酒吧喝几杯。妈妈告诉我们，她从未骗过任何人，也不准备去骗什么人。她的工作和隔壁胖胖的沃克（Walker）太太从事的佣人工作一样诚实无欺，只不过自己的工作"赚得多多了"。妈妈说，她不想给任何人洗衣服，也不想做下贱的厨娘，上帝给了她聪明的头脑，她就要好好用它来供养自己的母亲和孩子。当然，她没有必要明说，"还要顺便让自己活得快活一点"。

　　在街上，人们见到妈妈都表现出发自真心的高兴。"嘿，宝贝，过得好吗?"

　　"一切都好，宝贝，都好。"

1　皮纳克尔牌：一种扑克游戏，只用9点以上的牌，按一组牌的大小计胜负。

"美人,最近手气怎么样?"

"哎呦喂,总是赢不了,最近状态不好。"妈妈边说边笑,掩饰着实情。

"没事吧,妈妈。"我们小心地问道。

"啊,没关系,只不过他们告诉我白人现在赢得比较多。"听起来,妈妈还是没有吐露全部实情。

妈妈为我们带来了无限的幽默和想象力。有时,她会带我们去中餐馆,或去吃意大利比萨。我们还品尝过匈牙利的炖牛肉和爱尔兰的炖菜。因为这些食物,我们才知道这个世界上还有其他民族。

薇薇安·巴克斯特生性开朗,但并无怜悯之心。那时,在奥克兰流传着一句名言,虽然妈妈没有亲自对我们提起:"同情(sympathy)在字典里紧挨着狗屎(shit),我连读也不会读。"这正好解释了妈妈为人处世的态度。随着岁月的流逝,妈妈的脾气并没有变得更好,当同情心无法疏缓暴烈性情的时候,情节剧就上演了。每次怒火爆发的时候,妈妈总不失"公正":她有着不偏不倚的天性,既不姑息纵容,也不心慈手软。

我们从阿肯色来到这里之前发生了一件事情,这件事让它的主要参与者不是进了监狱就是进了医院。妈妈的一个生意伙伴(他们的关系也许不限于此),与她合开了一家餐厅兼赌场。但是,那个人并没有担负起他应尽的责任。当妈妈当面质问他的时候,他却表现得专横跋扈、不可一世,更不可原谅的是,他竟然骂妈妈是个婊子。人人都知道,妈妈嬉笑怒骂、毫无顾忌,但没人会在她面前说脏话,更绝然没人敢骂她。也许是为了维持生意上的关系,妈妈并未立刻发作。她告诉那个人:"我就要做个婊子,我可能已经是个婊子了。"那人做了个下贱的手势,又一声"婊子"冲口而出——于是,妈妈朝他开了枪。在她决定与那人谈判的时候,已预感到会有些麻烦,所以就在宽大的裙子口袋里装了一支点 32 口径的手枪。

中了第一枪后,那人并没倒下,而是继续向妈妈扑来。妈妈说,她既然已经打算用手枪打他(注意:不是杀死他),她就没有理由逃跑,于是她开了第二枪。妈妈本意是想让那人退后,而每中一枪,那人却更快地冲过来;对那人来说,他要扑上去,但离妈妈越近,她就会开更多枪。妈妈站在那里没动,直到那人用双手抱住她的脖子,把她扑倒在地。后来妈妈说,警察用力掰开他的手,才把他抬上了救护车。第二天,妈妈被保释出来,"眼圈发黑,一直到这(妈妈指着自己的脸)"。在抱住妈妈的时候,那家伙一定是打到她了。妈妈的皮肤很容易受伤。

那人身中两枪,但最终还是保住了命。他与妈妈的合伙关系自然是无法继续,但他们之间却生出了一种敬意。妈妈开枪打了他,这没错,但之前她也警告过他;那人有本事给妈妈两个熊猫眼,竟还能活下来——这一切不得不让人佩服。

第二次世界大战是在一个星期天的下午开始的,当时我正

257

在去电影院的路上。我听见有人在街上大喊："开战了,我们对日本宣战了。"

我一路飞奔回家,不知道自己会不会在见到贝利和妈妈之前,就被炸死。巴克斯特外婆安抚了我紧张的情绪,她解释说,美国不会被轰炸,只要富兰克林·罗斯福在总统的位子上一天,就不会。因为罗斯福是政治家中的政治家,他知道自己在做什么。

不久后,妈妈与克莱德尔(Clidell)先生结婚。于是,他成了我所了解的第一个父亲。克莱德尔先生是一个成功的商人,他和妈妈把我们接到了旧金山。汤姆舅舅、比利舅舅和巴克斯特外婆则依旧住在奥克兰的大宅子里。

27

第二次世界大战开始后的最初几个月,旧金山的菲尔默尔(Fillmore)区,也就是西增区,经历了一场看得见的革命。这场革命表面上完全是和平的,甚至与"革命"这个称谓根本不搭。山本海鲜市场悄悄地变成了山姆擦鞋店和烟铺;佐藤五金店摇身一变成了克洛琳达·杰克逊小姐开的法国美容院;面向日本顾客的商店也被精明的黑人商家接手,在不到一年的时间里,它们就成了远离家乡的南方黑人的永久住所。原本弥漫着天妇罗、生鱼片和茶香气息的小街,现在则充满了猪肠、生菜和蹄膀的味道。

眼看着亚洲人越来越少——其实我根本分不清日本人和中国人,也分不清"秦"和"陈""もと"(moto)和"かの"(kano)在它们的语言中有什么差别。

日本人无声无息地消失,黑人涌了进来,连同他们喧闹的留声机、刚刚释放的仇恨和逃离南方枷锁后的解脱感。不过是几个月的时间,日本人聚居区就成了旧金山的哈莱姆区[1]。

一个不太了解种族压迫前因后果的人,可能会认为新来的黑人会同情流离失所的日本人,甚至会给予他们帮助。特别是,黑人自身就曾在奴隶种植园和后来的佃农棚屋里经历了数百年的集中营式的生活。而事实上,黑人在情感上并不认为日本人现在的处境与他们相似。

黑人们离开佐治亚和密西西比荒芜的农场,来到旧金山,成为战时工厂里的工人。他们现在住在两三层的公寓楼里(尽管那里很快又变成了贫民窟),一周赚两位乃至三位数的工资,这让他们目眩神迷。他们生平第一次可以把自己当作"老大",大手大脚;他们可以付钱让别人服务,比如干洗工、出租车司机和女招待。造船厂和弹药厂在战争中迅猛地发展起来,在那里黑人意识到自己也有人需要、甚至有人欣赏。他们体验到了一种陌生而令人兴奋的生存状态。在这样如梦如幻的新生活中,谁能指望黑人们去关心一个他们听都没听说过的种族呢?

黑人对遭驱逐的日本人如此冷漠的另一个原因则更加微

---

1 哈莱姆区:纽约市曼哈顿的一个社区,在 20 世纪的很长一段时期是黑人文化与商业中心。

妙,但也更令人感触。日本人不是白人,虽然他们的皮肤也很白,但他们的眼睛、语言和习俗与白人根本不一样。这告诉了黑人,既然不必害怕他们,也就不用考虑他们。这一观念不知不觉地就在潜意识中形成了。

我的家人从未提过消失的日本人,家人的朋友也没有,就好像日本人从没在我们的房子里生活过一样(其实这个房子就是日本人留下的)。我们所居住的波斯特大街在一个山坡上,沿着街道一路下行,便到了菲尔默尔大街——整个区的商业中心。在我们家和商业中心之间,有两个不长的街区,那里有两家二十四小时餐厅、两家台球厅、四家中餐馆、两家赌场,还有小吃店、擦鞋店、美容院、理发店和至少四座教堂。在旧金山,想要深入了解无休无止熙熙攘攘的战时黑人区,你只需要熟悉这两个街区,因为整个黑人区虽然有横竖十八条街道,但它们最多就是这两个街区的翻版而已。

战时集体性的不安气氛、生活的飘忽不定和新移民的拘谨小心,这一切反而渐渐催生了我的归属感。在旧金山,我生平第一次感到自己属于某个地方。我并不认同那些新移民,也不认同为数不多的旧金山土著黑人,或那里的白人和亚洲人,我所认同的是那个时代和那座城市。我能理解年轻水手的傲慢,能理解他们为何成群结队地走在大街上,派头酷似打家劫舍的黑帮分子,调戏他们遇到的每一个女孩,好像她们就是妓女,或是会让美国输掉战争的轴心国特工。每周一次的

261

防空警报和学校里的民防演习,似乎佐证着旧金山真的会被轰炸的传言。而这种恐惧加强了我的归属感,我不是一直都认为生命不过是生活的一次最大冒险吗?

战时的旧金山宛如一个处于险境的聪明女人,她放弃那些保护不了的,而保护好那些触手可及的。事实上,我希望自己长大成人后具有旧金山的性情:友善而矜持,冷静却不冷漠或拒人千里,高贵但不顽固。

对旧金山人来说,"睿智之城"(City That Knows How)旧金山是海湾,是浓雾,是弗朗西斯·德雷克爵士酒店(Sir Francis Drake Hotel)和马克·霍普金斯酒店的顶楼餐厅(Top o' the Mark),是唐人街和落日区,是一切的一切,是白人的世界。而对于我,一个十三岁的黑人女孩、一个深受南方黑人生活方式影响的孩子来说,这座城市是美丽和自由的国度。旧金山的浓雾不仅仅是群山围住的海湾水汽,还是一股无以名之的柔和之气,隐匿和保护着不安的旅者。我变得勇敢无畏,沉迷于真实的旧金山。我以傲慢为铠甲保护自己,我相信世界上没有人像我这样毫无偏见地爱着旧金山。我喜欢在马克·霍普金斯酒店边漫步,凝视着顶楼餐厅,更喜欢从山顶欣赏奥克兰的全景,但对城市里层层叠叠的高楼和衣着华贵的游客却不太在意(也许是酸葡萄心理在作怪)。在我和旧金山之间的归属契约达成之后,一连几个星期,我徘徊于那些名胜之地,最终却发现它们如此苍白,根本不能代表旧金山。那些海军军官、那些衣着光鲜的夫人、那些白白胖胖的婴孩,好像与我生活的并不是同一个时空。那些老妇,生活优裕,出入皆有司机接送;那些金发女郎,脚登鹿皮靴,身穿羊绒衫。她们也许打出生起就是旧金山人,但在我看来,她们只不过是旧金山城市肖像画框上的装饰而已。

在这美丽的城市里,傲慢与偏见并肩而行。旧金山的当地人,城市原本的主人,现在不得不面对潮水般涌来的外地人。这些外地人不是"懂得尊重,也值得尊重"的游客,而是声音粗哑、质朴憨厚的乡巴佬。另外,因为曾粗暴对待日裔同学,他们还生活在内疚之中,虽然对他们来说,这内疚极为轻微。

南方的白人文盲把偏见从阿肯色的山区和佐治亚的湿地原原本本地带到了西部。做惯了农民的黑人依然保持着对白人的怀疑和恐惧,毕竟历史给了他们太多可悲的教训。这两群人却要在战时工厂里并肩工作。他们之间的敌意难免像城市脸上的脓包,时不时地溃烂、破裂。

旧金山人或许曾站在金门大桥上发誓:种族主义将从这个四季如春的城市的中心消失。然而,可悲的是,他们错了。

一个故事在旧金山流传:有个白人中年妇女在电车上拒绝与黑人同坐,甚至等黑人为她多让出了些地方,她还是不愿意。她的解释是,她不会与一个黑人逃兵坐在一起。她还补充道,他应该像她儿子在硫磺岛那样,为国家而战。在这个故事中,那个黑人将身体从窗口移开,露出空荡荡的袖子。他平静而有尊严地说:"那么,就请让你的儿子帮我找回我的胳膊,我把它留在那儿了。"

28

虽然我的成绩挺好,自打从斯坦普斯来到旧金山,我跳级免修了两个学期的课,但我总觉得自己不能在新的中学里头安下心来。这所中学是一个离家不远的女子学校,这里的年轻小姐们比拉法耶特县立培训学校的学生更聪敏、更傲慢、更自私,也怀有更多偏见。学校里也有很多像我一样直接来自南方的女孩,不过她们已经见识过或声称已经见识过达城(得克萨斯州达拉斯市)和塔镇(俄克拉何马州塔尔萨镇)的繁华气象。她们的描述总是绘声绘色,让我们不得不信以为真。她们目空一切、横冲直撞,还成天与发髻上插着刀的墨西哥女生混在一起,这真的吓坏了那些胆小怕事的同学,不分白人、黑人和墨西哥人。幸运的是,我不久后便转到了乔治·华盛顿中学。

乔治·华盛顿中学美丽的校园坐落在白人区一座平缓的小山上,离我们居住的黑人区大约相隔六十条街。我入学的第一个学期,整个学校里只有三个黑人学生,在这种陌生的气氛中,我更加深了对本族人的爱。当早晨我坐着电车穿过所在的黑人区时,总感到恐惧与痛苦。因为我知道我很快就要离开我熟悉的环境,电车上原本有的黑人也会渐渐消失不见,只留下我一个人面对接下来的四十个街区,那些清洁的街道、平整的草坪、白色的房屋和有钱人的孩子。

傍晚回家的旅途带给我的却是欢乐、期待与放松。第一眼看到烧烤店、悦来客栈、家常菜的招牌,第一眼见到街上黝黑的面孔,都让我意识到我又回归了自己的国度。

在新学校里,我失望地发现我不是、远远不是最优秀的学生。白人学生掌握的词汇量比我的大,更糟糕的是,他们在课堂上全然无所畏惧。他们在回答老师的问题时,会毫不犹豫地举起手来,就算回答错了,也错得理直气壮。而我只在有十分的把握时,才敢引起大家的注意。

乔治·华盛顿中学是我所上过的第一所真正意义上的学校。但如果不是遇到一位个性独特的好老师,也许我在那里也只能虚度光阴。柯温小姐是那种少有的热爱教育的老师。我一直觉得她对工作的热爱不是源于对孩子们的喜欢,而是真心渴望自己拥有的知识可以与别人分享。

柯温小姐的姐姐还没有结婚,她们两个都在旧金山的学校里工作二十多年了。我的柯温小姐是一位高大丰满、面色红润、留着一头银灰色长发的漂亮女士,她教公民学和时事政治。在她的班上,一个学期结束之际,我们的课本还和刚发时一样干净。因为柯温小姐从来不、或者说极少让她的学生打开课本。

每次上课时,她都会问候我们:"大家好,女士们,先生们。"我从未听见过一个成年人如此尊重十几岁的孩子。(大人们一般认为,尊重孩子会降低他们的权威。)接着她说:"在今天的《旧金山纪事报》上有一篇关于卡罗来纳矿业的文章(或者其他一篇什么冷僻的文章)。我想大家一定都读过了,我希望哪位同学可以就这个题目说说他的看法。"

两周之后,我就和其他几个被激发起兴趣的同学一道,遍读旧金山的报纸、《时代》周刊、《生活》杂志和其他一切能找到的东西。柯温小姐的问题证明贝利的话是对的,他有一次曾对我说:"所有的知识都是钱,只是能用的市场不同罢了。"

柯温小姐并不偏爱哪个学生,班上也没有老师的宠儿。即使某个学生可以在一段时间讨得她的欢心,他也没法指望她在第二天的课上给他什么特殊待遇;反过来,如果有学生惹她生了气,她也不记仇。她每堂课都像第一次见到我们,干干净净;在她眼中,我们也是一样地干干净净。柯温小姐性格保守而坚定,从不把时间浪费在轻浮无谓的事情上。

柯温小姐给人激励,而不令人生畏。当有一些老师刻意

267

关照我（表现得对我很宽容）、另一些则无视我的时候，柯温小姐却似乎根本没有注意到我是个黑人，或与其他人有什么不同。我是约翰逊小姐，如果我回答了她的问题，她除了"正确"之外一个字也不多说——这也是她对所有答对问题的学生做的惟一回应。

多年以后，我曾回旧金山多次拜访她。她始终记得我是约翰逊小姐，始终记得我有一个好头脑，并且应当好好利用它。拜访的时候，柯温小姐从不让我在她的办公桌前多做停留，似乎认为我一定还有很多老师要去拜访。所以，我经常怀疑，她是否知道她是我惟一记住的老师。

我从没弄明白，那笔去加州劳工学校[1]进修的奖学金为什么给了我。那是一所成人学院，多年后我还发现，这所学院被列在了众议院非美活动调查委员会所列的颠覆组织名单上。我十四岁时拿到了第一笔奖学金，第二年又拿到了一笔。在加州劳工学校，我晚间课程选的是戏剧和舞蹈，班上既有黑

1　加州劳工学校（California Labor School）：成立于 1942 年。该校相继得到工会和社区成员的资助，宗旨在于提高在旧金山湾区工作的成年人的生活水准。其课程收费不高，包括少数民族在内的所有社区成员都负担得起，在种族隔离时代，这是很不寻常的。学校开设组织工会、语言技巧、历史、艺术、戏剧等方面的课程。该校于鼎盛时期在奥克兰和洛杉矶都建立了卫星校园。1948 年，加州终止了对学校的认证，因为该校多名创始人卷入了所谓的共产主义工会活动。随后，学校影响力日减，于 1957 年关张。

人也有白人。我选修戏剧主要是因为喜欢哈姆雷特的独白：
"生存，还是毁灭。"但其实我那时并没有看过戏剧，也不懂电
影和戏剧有什么区别。我所能欣赏到的哈姆雷特的独白无不
出自我自己的背诵——对着镜子。

面对那夸张的表演和激动人心的对白，我压抑不住内心
的狂喜。当贝利和我一起朗诵诗歌的时候，他撕心裂肺得就
像巴兹尔·拉思伯恩[1]，而我疯狂得就像贝蒂·戴维斯[2]。不
久后，学校里的一位目光敏锐、严厉果断的老师就毫不客气地
让我远离了情节剧。

同时，她安排我学了半年的童话剧。

贝利和妈妈鼓励我学习舞蹈。贝利私下告诉我，练习舞
蹈能让腿和屁股丰满起来。没有什么比这一点更能诱惑
我了。

起初，穿着黑色紧身衣走在宽阔的练习室里，很是让我难
为情，可这种感觉没有持续很久。我原本以为大家一定会盯
着我黄瓜般的身材看，议论我突起的膝盖、突起的手肘，还有
突起的胸。但事实上，他们根本没注意到我。当舞蹈老师轻
盈地一跃，停在阿拉贝斯克步[3]上，我当时就被迷住了。我将

1　巴兹尔·拉思伯恩(Basil Rathbone, 1892—1967)：英国男演员，以表
　　演莎士比亚的舞台剧而著名，后扮演过福尔摩斯。
2　贝蒂·戴维斯(Bette Davis, 1908—1989)：美国女演员，出演多部电影
　　和电视剧，以扮演没有同情心的女人而著名。
3　阿拉贝斯克步：一种芭蕾舞姿，独脚站立，手前伸，另一脚一手向后伸。

学会如此美的动作,我将学会,用老师的话说,"征服空间"。日子就这样在柯温小姐的讲台前、与贝利和妈妈共进晚餐的桌旁、在戏剧和舞蹈之间悠然飘过。

在我生命中的这段时间里,我所拥有和忠于的一切都奇异地成对出现:阿妈与她的庄重果断;弗劳尔斯太太与她的书籍;贝利及他的兄妹之情;妈妈与她的欢乐;柯温小姐与她的学识;晚间课程的戏剧和舞蹈。

29

我们的房子有十四个房间，是旧金山大地震[1]之后修建的典型建筑。我们迎来送往了一家又一家的房客，他们操不同的口音、有着不同的个性、吃着不同的食物。他们中有戴着金属头盔、穿着钢头靴的船厂工。他们上楼时震得楼梯咚咚响（除妈妈和克莱德尔爸爸外，我们都睡在二楼），给浓妆艳抹的妓女让路。而妓女们则边化妆边咯咯笑，还会把假发挂在门把手上。我记得那一对夫妻，他们是大学毕业生，丈夫参战前，两人时常在楼下的大厨房里与我长聊，感觉像是对待一个

---

1 1906 年 4 月 18 日，旧金山发生 7.8 级大地震，震中位于接近旧金山的圣安地列斯断层上。这场地震及随之而来的大火造成的死亡人数据官方报道只有 478 人，而今天，保守估计死亡人数在 3000 人以上，更有人估计高达 6000 人。旧金山大地震可以说是美国历史上主要城市所遭受的最严重的自然灾害之一。

271

成年人。妻子那时神采奕奕、笑容满面，丈夫走后，她变成了偶尔在墙边闪过的沉默影子。一对年纪稍长的夫妇在我们这里住了一年左右，他们经营着一家小餐馆。对一个十几岁的孩子来说，这两个人没什么有意思的地方，除了丈夫被称为"吉姆大叔"（Uncle Jim），而妻子的绰号是"男孩阿姨"（Aunt Boy）。至于大家为什么这样叫，我到现在也没搞清楚。

坚强的性格辅以温柔的内心，是一种难以击倒的组合，正如未被正规教育钝化的智慧与好奇心一样。我原本打算接受克莱德尔爸爸，把他归入那些面目模糊的、被（妈妈）征服者名单。其实，多年来我已经成功地练出了一种能力：表现出兴趣，至少是关注，与此同时头脑却自在地想着别的事情。所以，我可以轻松地生活在克莱德尔爸爸的房子里，却对他视而不见，也不会被他发现。相处了些时日后，他的品格却赢得了我的钦佩。克莱德尔爸爸是个单纯的人，他没有接受过多少教育，但并不自卑；他比读书人取得了更大的成功，但令人吃惊的是，他也并没有因此而自负。他经常说："我这辈子就上过三年学。在得州的斯莱顿，生活很艰苦，我小小年纪就要帮爸爸做农活。"

他还说："我现在的生活变好了一些，那是因为我对每个人都不错。"语言平实，不抱怨也不吹嘘。

克莱德尔爸爸拥有好几座公寓楼，后来还买了几间台球室。他是远近闻名的"正派人"，而这种人已经很稀少。更可贵的是,他还不像很多"老实人"一样过分憨直,让人讨厌。他会打牌,又能洞察人心。那时,妈妈忙着教我们个人卫生、行为举止、餐桌礼仪、酒店品牌和付小费的习惯,他却和我们一起坑扑克,教我们二十一点及其规则、算法。克莱德尔爸爸穿着昂贵、考究的套装,别着镶有大颗黄钻的领带夹。但除此以外,他的装扮偏于保守,全无生活优裕的男人那种有意无意的炫耀。而最令人意外的是,我长得很像他。当克莱德尔爸爸、妈妈和我走在街上的时候,他的朋友经常调侃:"克莱德尔,这绝对是你女儿。你想不认都不行。"

听到这些话,克莱德尔爸爸自豪地大笑起来,因为他没有自己的孩子。克莱德尔爸爸迟来的父爱表现得非常强烈,于是常伴他身边的我认识了黑人地下社会中各式各样的有趣人物。一天下午,我来到烟雾弥漫的客厅,这次他要介绍我认识石墙吉米(Stonewall Jimmy)、公道布莱克(Just Black)、酷汉克莱德(Cool Clyde)、紧身外套(Tight Coat)和红腿(Red Leg)。克莱德尔爸爸告诉我,他们是世界上最成功最会花言巧语的骗子,他们会给我讲一些故事,好让我永远不会成为任何人的"靶子"。

一个人起了头,他的话实乃警句:"没有一个靶子不是想白白得些便宜。"接着,他们就轮流向我展示他们的手段:他们是如何从富有而固执的白人中寻找到目标(靶子),又逐一解释如何利用这些靶子的偏见引他们上钩。

他们讲的故事，有的可笑，有的悲惨，但在我看来，所有故事都那么有趣而圆满：一个黑人，一个骗子，看起来如此这般愚蠢，但每次都能战胜不可一世的强大白人。

我清楚地记得红腿先生的故事，熟悉的程度犹如一段心爱的旋律。

"当你学会了反向思考，一切对你不利的情况都可以为你所用。"

"在图尔萨[1]，有一个白人骗子，他骗了好多黑人，开一家'专骗黑人公司'都绰绰有余。很自然地，他便认为黑皮肤等于大笨蛋。公道布莱克和我去图尔萨摸他的底细，结果发现他是一个完美的靶子。他妈的他一定是在印第安人大屠杀中吓破了胆，后来就极为讨厌印第安人。不知为什么，他更讨厌黑人。而且他非常贪婪。

"公道布莱克和我好好研究了一下这个人，认定值得干他一票，也就是说，我们打算抛出几千美元做诱饵。后来，我们又拉了一个纽约的白人小伙进来，他也是一个骗术高手。他的任务是扮演一个北方来的房地产代理商，假装要在俄克拉何马州收购有价值的地产。我们为他在图尔萨开了一间办事处。下一步是要在图尔萨找一块合适的地产。我最后定下的是一块过去曾是印第安保留地、当时已经被州政府收回的土

---

1 图尔萨(Tulsa)：俄克拉何马州第二大城市。

地,上面还架着一座公路桥。

"根据安排,公道布莱克是诱饵,而我扮演那个傻瓜。我们的纽约朋友雇了一个秘书,还印了名片。万事俱备,布莱克就带着一份意向书和那个靶子联络。布莱克恭维这个白人说,他是黑人们惟一可以相信的白人,还讲出了被这个骗子骗过的可怜人的名字。你现在明白这个靶子是怎样被自己的把戏骗住的。那个靶子相信了布莱克。

"布莱克称自己有个印第安人和黑人混血的朋友,他是一块绝好地块的惟一所有人。而有一个北方白人地产商十分想拿下这块地。那个家伙一听就仿佛闻到了什么味道,从他匆匆读完布莱克拟的意向书的样子来看,他闻到的是某个黑鬼的钱的味道。

"他问那块地在什么地方,布莱克便含糊其词。布莱克对那个白人说,只是想问问他有没有兴趣。那个靶子急忙承认自己很感兴趣。此后的三个星期里,布莱克不断和他见面,在汽车里,在小巷里,但在关键问题上总是搪塞他。最后,这个白人贪婪加之焦虑,都快疯了。然后,布莱克'无意中'透露了那个想买地的北方地产商的名字。从那一刻起,我们知道这条大鱼已经上钩了,剩下的事情就是把他拽上来。

"我们料定他会去我们开的办事处,他也的确是这么做的。那个靶子来到办事处,想靠他的白皮肤和我们的白人伙计斯波茨(Spots)联手,但斯波茨拒绝和他谈这笔生意,而且告诉他南方最大的地产公司已经详细地调查过这块地的情况了,只要他不到处乱讲,就能赚一大笔钱。因为这块地的性质,任何对其产权的公开调查都会引起州政府的警惕,靶子也知道,如果白人真要买这块地,州政府一定会立法禁止这笔买卖。于是,那靶子三番五次地来我们的办事处,可也没有什么结果。正在他忍不住要泄露消息的时候,布莱克带着我去见他。那个笨蛋见到我们高兴得就像一个娘娘腔来到了民间资源保护队[1]的营地。你可能知道了,那家伙的头已经钻进了绳套,而我马上就要在他的脚下放把火。骗这个家伙真是让我兴奋。

"但戏还是要做下去,开始的时候我装作惊恐不安,布莱克便在旁边不停说,这个白人是值得黑人相信的。我说,我才不会相信什么白人呢,他们只希望找机会合法地把黑人干掉,再把黑人的老婆弄上床(对不起,克莱德尔爸爸)。那靶子拼命地向我保证他是惟一不那么想的白人,而且他最好的朋友都是有色人种。他还说,我可能不知道,他的养母就是一个黑人,他现在还常去看望她。我假装自己被他说服了,接着靶子开始大骂北方白人。他说,在北方,白人让黑人睡在大街上,还让黑人直接用手刷厕所,甚至还有更恶劣的。于是,我装出

---

1 民间资源保护队(Civilian Conservation Corps):美国国会 1933 年设立的一个"新政"项目,为失业的男性提供工作和职业训练,让他们去做保护和开发自然资源方面的事情。该项目于 1942 年终止。

一副难以置信的样子,说:'那我可不愿意把地卖给这样的白人,虽然他出七万五千块。'公道布莱克也在一旁帮衬:'拿这么多钱你也不知道怎么花。'我说,我只想拿钱给老妈买套房子,剩下的留着做个小买卖,再逛一趟哈莱姆。那靶子问,这需要多少钱。我说,我觉得五万就足够了。

"靶子说,一个黑人一下子得这么多钱太危险,白人会把钱抢去。我说,我知道,但至少也要有四万。他立即就同意了,我们还握了手。看到坏蛋北方佬落在自己人手里,那心情真叫一个爽。我们第二天又见面,在他车里签了协议,收了现金。

"布莱克和我把大部分的行李都放在了阿肯色州热泉的一个旅馆里。我们一得手就上了车,离开俄克拉何马州回到了阿肯色州的热泉。

"整个经过就是这样。"

红腿讲完之后,黑人凯旋的畅快在房间里回荡,尽情的欢笑与之相随。在二十世纪的转折点尚未到来的岁月,这些生来黑皮肤的男人,原本毫无疑问要被时代碾成无用的碎末。然而,他们却以自己的智慧撬开了紧锁的社会之门。他们不但在"游戏"中变得富有,还获得了为同族人复仇的快感。

我不可能把这些人看作罪犯,相反,我为他们的成就感到自豪。

在社会中,人的需要决定伦理:本来只能在本国的餐桌上分些面包渣的人,却以自身的聪明才智和勇气享受着豪华盛宴,他们才是美国黑人区的真正英雄。所以,蜷身独屋的看门人把玩一辆孔雀蓝的豪华凯迪拉克并不会惹人嘲笑,反而招人艳羡;低贱的男仆买双四十美元的鞋子也不会受到指责,只会被人欣赏。因为我们知道,他们已经为此倾注了所有体力和心智,而每一笔收入都将记入黑人的集体财富之中。

关于违法的故事,黑人和白人头脑中的评判标准显然不会一样。对那些无关紧要的犯罪,黑人会感到不耐烦,很多人十分不理解,为什么黑人不去抢更多的银行,不盗用更多的资金,不行贿更多的工会组织官员。"我们是世界上最大规模的抢劫行为的受害者。人生需要某种平衡,我们做一点抢劫的事,没什么大不了。"对一个缺乏正当途径与其他公民展开合法竞争的人来说,这种观念尤其具有吸引力。

我和我的黑人伙伴所受的教育与白人学生很不一样。虽然我们在教室里都学过过去分词,但回到家里或走在路上,我们就会把复数和过去式一股脑忘掉。我们能够把握书面用语和口语之间的细微差别,也会在两种用语之间轻松地转换。比如对一件事,我们在学校里会评价:"这并非少见。"但到了路上,我们遇到同样的情形,则会随口说:"这是常有的事儿。"

30

跟简·维瑟斯(Jane Withers)和唐纳德·奥康纳(Donald O'Connor)一样,我也要去度假。那个暑假贝利爸爸邀请我去南加州和他一起过,我兴奋得几天睡不好觉。一想到爸爸卓尔不凡的绅士气度,我就忍不住猜想,他一定是住在一座庄园里,四周有花园环绕,还有穿制服的仆人侍立左右。

行程确定后,妈妈积极地张罗着给我置办夏装。对生活在气候更温暖之地的人,旧金山人总怀有一种优越感,妈妈也不例外。她对我说,我只需要许许多多短裤、凉鞋和衬衫,因为"南加州人几乎从来不穿别的衣服"。

贝利爸爸现在有一个女朋友,她从几个月前就开始与我通信,还说会到车站来接我。我们约好在车站相见的信物是白色康乃馨。在到达那炎热的小镇之前,我一直拜托行李工把花放在餐车的冰箱里。

火车到站，我走出车厢，眼光掠过站台上的白人，在接站的黑人中找寻。我没有找到爸爸，也没有看到美丽迷人的女士（我原本以为，爸爸第一次既然选择了妈妈那样漂亮的女人，后来的女友必定极其美貌）。我的确看到了一个戴着白花的小女孩，但我觉得不可能是她。我们彼此一次又一次地擦肩而过，却不敢相认。直到站台上的人群逐渐散去，她才犹疑地试探说："玛格丽特？"她显然也不十分确定，嗓音有些尖利，但依然可以听出她是个成年人。她不是个小女孩，而是与我保持通信的爸爸的女友，这大大出乎我的意料。

她说："我就是多洛雷丝·斯托克兰(Dolores Stockland)。"

尽管我并未缓过神来，但还是努力表现得彬彬有礼，我说："你好，我是玛格丽特。"

她是爸爸的女友？我猜她不过二十出头。她身穿纱裙套装、脚蹬平底休闲鞋、手上还戴着手套，这身行头提醒着我，她是个体面的成年人。多洛雷丝其实并不矮小，只是身体未发育成型，看起来像个小女孩。如果她真打算嫁给爸爸，不知见到未来的继女竟然身高六英尺，五大三粗，会不会受到惊吓。（后来，我发现爸爸是这样跟她说的，他的孩子只有八九岁，机灵又可爱。她对爸爸真是太过信任，我信中那些长词复句，明摆着说明我不可能是个小孩子，她居然没发觉。）

对多洛雷丝来说，我的出现仅仅是一连串失望中的一个小环节。爸爸原来答应过娶她,但总是一拖再拖,到最后娶了一个名叫艾伯塔(Alberta)的身材娇小的南方女人。我第一次见多洛雷丝时,她完全是一副中产阶级黑人的打扮,只可惜这一切并没有与之相应的物质后盾。爸爸没有庄园,也没有成群的仆人。他住在小镇近郊的一个停车场,而小镇本身也很偏远。多洛雷丝和爸爸住在一起,她把屋子收拾得像棺材一样干净。白色的假花静静地安息在玻璃花瓶里。洗衣机和烫衣板显然经常使用,理发师也是家中的常客,随叫随到。总之,如果没有外界的侵扰,他们的生活可以说是完美。而就在这个时候,我出现了。

多洛雷丝竭力想把我改造成她大体可以接受的样子。一开始,她想让我注意一些细节,结果这一努力以彻底失败告终。她先是要求、继而哄骗、最后是勒令我收拾自己的房间。其实,我也挺想配合她,但问题是我根本不晓得如何着手。我对小东西天生就笨手笨脚,而我房间的梳妆台上摆满了打着太阳伞的白种女人小瓷偶、小瓷狗、胖胖的丘比特,还有各式各样的玻璃材质的小动物。在铺好床、打扫好房间、挂好衣服之后,我一想起要去整理这些小东西,不是手太重卸掉了小动物的胳膊腿,就是手太松,把小天使掉在地上摔个粉碎,我在这方面从未"失手"。

站在一旁的爸爸嘴上挂着微笑,永远是一副莫测高深的表情,好像我们之间的不愉快倒让他高兴。然而,多洛雷丝深爱着这位身材高大的情人，尤其崇拜他的口才（贝利爸爸从不"说话"，他只演讲）。在一个尚未达到中产的家庭里，爸爸的滔滔不绝和点缀其间的哦音，对她来说算是一种安慰。爸爸在一家海军医院的厨房里工作，但在两人的口中，他却成了"美国海军营养专家"。家中的冰箱里总是塞满了新弄到的火腿片、剩了一半的烤面包或四分之一只鸡。但爸爸的确是一位出色的厨师，一战时曾去过法国，也曾在高端的布瑞克斯酒店当过门卫。我们家经常可以吃到欧式大餐：红酒烩鸡、多汁牛肋排，还有足料的米兰式猪排。而爸爸最拿手的还是墨西哥菜。他每星期都会穿过边境到墨西哥采购调料和配菜，于是我们餐桌上就有了欧芹酱烧鸡和牛肉玉米卷饼。

其实，只要多洛雷丝稍微少一点虚荣，多一些世俗，她就会发现那些调料在小镇上到处都有，爸爸根本没必要跑到墨西哥去买。但她不会允许别人看到爸爸在那些个肮脏混乱的墨西哥集市瞅来瞅去，更不用说，那臭烘烘的环境本来就让人倒胃口。"我的丈夫、美国海军营养专家约翰逊先生到墨西哥为我们买了一些晚餐用的食材。"这听起来倍有面子，几乎与那些到白人区买洋蓟的人一样体面和了不起。

爸爸的西班牙语很流利，我也学过一年，我们之间可以用西班牙语进行一些简单的交流。外语上的天赋可能是我身上惟一让多洛雷丝佩服的优点。她两颊的肌肉太僵，舌头太硬,对付不了那些奇怪的发音。当然,她的英语,就像她的其他所有方面一样,完美无缺。

一连几个星期,多洛雷丝和我彼此斗法,而爸爸像旁观者一样站在一边,他不喝彩也不起哄,却看得津津有味。有一次,爸爸问我,"(哦)喜不喜欢(哦)妈妈"。我以为他指的是我的妈妈,就回答道,"喜欢,她漂亮、开朗又善良"。可爸爸说,他指的不是薇薇安,而是问我喜不喜欢多洛雷丝。我回答说,我不喜欢她,并解释说她刻薄、挑剔又装腔作势。爸爸哈哈大笑。我补充说,她也不喜欢我,因为我粗壮、傲慢又不爱干净。然后,爸爸笑得更欢了,好像还说了句:"看,这就是生活。"

一天晚上,爸爸说他第二天要去墨西哥为周末的晚餐准备些吃的。这本来没有什么奇怪的,但他接着说他要带我一起去。听到这个消息,我和多洛雷丝都惊讶得一句话也说不出来。看到我们这种反应,爸爸解释说,去墨西哥可以让我有一个练习西班牙语的机会。

多洛雷丝的沉默可能是嫉妒的表现,我则纯粹是因为吃惊。我从未看出爸爸以我为自豪,也从未觉得他有多么爱我。他不曾带我见过他的朋友,也没带我去加州为数不多的名胜游玩过。然而,去墨西哥旅行这等美事,他竟然想带我去,简直不可思议。但很快我纠正了自己:这是理所应当的。我是他的女儿,爸爸邀请我来,却远远没有给我想象中的假期。如果那时我提出让多洛雷丝一起去,我和爸爸也许可以躲过那场暴力事件,避免近乎悲剧的结果。而我年幼的头脑中,当时只剩下了自己,只剩下了太阳帽、牧场工人、玉米饼和潘科·维拉[1],一想到这些,我不禁兴奋得发抖。那一晚风平浪静,多洛雷丝缝补着她崭新的内衣,我在假装读我的小说,而爸爸则手里拿着一杯饮料,听着收音机。现在我才明白,这对他来说是多么可悲的景象。

第二天一早,我和爸爸踏上了异国探险的旅程。墨西哥的土路充分满足了我对新奇事物的渴望。才离开加州的高楼大厦和平坦公路几英里,我们就已颠簸在了高低起伏的石子路上,路况差得和阿肯色最糟糕的小路一样。四处望去,入目皆是小土屋和棚户,外面是一圈三角铁的围栏。路上可以看到又瘦又脏的土狗在房子周围转来转去,光着屁股的孩子在无忧无虑地玩着废旧轮胎。我所见到的成年人有一半人长得像泰隆·鲍华[2]和朵乐丝·德里奥[3],另一半人则长得像阿吉

1 潘科·维拉(Pancho Villa,1878—1923):墨西哥革命领袖、游击队领导人。1916年曾杀死美国人,并袭击新墨西哥州的哥伦布城,为此,威尔逊总统派潘兴将军率兵前往镇压。
2 泰隆·鲍华(Tyrone Power,1913—1958):好莱坞影星。
3 朵乐丝·德里奥(Dolores Del Rio,1905—1983):墨西哥影星。1926年由她主演的《荣誉的代价》轰动影坛,她美丽动人的长相吸引了广大观众,成为好莱坞知名的拉丁美洲女星。代表作有《复苏》(1927)、《复仇》(1928)、《天堂鸟》(1932)、《黑色眼睛》(1935)、《野花》(1943)和《玛丽娅·康德莱丽娅》(1943)。

姆·坦米罗夫[1]和卡笛纳·巴克斯诺[2]，只是比明星们显得老一些或胖一些。

我们穿过边境小镇，继续向前行驶，爸爸并未解释这儿到底是什么地方。我尽管好奇，但也没有随心地去问他。又过了几英里，一个穿着制服的卫兵拦住了我们。爸爸和他寒暄了几句，就下了车。他从车门边上取出一瓶酒，送进了卫兵的岗亭。他们在里面又说又笑地聊了半个多小时，我坐在车里，努力分辨着他们含糊的声音所包含的意思。终于，他们结束了谈话，回到车旁。爸爸手里还拿着那酒瓶，不过瓶里的酒只剩下了一半。爸爸问那卫兵想不想娶我做老婆，他们的说法比我在学校里学到的粗俗得多，但这句我还是能听懂的。爸爸补充说，我年方十五。那卫兵一定是受到了引诱，立即把身子探进车里，摸了摸我的脸。我想他本来一定认为我又丑又老，而现在知道我可能还没被人用过，这才一下子来了兴趣。他对爸爸说，他愿意娶我，还要和我"生很多小孩"。爸爸觉得他的允诺是一路上听过的最好笑的事情。（出发前我对多洛雷丝说再见，她却毫无反应。我自我安慰地解释道，可能她没听见吧，这让爸爸捧腹大笑。）我试图躲开卫兵乱摸的手，但这

1　阿吉姆·坦米罗夫（Akim Tamiroff，1899—1972）：俄裔美国男影星，出演过《战地钟声》和《将军晨死》等影片。
2　卡笛纳·巴克斯诺（Katina Paxinou，1900—1973）：美国女影星。

家伙一点也不在乎我的反应。如果不是爸爸打开车门坐进了车里，他可能都已经钻到驾驶位上去了。在听他说了一阵"回见""小妹"和"老婆"之类的话之后，爸爸发动了汽车，我们又开始了颠簸的旅程。

从路牌上看，我们正在去往昂塞纳达[1]，我们经过的是弯弯曲曲的山路，轮侧就是悬崖峭壁。我十分害怕，心想我再也回不了美国，回不到文明世界、英语环境和宽阔的街道。汽车沿着崎岖的山路盘旋而上，爸爸边开车边小口呷着剩下的酒，还不时哼上几段墨西哥小调。但令人失望的是，我们的目的地并不是昂塞纳达城，而是离城五英里左右的一个地方。我们的车停在一个土院里，院后就是一个破烂不堪的小酒馆。院子里，一群光着上身的小孩在一圈一圈地追着几只模样古怪的鸡，女人们听到汽车的声音来到了酒店门口。但那群脏兮兮的小孩和干瘦的鸡专心地疯跑，没受到一点打扰。

一个女人拖着长腔唱道："贝利——，贝利——"马上就有一群女人拥出了酒馆，拥到了院子里。爸爸叫我下车，一起去见那些女人。他匆匆地介绍我，说我是他女儿，大家都觉得这真不可思议。接着我们被带进了一个狭长的房间，房间的尽头是一个小吧台，吧台边几张歪歪斜斜的桌子立在开裂的木

1　昂塞纳达（Ensenada）：墨西哥西北部临太平洋的一座城市，是个观光胜地。

地板上。我抬头看去,房顶引起了我的兴趣:五颜六色的纸条在近乎静止的空气里飘来飘去,还有些时不时地飘下来。显然没有人注意到这一点,或者即使有人注意到了,也并不认为房顶塌下来对他们来说有什么大不了。吧台边的几个男人热情地和爸爸打了招呼,口气里包含着老熟人之间才有的轻松自若。爸爸带我在屋里转了一圈,跟每个人介绍我的名字和年龄,我则用西班牙语向他们说"您好"。这是一句从学校里学来的正式问候,在这里听起来像是世界上最美的语言,大家都走近拍拍我的背,和爸爸握手,然后说一通我永远也听不懂的西班牙语。爸爸是这一刻的主角,他在大家毫无掩饰的友好中渐渐进入了另一种状态,而在这状态中,我发现了他性格中新的一面:他略带嘲讽的微笑停止了,夹杂在句子中的哦音也不见了。(要在紧凑的西班牙语中塞进哦音,估计也并不是件容易的事。)

令人难以置信,爸爸本来是个孤独的人。他一直在甘醇的酒乡、美艳的裙裾、神圣的教堂和冠冕堂皇的头衔中痴狂地寻找着"自己的位置"。而这个出生前就已失落的位置,至今他也没能找到。直至墨西哥之行,我才明白,爸爸从来都不属于斯坦普斯,更不属于节奏缓慢、思想陈旧的约翰逊家族。一个人生来即有高远的志向,却栖身于棉田农场之中,这是多么令人唏嘘的宿命。

在墨西哥的这家小酒吧中,爸爸是那样地轻松,那样地自信和游刃有余,我以前从未见过他展现出这样的一面。面对墨西哥的乡下人,他无需伪装出高贵的气质,他真实的自我就足可以让他们崇拜敬仰——他是美国人;他是黑人;他操着一口流利的西班牙语;他有钱,可以与当地有身份的人共饮龙舌兰酒;他高大英俊又慷慨,女人们也喜欢他。

这是一次节日的盛会。有人投币进自动点唱机,有人买来饮料分发给所有客人。而我得到了我想要的可口可乐。音乐声响起,点唱机里随之传出了歌声。歌声时而高音嘹亮,时而颤音婉转,诠释着墨西哥牧场主的激越情怀。男人们跳起舞来,起初是独自跳,然后是大家一起跳,最后有几个女人也加入了"踩脚狂欢"。恍然失神间,有人邀请我去跳舞,我有些犹豫,因为不知道自己能不能跟上节奏。看到爸爸向我点了点头,像是鼓励我去尝试一下,于是我在热闹欢快的气氛中不知不觉度过了一个多小时。休息时,一个年轻人教我往天花板上粘纸条:首先,要把墨西哥口香糖里的所有糖分嚼干净,然后,让酒保找个好事的客人,让他在纸条上写上一句谚语或煽情的话;接着把嚼得软软的口香糖从嘴里拿出,粘在纸条的一端;最后就是在天花板上选一个纸条稀疏的地方,瞄准,发出令人毛骨悚然的尖叫,同时甩出纸条。我想这种尖叫比起野马的嘶鸣来也毫不逊色,我像小老鼠一样吱吱叫了几次都不成功。但我终于克服了拘谨,鼓足所有气力发出一声惊天动地的大叫，甚至可以当得起萨帕塔[1]的名号。我很高兴，爸爸很自豪。我的新朋友们极为慷慨，一个女人拿来了炸猪皮（南方人称这东西为"脆皮"）。我一边吃着包在油乎乎报纸里的脆皮，一边跳舞尖叫，还喝着甜得黏手的可口可乐。我从未体验过这种近乎疯狂的纵情玩乐。后来，又有很多人加入了狂欢者的行列，这时大家称我是"贝利的闺女"，他们很快都接受了我。屋子只有一扇窗户，但午后的太阳没能透过它照亮这个房间。于是，这充斥拥挤、烟酒气和噪音的空间浸润在人为造成的黄昏暮色之中。我突然意识到有好一会没见到爸爸了，便用西班牙语问身边跳舞的人："我的父亲到何处去了？"这句咬文嚼字的问话，在一个普通人听起来，一定像识字不多的奥沙克[2]山民听到"吾父何所在"一样别扭。这句话引起了周围人的一阵狂笑，接着是一阵令人窒息的拥抱，但始终没人告诉我，爸爸去了哪里。舞曲结束了，我想从人群中挤出来，又不想惹人注意，恐惧正像一团浓雾紧紧地包围着我，令我无法呼吸。爸爸不在屋里，他是不是已经和那个卫兵达成了什么交易？这种事他也不是完全做不出来。我的饮料里一定是掺了酒，我的腿很软，眼前一对对跳舞的人成了模糊的一团。爸爸想必已经走了，他也许兜里揣着我的卖身钱，正疾驰在

1　埃米利亚诺·萨帕塔（Emiliano Zapata, 1879—1919）：墨西哥革命领袖。

2　奥沙克（Ozark）：位于密苏里州和阿肯色州之间的山脉的名称。

289

回家的路上。我想我必须到门口去,可大门仿佛远隔千山万水。一路上的人都用西班牙语在问:"你去哪儿?"我也用西班牙语回答说:"我出去透透气。"只是这话又生硬又双关。这也许说明了我今天是舞台上的焦点。

大门开着,爸爸的哈得逊牌汽车还原原本本地停在院子里,外表流动着寂寞的光华。那么,爸爸毕竟没有离开我,这也意味着没有人在我的饮料里兑酒精。我立刻感觉好多了。没有人跟我到院子里来,时近傍晚,阳光不再那么酷烈,变得温柔和煦。我决定坐到车里等爸爸回来,因为他不可能走得太远。我知道他一定是和某个女人在一起,想一想也不难猜到,那个女人一定是他带出去的那个快活的小姐。我们刚到这里的时候,这个嘴唇嫣红、牙齿小巧整齐的女人一直缠着爸爸。我当时倒没多想,只是记住了她活泼的样子。坐在车里,我把事情的前前后后重新回忆了一遍。她是第一个向我们冲过来的,这时候爸爸匆匆说了句"这是我女儿",还说"她会说西班牙语"……如果多洛雷丝知道了这事,一定会矫情地躲进毛毯里,痛苦地扭动,最后小心翼翼地死去。对多洛雷丝遭受痛苦的想象伴我度过了很长一段时间,最终是音乐、大笑和孩子般的尖叫打断了我愉快的复仇狂想。天色渐渐暗了下来,而爸爸却躲在某个偏远的、我永远也找不到的小木屋里。想到有可能要在车里独自坐上一夜,恼人的恐惧又慢慢爬上心头。这次的恐惧与被卖掉的担心有些关系,但不是一下子将我淹没,而是渐渐扩散,从心中向全身蔓延。我可以摇上车窗,锁上车门;我可以蜷缩在车座下,让自己变小——但这些都不可能让别人看不到我,不可能!我竭力堵住心中的恐惧洪流:我为什么要害怕墨西哥人呢?他们从一开始就对我很友善,我的父亲、他们的朋友也不会允许别人亏待他的女儿。他不会吗?他会吧?要不然,他怎么会把我留在这个放荡不羁的酒吧,和一个女人一走了之呢?他会在乎有什么事情可能发生在我身上吗?不,他一点也不在乎,我确信了这一点,于是打开内心的闸门,让歇斯底里的情绪汹涌而出。眼泪一旦流出来,就再也收不住。我反正是要死在墨西哥这个偏僻肮脏的土院了。这个世界上独一无二的我,这个上帝与我共同创造的聪明头脑,行将毫无贡献地黯然告别生命之火。命运女神为什么要如此残酷,这个黑人女孩又为何这般无助。

朦胧中,我看到了爸爸的身影。我正要跳下车去扑到他的怀里,却发现有两个人在搀扶着他,其中一个是我见过的那个小女人,另外一个是我没见过的男人。爸爸东倒西歪,旁边两个人则紧紧地架着他,一同跟跟跄跄向酒吧走去。如果爸爸进了酒吧的话,我们就再也走不了了。我这时也下了车,来到他的身边。我问爸爸是不是想上车去休息一会。他定了定神,认出了我,然后说他正是这么想的,还说他有一点累,想先休息一会再开车回家去。爸爸没有忘记把他的想法用西班牙语告诉他的朋友们,于是两人又把他扶到了汽车旁边。我把前门打开,他说他想在后座上躺一会。我们费了很大力气才把他弄进车里。我们想把他的长腿在狭小的空间里放得更舒服一点,他却已经打起了呼噜。听起来他这一觉会很深很长,这意味着我还是要在车里、在墨西哥的土院里过夜了。

那一对男女一边笑,一边叽叽喳喳说个不停,但我什么也没听懂。我的脑子里飞转着各种念头:我以前从没开过车,不过我曾仔细观察过别人开车,并且我妈妈号称是全加州开车开得最棒的人。至少**她自己**是这么说的。我聪明绝顶,而且身体具有很好的协调性,我当然可以开车。傻瓜和疯子都能开车,才华出众的玛格丽特·约翰逊为什么不能? 我又一次用我从学校学来的、"高雅精致"的西班牙语请求那个墨西哥男人帮我把车调一下头,我用了整整十五分钟才让他明白我的意思。那人问我会不会开车,但我不知道"开"在西班牙语里怎么说,只能不断地重复说,"是的,是的"和"谢谢"。最后,他终于上了车,把车调整到正对公路的方向。从他下一步的举动来看,他似乎也明白我的情况。他没有让发动机熄火。我把脚踩在了离合和油门上,挂好档位,同时抬起双脚,随着一声可怕的咆哮,车子猛然冲出了院子。

车子哆哆嗦嗦地上了公路,几乎马上要停下来,我又一次用双脚猛踩离合和油门。车子这次非但没有前进,反而失去了动力,发出很大动静。幸运的是,发动机并未熄火。这时我明白,要想让车子前进,脚必须松开离合,而如果松得太快,车子就会像圣维脱斯舞蹈症[1]患者一样抖起来。凭着我对发动机不多的理解,我驾驶着车子沿着山路向五十英里外的卡莱克西科[2]驶去。说来真的不可思议,我那活跃的想象力和因极度恐惧而紧绷的神经,并没有导致墨西哥某处悬崖下一场血肉横飞的惨烈车祸。但我得承认,我当时把所有的精力都集中在侍弄那不听话的车上了。

天完全黑了下来,我在各式旋钮开关之间摸索,一会拧一会拉,最后才把车灯打开。在我忙于寻找、尝试的时候,车又慢了下来,因为我忘记加油了,发动机突突作响,接下来,车子在一顿一抖之后熄火了。车的后排传来了扑通一声,我知道那是爸爸摔到座位下面的声音(我知道这是迟早要发生的)。我拉紧了手刹,琢磨下一步的行动:问爸爸是没用的,他摔到座位下面都没有醒,我想我也没办法把他弄醒;也不可能有什么车经过,因为自从早上经过了哨卡,我就再没见过任何一辆车。而我们现在是在下山的路上,我推断,也许我可以一路滑行到卡莱克西科,至少可以到达哨卡。我先镇定了一下,在放开手刹之前,我要想好对付卫兵的方法:到了哨卡,我先停下车,装出傻傻的样子;我要用乡下人的口气和他说话,让他把车发动起来,然后在开车离开之前从爸爸的衣袋里掏出两毛

1　圣维脱斯舞蹈症:风湿热的迟发表现,全身或部分肌肉呈不规则的、无目的的不自主运动。
2　卡莱克西科(Clexico):加利福尼亚州一边境城市。

五甚至一块钱来丢给他。

　　详尽可靠的计划制订完毕，我松开了手刹，车又继续沿山坡向下滑动。我又一次摆弄所有按钮，同时踩下了离合和油门，希望汽车快一点滑动。这时神奇的事情发生了，发动机又启动了。这辆老式的哈得逊汽车如脱了缰的野马，在山坡上疯狂地行驶，但凡稍有不慎，它就会把我甩出车窗，而爸爸将会与车子一起跌落山崖、车毁人亡。这样的挑战让我兴奋莫名：我，玛格丽特，独自对抗着自然的伟力。我急速地转动着方向盘，脚踩着油门。那一刻，我主宰着墨西哥，主宰着权威、孤独、涉世之初的青葱岁月，还有贝利·约翰逊，我主宰着死亡、危险乃至地心引力。

　　似乎过了一千零一夜，山路渐渐变得平坦，路旁也开始出现了星星点点的灯光。从那之后，不管再发生什么，我都认为自己已经获得了成功。车速慢了下来，车已完全被我驯服，无条件地听从我的命令。我又一次踩下油门，最终抵达了哨卡。我把车停稳，拉上手刹，但没有熄火，我觉得我根本没必要与卫兵说话。但是，只有卫兵对车进行了检查，并同意放行，我才能继续上路。而现在他正忙着与另一辆车里的人聊天，我看到那辆车正要驶向我刚刚征服的大山。借着简易哨亭里的灯光，我看到卫兵弯着腰，上身整个探入车窗里。我把脚踩在油门上，随时准备开动，这时卫兵缩回了头，站直了身子。我发现他不是早晨让我尴尬无比的那个人。这个发现吓了我一跳,当他干脆利落地敬礼并让我通过时,我放开了手刹,双脚紧张地同时踩了下去,又猛地抬了起来。车的反应大大出乎我的意料:它没有向正前方行驶,而是向左拐去,刚冲了几下,就撞上了那辆正要开走的车。接着是金属摩擦和撞击的声音,还有四面八方袭来的一串串机关枪般的西班牙语。奇怪的是,这一次我却一点也不害怕。我首先按顺序思考了以下几个问题:我是不是受伤了;别人受伤了没有;我会不会进监狱;那些墨西哥人在说些什么;最后,爸爸是不是已经醒了。对于第一个和最后一个问题,我立即得到了答案:冲下山坡时,肾上腺素刺激着我的大脑,由于这个原因,我感觉从来没有这么好过,而爸爸也显然没醒,他沉重的鼾声穿透了窗外抗议的喧哗,传到我的耳中。我下了车,打算先叫警察,而没等我开口,卫兵一连串的句子就塞了过来。但我确定,他的话中,也有一个词是"警察"。被撞的车上,有人正挣扎着爬出来,我努力保持镇定,礼貌而声音洪亮地用西班牙语对卫兵说:"谢谢先生。"那车里是一大家人,大概有八九个人的样子,有老有小,有胖有瘦,他们一边在我周围走来走去,不停斥责,一边对我上下打量,当我是公园里的一尊雕塑,而他们自己是一群没事的鸽子。我听到一个人用西班牙语说"年轻",我想他的意思是我太小,不应该开车。我想看看是哪个人这么聪明,我也许可以先和他谈一谈,但他们的位置变换太快,我根本分不清谁是谁。我又听到一个人用西班牙语说"醉了",我想我现在闻起来一定像一个龙舌兰酒庄。这都是因为爸爸在后排大睡,呼出大量的酒气,而为了抵御寒冷的夜风,我又一直紧闭车窗。即使我能说流利的西班牙语,我想我也不太可能在这些陌生人面前解释清楚我的处境,更何况我的西班牙语糟糕透顶。有人不经意间透过车窗看见里面还有人,突然爆发出一声尖叫,所有人都被吓呆了。人群一拥而上围住了车子,在我看来有上百人,接着又是一声声的尖叫。我愣在那儿,足有一分钟,搞不清到底发生了什么事情。也许,在撞车的时候……我也挤到了车窗旁,然后我回想起了那有节奏的鼾声,便冷静下来,退到一边。卫兵一定认为自己发现了一宗重大的谋杀案,便立即采取行动,他好像是在叫"看住她""别让她跑了"。那家人离开了车窗,又围住了我,但这次有意地保持了距离,目光中透着警惕。从到达哨卡之后,我第一次完整地听清了一个问题:"他是谁?"(西班牙语)我尽可能理智而平静地回答:"他是我爸爸。"(西班牙语)墨西哥人是一个重视家庭和每周一次狂欢的民族,他们立即明白了我的处境——这只是一个可怜的小姑娘,在照顾狂欢过度的父亲。噢,小可怜!

卫兵、那家人的父亲和一两个小孩开始了叫醒爸爸的艰巨工作。剩下的人围着我和他们那辆被撞得很难看的车,一圈圈走成一个"8"字形。两个男人对爸爸是又摇又拽又拉,小孩子则在爸爸的前胸又蹦又跳。我觉得最后的成功应归

296

因于小孩子的努力。贝利·约翰逊咕噜着西班牙语醒了过来:"怎么了? 发生什么事了? 你们想干什么?"我想,换了任何一个人都会先问:"我在哪儿?"显然,爸爸在墨西哥已经不是第一次遇到这种情况了。等爸爸头脑清醒些之后,我朝车走去,平静地把大家推开,骄傲、自豪而不可一世:我是制服了野马般的汽车、跨越了险恶大山的英雄。我说:"爸爸,出了点事故。"爸爸认出了我,逐渐恢复成了墨西哥狂欢之前的父亲。

"事故,啊? 哦,是谁撞谁了? 是你撞了人了吧,玛格丽特? 哦,是不是你的错?"

我这时候对他说,我驯服了汽车,还驾驶着它行驶了五十英里? 不,这一点用也没有。我不指望、也不需要他对此表示赞赏。

"是的,爸爸,我撞上了一辆车。"

爸爸并没站起来,也不知道自己在什么地方。他理所当然地坐在车后排的地板上说:"在副驾驶的箱子里,保险单,把它们拿出来,哦,给警察,然后回来。"

我本来想好了一句尖刻而不失礼貌的话,但卫兵这时已经从另一个车门把头伸了进来。他命令爸爸下车,而我的父亲从来不知不知所措为何物,他伸手从箱子里拿出保险单和他原来放在那里的半瓶酒,对卫兵露出一脸的假笑。爸爸从车后排直起身来一点点地挪下车。到了平地上,在身材高大

297

的爸爸旁边,周围愤怒的人群顿时显得矮了一截。爸爸迅速地估测了一下自己的位置和处境,然后搂住被撞司机的肩膀,亲切又不失高贵地与卫兵谈笑,接下来,三个男人一同走进了岗亭。没过多久,岗亭里传出了爽朗的笑声,危机宣告结束,乐趣就此终止。

爸爸与所有男人一一握手,拍了拍几个孩子,冲着女人们露出迷人的微笑。随后,他坦然地坐在方向盘前,对被撞的车看也不看一眼。他好像与一个小时前还醉得一塌糊涂的那个人一点也不相干,他把我叫上车,熟练无误地驾车驶上回家的路。爸爸说,他不知道我会开车,并问我这辆车怎么样。他在如此短的时间里变得正常,这让我非常恼火,而且他没有对我的伟大成就表示任何赞赏,这让我感到失落。所以,我对他的话一概回答"是"。快到边境的时候,他把车窗摇下来,吹进来的空气虽然新鲜,却冷得让人不太舒服。爸爸叫我穿上他那放在后座上的夹克。在冰冷的沉默中,我们各怀心事地进了城。

31

多洛雷丝似乎还和昨天晚上一样坐在同一个地方。她的姿态让我觉得太熟悉了,很难相信她睡过觉,吃过早饭,好像连她的发型也没动过。爸爸兴致勃勃地说:"你好,小家伙。"随后走进了浴室。我问候道:"你好,多洛雷丝。"(我们老早就放弃了装模作样的家庭关系。)她简短而礼貌地还礼,继续仔细地穿针引线。她正未雨绸缪地缝制可爱的厨房窗帘,浆洗过的窗帘不久便将硬邦邦地抵御寒风了。我没什么话可说,就回到了自己的房间。几分钟后,一场争吵在客厅区爆发,我听得清清楚楚,那些隔墙像是用薄洋纱床单做的。

"贝利,是你让你的孩子妨碍我们的关系。"

"小家伙,你太敏感了。孩子们,哦,我的孩子不可能妨碍咱们的关系,除非你自己有这个心。"

"我有什么办法？"她哭了起来，"他们就是在碍事。"接着又说，"你把夹克给了你的女儿"。

"我是不是该让她冻死？你是不是这么想的，小家伙？"他笑道，"你就是这么想的，没错吧？"

"贝利，你知道我是想喜欢你的孩子，可他们……"她不知道该怎么形容我们。

"你他娘的干吗不把你的心里话说出来？你不就是个装腔作势的小贱货吗？玛格丽特就是这么说的，她说的一点儿没错。"

想到爸爸泄漏的这句话不知又会如何加深她对我的冲天仇恨，我不禁打了个寒战。

"让玛格丽特见鬼去吧，贝利·约翰逊。我是要和你结婚，我可不想跟你的孩子结婚。"

"太可怜了，你这倒霉的小母猪。我走了，晚安。"

前门砰的一声关上了。多洛雷丝悄悄地哭了起来，可怜的呜咽声中时而爆发出抽泣，她还不忘斯文地用手绢擤了几回鼻涕。

我待在自己的房间里，觉得爸爸又卑鄙又残酷。他的墨西哥之行很快活，而对一个耐心等他、安心忙着为他做家务的女人，他却不能表现出一点点善意。我敢肯定她知道他喝了酒，也一定注意到了，我们出门超过十二个小时，却没给家里带回一块墨西哥玉米煎饼。

我觉得惭愧，甚至有点内疚。我自己也过得很高兴。我吃炸脆皮的时候，她也许正为爸爸平安返回而祈祷。我征服了一辆汽车和一座大山，而她在琢磨他是否对她不忠。我们对待她一点都不公平，也不友善，所以我决定出来安慰安慰她。不加分别地广施仁爱，或者更准确地说，关爱某个我并不真正关心的人，这个想法让我心花怒放。我本善良。虽不被人理解，不被人喜欢，但我很公道，不仅公道，我还很仁慈。我站在客厅中间，但多洛雷丝根本就不抬头看我。她一针一线地缝着那块花布，好像要把自己撕成碎片的生活再缝起来。我用我那弗洛伦丝·南丁格尔式的口吻说道："多洛雷丝，我不想妨碍你跟爸爸的关系。我希望你能相信我。"喏，大功告成。我做了这件大好事后，会让我在那一天其余的时间里心情坦然。

她头也不抬地说："谁也没跟你说话，玛格丽特。偷听别人讲话是很没礼貌的。"

她当然不会傻到以为这些纸糊的墙是大理石做的吧。我仅仅让我的声音里带上了一丝儿放肆："我从来没有偷听过。一个聋子也很难听不见你说的话。我本想告诉你，我无意妨碍你和我父亲的关系。我说完了。"

我的使命既可以说是失败，也可以说是成功。她拒绝接受安慰，但我也表现了我的宽怀大度，使自己占了上风。我转身就要走。

"不,事还没完呢。"她抬起头,脸上有些肿胀,双眼也红肿不堪,"你干吗不回去找你的亲妈去,要是你还有妈的话?"她的语调抑郁而克制,好像只是命我去蒸一锅米饭似的。我有没有妈妈?这我得告诉她。

"我有妈妈,她比你强一百倍,也比你漂亮聪明而且……"

"而且"——她尖声嚷道,"她是个婊子。"如果我年龄更大一点,与妈妈待在一起的时间更长一点,或许能更深切地理解多洛雷丝的沮丧,也许我的反应就不会那么暴烈。但我知道,这可怕的指责打击的与其说是我的亲情,不如说是我新生活的全部基石。如果她的责骂中有一丝真实,我就不能再与妈妈生活在一起,而我是那么想跟她一起生活。

这种威胁激怒了我,我朝多洛雷丝走过去。"我要扇你这个又蠢又老的贱货!"我说罢就扇了她一巴掌。她像只跳蚤似的从椅子上蹦起来,我还没来得及往后跳,她的胳膊就抱住了我。她的脑袋抵住我的下颌,双臂缠住了我,感觉是围着我的腰绕了两三圈。我使出全身力气推开她的肩,想挣脱她那八爪鱼似的缠绕。我们两个都一声不吭,最后我终于把她推在沙发上。这时她开始尖叫。这个老笨蛋,她骂我妈妈是婊子,也不想想我会怎么对付她!我走出了房子。在台阶上,我觉得胳膊上湿乎乎的,低头一看是在流血。她的尖叫声仍像跳动的石子从夜风中传来,可我在流血呐。我仔细检查了胳膊,上面没有伤口。我把胳膊放回腰间,拿起来时又沾上新鲜的血迹。我**确实**被刺伤了。我还没来得及搞清楚状况，或者说没来得及作出反应，多洛雷丝就尖叫着打开门，一看见我，她非但没有把门摔上，还像疯婆子一样冲下楼梯。我看见她手里拿着一把锤子，压根没想自己能否夺过锤子，立刻落荒而逃。爸爸的车停在院子里，没出一天，它就两次充当了我了不起的避难所。我跳进车里，摇上窗户，锁上车门。多洛雷丝绕着汽车飞快地转来转去，发出妖精似的尖叫，脸上一副暴怒、扭曲的表情。

贝利爸爸正跟邻居聊天，他们听见了尖叫声，赶过来围住了她。她喊叫着说我袭击她、想杀死她，还叫贝利最好不要再让我进屋。我坐在车里，感到血流到了臀部，此时外面的人们在安抚她，平息她的怒火。我父亲示意我打开车窗，等我把车窗打开，他说他先把多洛雷丝送回房间，要我待在车里。他会回来照顾我。

一天之内发生的桩桩件件的事齐齐涌上心头，让我不由得呼吸困难。这一天，我打了那么多大胜仗，生命却行将终结于血泊之中。如果爸爸在屋里待上很久，我也不敢走到房门那儿去叫他，而且我习得的淑女礼仪不会允许我衣服上带着血迹走上哪怕是一两步。正如我一直恐惧，不，知道的那样：所有的考验都毫无意义。（对徒劳无功的恐惧与我形影相随了一生。）激动、忧虑、解脱和愤怒的情绪耗尽了我的精力，我动弹不得。我像一个提线木偶，等待着命运指示我该何去何从。

不出几分钟，我父亲走下台阶，恼怒地上车，猛地关上了车门。他坐在一小块血迹上，我并未提醒他。他一定正在考虑该拿我怎么办，却突然感到裤子上湿乎乎的。

"天哪，这是怎么了？"他抬起屁股，用手蹭了蹭裤子。借着门廊投过来的灯光，他发现手被染红了，"发生了什么事，玛格丽特？"

我以冷静得足以让他引以为荣的语调说，"我被刺伤了"。

"刺伤，什么意思？"尽管那仅仅难得地持续了片刻，我还是终于头一遭看出他很困惑。

"刺伤。"这感觉妙不可言。就算为此在格子坐垫上鲜血流尽而死，我也不以为意。

"什么时候？谁干的？"

我的爸爸，即便在如此关键时刻，也仍然讲究用词，不会说"是谁"。

"多洛雷丝刺伤了我。"措辞如此俭省，表明我对他们俩的轻蔑。

"伤得严重吗？"

我本可以提醒他：我不是医生，没法进行全面的检查。但言语稍有不慎，就会让我处于下风。

"我不知道。"

他把车挂上档，动作娴熟，我不无嫉妒地意识到：尽管我开过他的车,但我还是不懂如何开车。

我以为我们会前往医院看急诊,便开始平静地规划我的死亡和遗嘱大事。当我即将沉入无始无终的时光的黑夜,我会对医生说:"会动的手指正写和已写的是,接下来……"而我的灵魂将优雅地游离肉身。贝利将拥有我的书籍,我的莱斯特·扬[1]唱片,还有我来自彼岸的爱。我东倒西歪地陷入沉睡状态,车停了下来。

爸爸说:"好了,孩子,哦,跟我来。"

车停在陌生的车道上,未及我下车,爸爸已经走上了一幢房子的台阶,这是一座典型的南加州农场式住宅。他揿响了门铃,随后召唤我走上台阶。门打开了,他又示意我站在外面。毕竟,我正在流血,我看得见客厅里铺着的地毯。爸爸进了屋,没把门关严,过了几分钟,一个女人从房子的侧面轻声细语地叫我。我跟着她进了一间康乐室,她问我伤在什么地方。她神情平静,看起来是诚挚地关心我。我拉起衣服,和她一起看我腰上的创口。伤口的边缘已开始结痂,她高兴地松了口气,我却颇为失望。她用金缕梅皮止痛水清洗了伤口,再用超长邦迪创可贴把它贴得严严实实的。然后我们来到客厅。爸爸与跟他说话的男人握了握手,对我的急诊护士表示

1　莱斯特·扬(Lester Young, 1909—1959):美国次中音萨克斯管演奏家,被称为爵士乐史上的总统。

感谢,接着我们就告辞了。

在车里,他解释道,那对夫妇是他的朋友,他请那位女士照看我,并告诉她如果伤口不深的话,就给我做些处理,他会很感激。如果情况严重,他便带我去医院。我能想象得到,如果人们知道他贝利·约翰逊的女儿竟然被他的女朋友刺伤,这该是多么大的丑闻。他毕竟是一名共济会会员、一名慈善互助会成员、一名海军营养专家,兼任路德派教会的首位黑人执事。假如我们的不幸遭遇传了出去,城里的黑人没有一个能抬得起头来。那位女士(我一直不知道她的名字)包扎我的伤口时,他已经给另外的朋友打了电话,安排我当晚与他们住在一起。在另一个停车场中的另一辆拖车上,我得到收留,有现成的睡衣和床。爸爸说他第二天中午左右来看我。

我上床后,深陷梦乡,好似死亡的愿望已然实现。早上醒来,无论是面对空旷陌生的环境还是腰间僵硬的感觉,我都安之若素。我自己动手,吃了一顿丰盛的早餐,然后拿了一本华而不实的杂志,坐下来等爸爸。

我十五岁了,生活已无可辩驳地教会我这个道理:审时度势的屈服与抵抗一样值得尊敬,尤其是在毫无选择之时。

爸爸来了,身穿海军营养专家的棉质条纹制服,外套随意地搭于其上。他问我感觉如何,给了我一块五和一个吻,说他当晚晚点儿再来。他笑得一如平常:紧张不?

独自一人,我想象着房主回家看到我的情景,意识到我连他们的样子也不记得。我如何能忍受他们的轻蔑或怜悯？我如果就此消失，爸爸便会觉得解脱了，更不用提多洛雷丝了。我犹豫不决了很久。我该怎么办？我有胆量自杀吗？我要是跳进大海，捞起来时会不会像贝利在斯坦普斯见到的那个人一样全身肿胀？念及哥哥，我不由踌躇起来。他该怎么办呢？我耐心地等了又等，似乎听到哥哥劝我离开。但是，切勿自杀：事情真的糟透了，再自杀也不迟。

我做了几个金枪鱼三明治，在里头放上泡菜，在口袋里塞了一个邦迪备用，然后数了数钱（我有一块多美元，加上几个墨西哥硬币）就走出门去。听见门砰的一声关上，我明白我的决定已无转圜余地。我没有钥匙，没有任何理由能吸引我，让我在附近等爸爸的朋友回来，等他们一脸悲悯地把我领进门。

既然我自由了，我便开始思考未来。此刻我无家可归，但那个显而易见的解决方案仅短暂地停留脑海。我可以回到妈妈身边，可我不能这样做。我的伤口无论如何不可能瞒过她。她目光犀利，不可能不注意到结了血痂的邦迪，不可能不注意到我守护伤口的动作。假如我没能掩饰住我的伤口，我们注定又要目睹一次暴力场面。我想起了那位可怜的弗里曼先生，岁月荏苒，但那镌刻在我心灵的负疚感，仍像一个令人不得安生的过客，时不时搅乱我的安宁。

32

　　一整天，我都在阳光灿烂的街道上漫无目的地游荡。喧闹的小商品市场上，水手和孩子们正笑着闹着，人们玩着概率游戏，这一切充满诱惑，但在穿越其中一个市场之后，我明白，我赢得的只是更多的概率，两手依然空空。我去了图书馆，读了会子科幻小说，然后在大理石墙面的洗手间里给伤口换药。

　　我晃到一条不景气的街道，看见一个废品处理场，里头胡乱堆放着废旧汽车的遗骸。这些旧车不知怎地让我觉得很讨厌，我决心考察一番。我正在车与车之间盘桓，脑海中忽然闪现一个主意。何不找一辆干净的或还算干净的汽车，在里边过夜？无知者无畏，我乐观地估计明天自有明天的过法。目光所及，看到围墙边上的一辆车体很高的灰色汽车。车里的座椅并未被扯掉，尽管已经没了轮子和轮圈，但靠着挡板的支撑,车还是稳稳当当的。在近乎露天的地方过夜,一想到这里,自由自在之感油然而生。我像一只自由的风筝,随心所欲地在微风中飘荡,寻找一个栖息的地方。看上这辆车后,我就钻了进去,吃罢金枪鱼三明治,着手检查汽车地板上有无孔洞。我害怕老鼠不请自来,在我睡着时咬掉我的鼻子(报纸上最近报道了一些此类案例),比起废品处理场里鬼影憧憧的汽车残骸和那迅速降临的黑夜,这种恐惧才更让我心惊胆颤。我选的这辆"小灰"还不错,似乎能将老鼠挡在门外,我打消了再去外面走一遭的想法,决定镇静地坐下来,等着睡觉。

我的车是一座孤岛,废品处理场是汪洋大海,我形单影只,内心却盈满暖意。大陆只在一念之外。夜已深,街灯亮起来,过往车辆所打的灯光毫无顾忌地投射到我的世界,我数了数前车灯的数量,做了祈祷,梦里不知身是客。

早晨的阳光唤醒了我,我意识到自己身处陌生之地。晚上,我从座位上滑落,姿势不雅地睡了一夜。我正奋力直起身来,却看到车窗上聚集着黑人、墨西哥人和白人的面孔。他们一边笑,一边似乎在说些什么,但我在我的避难所里听不见他们的声音。他们的脸上写满了好奇,我明白,他们不搞清楚我是谁是不会离开的。于是,我打开车门,准备编一个故事给他们听,甚至不惜说出真相,只要能换回那份清静。

隔着车窗,加之我依然昏昏沉沉,他们的面孔在我眼中有些扭曲。我还以为他们是成年人,或至少是《格列佛游记》中大人国的公民。站到外面，我才发现他们中只有一个人比我高，他们也就比我大几岁而已。他们问我姓甚名谁，打哪儿来，怎么到的废品处理场。他们接受了我的解释，我说我从旧金山来，名叫玛格丽特，但众人皆称我玛雅，只因无处可去才到此地。高个子男孩做出热情好客的姿势，说他叫布奇奇（Bootsie），对我的到来表示欢迎，又说我只要尊重他们的规则，大可以逗留于此。这个规则就是：异性不能睡一块儿。事实上，除了下雨，每个人都有私密的睡觉地儿。只因有些车漏雨，天不凑巧的时候就两人搭伙。此处绝无偷窃之事，倒不是出于道德原因，而是因为犯罪会把警察招来。大家都是未成年人，有可能会被送进收养家庭或青少年法庭。每个人都有事可做。女生大多捡瓶子，周末在苍蝇馆子打工。男生修剪草坪，打扫台球厅，给黑人开的小店铺跑腿。所有的钱都交布奇奇掌管，众人公用。

在废品处理场待的那一个月中，我学会了开车（有个男孩的哥哥拥有一辆能动的车）、骂街和跳舞。李·亚瑟（Lee Arthur）这男孩子比较特别，他一边跟这个小帮派混在一起，一边还是跟妈妈住在家里。亚瑟太太上夜班，所以每到星期五晚上，所有的女孩都去他家洗澡。我们在自助洗衣店洗衣服，需要熨烫的衣物则拿到李家，跟别的事儿没分别，熨烫的活儿也由大家分担。

星期六晚上，我们中会跳舞的、不会跳舞的都会到银拖鞋酒店(the Silver Slipper)参加吉特巴舞大赛。比赛的奖金很让人眼馋(获第一名的舞伴奖二十五美元,第二名十美元,第三名五美元),根据布奇奇的推理,所有人都参加,赢的概率就更大。墨西哥男孩胡安(Juan)是我的舞伴,虽然他跳得不比我好,我们还是在舞场上引起了轰动。他身材短小,一头整齐浓密的黑发随身体的旋转而甩动,我则又瘦又黑,像棵小树一样高。我在废品处理场度过的最后那个周末,我们获得了二等奖,赢得名至实归。我们所表演的舞蹈无法再现、难以形容,这么说吧,我们在那方小小的舞池中彼此抛甩时所释放的激情,实与诚实无欺的摔跤比赛和徒手格斗中迸发的那份拼劲不相伯仲。

不过一个月的光景,我的思维方式发生剧变,我几乎认不出自己了。同伴们敞开心扉接纳了我,驱除了我原先那种时时袭上心头的不安全感。多么奇异啊,这些无家可归的孩子,战争狂热中的这些漏网之鱼,是他们最早让我领会到人类间的手足之情。我与密苏里来的一个白人女孩和俄克拉何马来的一个墨西哥女孩一同寻觅未破损的瓶子,并把它们卖掉,有此经历,我再也不会觉得自己被隔绝在人类之外。我们这个临时组成的共同体从不互相指责,无疑给我的人生定下某种宽容的基调。

我给妈妈打了电话,要她来接我,她的声音提醒我,另一个世界依旧存在。她说她会把飞机票寄给爸爸,我解释道,直

311

接把机票钱寄给航空公司更方便,我会自己去取票的。一有机会,妈妈就会表现她性格中的那种随和、优雅,毫不意外,她同意了我的请求。

我们过的是无拘无束的生活,对我的告辞,我认为我的这些新朋友会表现得不露声色。我想得没错。拿到机票后,我看似漫不经心地宣布翌日即走。消息宣布之后,他们显得和我一样平静,这不仅仅是一种姿态,大家都祝我一切顺遂。我不想与废品处理场和我的车说再见,于是在一场场电影中度过最后一晚。一个女孩,她的名字和面孔已融入逝去的时光,赠我一枚"友谊天长地久戒指",胡安送给我一块黑色的蕾丝手绢,哪天我想去教堂时可以用得上。

我抵达旧金山,瘦得更胜从前,头发蓬乱,身无长物。妈妈打量了我一下,说:"你爸爸家的食物配给是不是很糟糕啊? 你最好先吃点东西,别让骨头散了架。"她,就像她说的,马上行动,很快我就坐在了铺着桌布的餐桌前,上面摆着一盘盘饭菜,显然都是专供我的。

我又回到了家。我妈妈是一位优雅有范儿的女士。多洛雷丝是个蠢货,更重要的是,她还是个骗子。

33

南方之行后，在我眼中，我们的房子变小了，也更安静了。旧金山最初绽放出的魅力已然黯淡。成年人的脸上也不再有智慧的光彩。我想我交出了一部分青春，换回了阅历，而我所收获的要比失去的更为珍贵。

贝利也老多了。甚至比我老得还要厉害。在那个青春碎成一地的夏天里，他与一帮街头混混交上了朋友。他的语言变了，言谈中总是抛出一些粗俗的词儿，就像往锅里下饺子一样。他见到我也许挺高兴，但行为举止间又看不出这一点。我试图把我的奇遇和倒霉事儿讲给他听，他的反应却显得不以为意，话到嘴边的故事就再也出不了口。他的新伙伴们把起居室搞得乌泱泱的，他们身穿阻特装[1]，头戴宽檐帽，蛇形长链在腰带上晃荡。他们偷着喝黑刺李金酒，说下流笑话。尽管我算不上难过，但我还是忧伤地对自己说：成长并不像人们起初设想的那样，是一个毫无痛苦的过程。

有一个领域，让我的哥哥和我觉得彼此更加亲近。我已经掌握了当众跳舞表演的诀窍。妈妈跳起舞来如有神助，她教会我很多东西，但在我身上并未起到立竿见影的效果。而凭着我新近以不菲的代价换回的自信，我完全可以跟上节拍，尽情舞蹈。

妈妈允许我们到人头攒动的市政礼堂参加大乐团舞会。我们跟着康特·贝希(Count Basie)的音乐跳吉特巴舞，随着凯伯·凯洛威(Cab Calloway)的音乐跳林迪舞和大苹果舞，伴着艾灵顿公爵[2]的音乐跳中场得克萨斯舞。不出几个月，可爱的贝利和他的高个子妹妹已经跟那些舞蹈傻瓜(这样的形容很贴切)同样有名了。

尽管我曾(并非出于本意地)冒着生命危险捍卫妈妈的荣

---

1 阻特装(Zoot suits)：1940年代流行于爵士音乐迷等人群中的上衣过膝、宽肩、裤腿肥大而裤口狭窄的服装。

2 艾灵顿公爵(Edward Kennedy "Duke" Ellington, 1899—1974)：爵士乐史上最具影响力的音乐家之一。公爵是他儿时玩伴给他起的绰号。艾灵顿创作了一千多首乐曲，涵盖蓝调、福音音乐、电影配乐、流行音乐和古典音乐等领域。他将管弦乐队中的不同乐器组合在一起，发展出一种独特而令人难以忘怀的声音，比如他的著名专辑《湛蓝心情》(Mood Indigo)。

誉,但她的名誉、好名声和社区形象已经或几乎已经不在我关心的范围内了。这并不是说,我不再那么在意她,而是因为我对所有的人、所有的事都不再那么关注。一个人一旦体会过惊奇连连的感觉,就容易觉得生活索然无味。南方之行虽只有两个月,却让我从兹后看淡了世事。

妈妈和贝利卷入了某种俄狄浦斯情结。两个人既离不开对方,也无法和睦相处。而良知和社会的约束、道德和社会观念,都规定他们必须得分离。妈妈以某个站不住脚的理由命令贝利搬出家门。贝利则以一个同样站不住脚的理由表示顺从。贝利十六岁,身材照他的年龄属于偏瘦小的那种,而聪明程度却不遑多让,他无望地爱上了亲爱的妈妈。妈妈的偶像是她那些朋友,他们都是花天酒地的大人物。他们穿着两百元一件的切斯特菲尔德牌大衣,脚踩五十元一双的布施牌皮鞋,戴的是诺克斯牌帽子。他们的衬衫上绣着他们名字的首字母,他们的指甲经过精心护理。一个十六岁的少年拿什么与这些光彩夺目的大人物竞争呢? 不过他非得折腾出些花样。他征服了一个已然半老徐娘的白人妓女,往小指上套了一枚钻戒,还整了件有着拉格兰风格袖子的哈里斯牌苏格兰粗呢大衣。贝利并没有明确地认为,他新近所拥有的这些能起到"芝麻开门"的神奇效果,让亲爱的妈妈立马接纳他。亲爱的妈妈也不曾料到,她的偏好竟刺激他如此剑走偏锋。

我在舞台的侧面,听着、旁观着悲剧迈着舞步,径直走向最高潮。"君王掩面救不得",谁也阻止不了,有此想法也是徒然。相形之下,阻挡太阳升起、飓风侵袭略显容易。如果说妈妈是一个令所有男人仰慕并为之倾倒的美人,她也是一位母亲,一个"顶好顶好的母亲"。她怎能眼睁睁看着自己的儿子被一个残花败柳的白人妓女所利用?这个可恶的妓女是要榨干他的青春汁液,也将荒废他成年后的岁月。该死,休想!

妈妈和贝利,有其母必有其子,棋逢对手。贝利无意向世界上最美丽的女人低头认输。这个女人碰巧是他的妈妈这个事实,也丝毫不能动摇他的决心。

滚出去?哦,见鬼,遵命。明天?今天有何不可?今天?不如就现在呗?但在所有步骤尚未协商妥当之前,谁也不能采取行动。

那几个星期,他们用心良苦,尔虞我诈,我满怀困惑,爱莫能助。谩骂是禁止的,哪怕露骨的讽刺也行不通。贝利迂回婉转,话中有话,挑起事端。妈妈牙尖嘴利(情感爆发起来,其激烈程度令最强壮的壮汉也不敢近身),事后则温柔地表示道歉(只是对我)。

在这场权力与爱的斗争中,没我什么事儿。更准确地说,双方谁也不需要拉拉队,我是边线上被遗忘的角色。

此情此景有些像二战时的瑞士。炮弹就在我四周爆炸,灵魂在遭受折磨，而我不得不保持中立，无权无势，无从置喙——希望之光渐渐熄灭。一场将解脱众人的冲突，发生在一个寻常的、毫无征兆的夜晚。那已是十一点过后，我将房门半开半掩，为的是听见妈妈出门的声音，或贝利上楼时发出的吱嘎声。

有人把一楼的留声机调高了音量，朗尼·约翰逊（Lonnie Johnson）唱道："明天的夜晚，你是否还记得今晚说过的话？"玻璃杯触碰的声音，人们说话的声音，嘈嘈切切。楼下正举行一场体面的聚会，而贝利已违抗妈妈规定的十一点宵禁令。如果他在午夜前惹是生非，她会朝他脸上打几下、厉声斥责几句也就罢手。

午夜十二点到了，转瞬即逝，我在床上坐着，摆好牌，开始玩第一轮单人纸牌戏。

"贝利！"

我手表的指针在凌晨一点钟左右形成不规则的 V 字形。

"我在这里，亲爱的妈妈？"他以守为攻，声音又甜又酸，十分尖利，重音落于"亲爱的"。

"我觉得你是个男子汉了……去把留声机声音调低点。"后半句是冲着正喧闹狂欢的人喊的。

"我是你儿子，亲爱的妈妈。"贝利身手敏捷地见招拆招。

"现在是不是十一点了，贝利？"此乃声东击西，意在攻敌不备。

"已经过一点了，亲爱的妈妈。"他已宣战，拉开架势要真刀真枪地对阵了。

"克莱德尔是这家里惟一的男人，要是你觉得你真是个男子汉……"她的声音像刚磨好的剃刀那般锋利。

"我现在就走，亲爱的妈妈。"语气恭敬，更加重了他这份宣言的分量。他刃不见血，机敏地刺穿她的面罩。

眼下，既然躲无可躲，她别无他法，惟有尽情发泄怒气，有失轻率。

"该天杀的，赶紧地走！"接着她就踩着铺在门厅里的油毡毯子走进去，而贝利跳踢踏舞般一路上楼回到自己的房间。

雨终于从天而落，涤荡低空的晦暗不明，我们这些不能掌控自然现象的人必然感到解脱。这是一种堪称玄而又玄的感觉：见证世界末日的事实竟让位于具体可感的事物。接下来的感受即使不寻常，至少也并不神秘。

贝利要离家出走了。这是凌晨一点，我的小哥哥，在我围于地狱般孤独的日子里，是他保护我，为我将妖怪、地精、小鬼、恶魔挡在门外，现在他要离家出走了。

从始至终，我一直明白这是无可避免的结局，我不敢打探他所背负的痛苦，甚至不敢提出帮他分担一些。

我来到他的房间，与我的判断相反，我看见他正把小心呵护的衣服往一个枕套里装。他表现出的成熟令我不安。他的

318

小脸像个拳头似的挤作一团,在他的脸上我找不见哥哥的任何痕迹。我不知该说什么好,就问我能否帮什么忙,他的回答是:"讨厌,别烦我!"

我靠在门框上,陪在他身边,但不再开口说话。

"她想叫我走,是不是?好哇,我会快快离开这儿,快得空气都要起火。她自称是个当妈的?哼,真看不出啊!她别想再见到我。我说到做到。绝对的。"

不知过了多久,他又注意到我还在门口,于是脑子清醒了些许,想起我们的关系来。

"玛雅,如果你现在想走,咱们一起走。我会照顾你的。"

没等我答话,他又迅速回到自言自语的状态:"她不会想我,我也绝对不要想她。让她和大家都见鬼去。"

他现在把鞋紧紧塞在他的衬衫、领带上面,袜子也塞进了枕套。他再一次想起了我。

"玛雅,我的书留给你。"

我泪流满面,这眼泪不是为贝利和妈妈、甚至也不是为我自己而流,而是有感于芸芸众生经历生命中的重重磨难、求告无门。为了避免这个痛苦的结局,我们所有人都要重新诞生一次,生而知道其他的选择。即便可以,那又如何?

贝利抓起鼓鼓囊囊的枕套,挤过我身边,走下了楼梯。前门砰的一声响过之后,楼下的留声机现在是这房屋惟一的主人，纳京高[1]警醒世人，"挺起胸膛，正直做人"。似乎他们真能，似乎人类真的有所选择。

第二天早晨，妈妈眼睛通红，脸庞肿胀，但她依然露出那种"该怎样就怎样"的微笑，勉强做出泰然自若的样子，做早餐，谈生意，让自己的光彩照亮所有的角落。无人提及贝利出走之事，仿佛一切都毫无异状，本应如此，始终如此。

房子里笼罩着说不清道不明的思绪，我得回自己的房间去喘口气。我想我知道他昨晚去了什么地方，我下决心去找他，向他施以援手。下午我来到了一幢嵌以凸窗的房子前，玻璃上以绿色和橙色的字母写着浮夸的"寓所"（ROOMS）二字。我按了门铃，一个三十岁开外、具体年龄不得而知的女人答话，说贝利·约翰逊在楼上。

贝利的眼睛跟妈妈的一样通红通红的，不过他的表情缓和了些，不似昨晚那么僵硬。他用近乎正式的礼仪带我来到一个房间，床上铺着干净的绒线床罩，另外还有一把安乐椅、一个燃气壁炉和一张桌子。

他开口讲话，试图遮掩我们非同寻常的处境。

"房间不错，对吧？你知道，现在找房子很难的。打仗，加上……贝蒂[就是那个白人妓女]住在这儿，她给我找了这地

1　纳京高（Nat King Cole, 1917—1965）：美国爵士乐钢琴家和歌手，在演唱上取得了极大的商业成功。他的声音温暖而又令人放松，其歌曲被《蒙娜丽莎》《花样年华》和《西雅图不眠夜》等电影选作插曲。

儿……玛雅,你明白,这样挺好……我是说,我是男子汉了,必须得靠自己了……"

他并没诅咒命运和妈妈,也未口出恶言或至少表现出受了欺骗,这让我怒不可遏。

"我觉得,"我想把话说出口,"如果妈妈真有当妈的样子,她就不该……"

他打断了我,他的小黑手举在我的面前,好像是要我看他的手相,"等等,玛雅,她做得没错。岁月不饶人,每个男人的生命中总有这样的时刻[1]……"

"贝利,你才十六。"

"从年纪上看是的,可我以前还没到十六岁。无论如何,到了一定时候,一个男人要剪掉和妈妈联系在一起的围裙系带,独自面对生活……就像我对亲爱的妈妈说过的,我已经……"

"你什么时候跟妈妈谈过?"

"今天早晨,我跟亲爱的妈妈说……"

"你给她打电话了?"

"是啊。她也来这儿了。我们进行了富有成效的谈话,"他像主日学校的教师一样,字斟句酌,"她完全理解我。每个男人的生活中都有这样的时刻:他必须离开安全的港湾,驶入变幻

1　这句话是从成语 Time and tide wait for no man 转化而来。

莫测的大海……总之,她已经安排她在奥克兰的一个朋友把我弄到南太平洋运输公司。玛雅,这只是个起点。我会从餐车服务生干起,接着升为乘务员,然后等我有了必要的经验,我会拓展业务……前途看起来不错。我这黑人小伙还从没在前线冲锋陷阵呢。我要放手一搏……"

他的房间里到处是油烟、来苏水和衰老的气息,但他的神情表明他对自己所说的活力四射的话信心满满,而我无心也没法把他拉回充斥我们的生活和时代的,那破败的现实。

住在隔壁的妓女们睡得早,起得晚。楼下的鸡肉夜宵店和赌局二十四小时喧闹不休。命中注定要走向战场的水手和士兵在附近的一个个街区破窗撬锁,为的是在建筑物上、在受害者的记忆中留下他们生命的印迹。哥哥等待的却是一个成为受害者的机会。贝利静坐着,思考着自己的决定,为青春所麻醉。即使我有什么建议,我也不可能用它穿透他那拒人于千里之外的盔甲。而且,最遗憾的是,我无话可说。

"我是你的妹妹,只要是我能做的,我都会去做。"

"玛雅,别为我担心。这就是我希望你做的事情,别担心。我会一切顺利的。"

我离开了他的房间,这是因为,仅仅因为,我们说完了我们能说的一切。思绪万千,无从说起,我们无力表达自己的所思所想,未能说出的言词粗暴地推开这些思绪,充斥在房间中,让我们坐立不安。

34

打那以后,我的房间所拥有的无非是地牢里的快乐、坟墓中的魅力。继续待着是不可能的,但离家出走也非我所愿。墨西哥之旅,加上在废车处理场度过的那一个月,令离家出走的故事变得寡淡无味、乏善可陈。但在我的脑海中,对变化的渴求已生了根。

我想好了。答案就像一次碰撞来得那么突然。我要去工作。说服妈妈并不难,毕竟我在学校里比同级的孩子们大一岁,而且妈妈坚定地信奉独立自主的理念。事实上,每当想到我如此有进取心,性格跟她如此相像,她就挺高兴的。(她乐于自称是富于创造力的、"亲力亲为的女孩"。)

一旦决定了去找工作,接下来要做的就是判断我最适合哪种工作。我对自己的智力抱有优越感,因此在学校就没选打字、速记及归档等课程，那么办公室工作就不在考虑范围之内了。军工厂和造船厂会看出生证，我的出生证会暴露我年仅十五，没有资格工作。在有轨电车上，女人已取代男人，当起了售票员和司机。身穿深蓝色的制服，腰带上别着零钱包，顺着旧金山的坡道上坡下坡，对此情此景的想象不由得让我心驰神往。

妈妈正如我预计的那样好说话。世界变得如此之快，有人赚了大钱，很多人正在关岛或德国的战场上奄奄一息，许许多多陌生人一夕之间结为知己。生命是廉价的，死亡则完全免费。她怎么会有时间去考虑我的学业呢？

妈妈问我打算做什么，我说我想找一份有轨电车上的工作。她驳回了我的计划，说道："他们不让有色人种上有轨电车。"

我很想立刻表达我的愤怒，继而郑重地下定决心打破这个限制性的传统。但真相是，我的第一反应除了失望还是失望。我已经描绘好自己的前景，身着整洁的蓝色哔叽套装，零钱包在腰间神气地晃荡，我对乘客们投以快乐的微笑，让他们在工作日心情更加舒畅。

在情感的阶梯上，我的心情逐渐从失望转为愤世嫉俗，最后来了牛脾气，思维就此上了锁，就好比斗牛犬关进笼，空咆哮。

我要去有轨电车上工作，我要穿蓝色哔叽套装。妈妈自然站在我这一边，语言之简明扼要一如既往："那就是你想做的事儿？

除了失败,什么也不能打消你的想法。坚持你的梦想,有多少劲儿都使出来吧。我跟你说过很多次,'做不到就跟不在乎是一样的',都不会有结果的。"

容我翻译一下,妈妈的意思是:没有什么事是人们做不到的,也不会有什么事是人们不在乎的。这是我所能指望的最积极的鼓励。

在市场街有轨电车公司[1]的办公室,前台对我的出现显得很惊奇,我也惊讶地发现这家公司内里破败不堪、装修死气沉沉。不知怎的,我以为会看到打蜡的地板,地毯铺于其上。如果不是遇到阻力,我或许不会考虑来这样一个穷困潦倒的公司工作。事已至此,我解释说我是来找工作的。她问我是不是代理公司介绍来的,我说不是。她告诉我说,他们只接受代理公司推荐的申请人。

晨报的分类广告版面上刊登了招聘电车司机和售票员的广告,我提醒她注意这个事实。她满脸惊讶,这是我多疑的本性所无法容忍的。

"我打算申请今天早晨的《旧金山纪事报》上列出的那份工作,我要见你们的人事经理。"虽然我说话的口气透着傲慢,

---

1 旧金山的一家有轨电车和公交车运营商。该公司是以该市的交通网络中心市场街命名的。

325

打量那房间的样子很得瑟,仿佛我家后院就有一口大油井,但胳肢窝那儿仿佛正被密密麻麻烧得通红的针扎着。她发现了退路,便直冲过来。

"他出去了,今天不会回来了,你可以明天再打电话,如果他在,我确信你会见到他。"接着她转动了一下螺丝已生锈的座椅,算是下了逐客令。

"能问一下他的名字吗?"

她半转过身,做出一副惊奇于发现我竟然还没走的样子。

"他的名字? 谁的名字?"

"你们人事经理呀。"

我们坚定地联合起来,虚与委蛇地把这一出戏进行到底。

"人事经理? 哦,是库帕先生。可我不能确定你明天能在这里见到他。他……噢,不过你可以试试看。"

"谢谢。"

"不谢!"

随后,我走出那散发着霉味的房间,走到霉味有过之而无不及的大堂。来到大街上,我仿佛看到前台和我诚实地展现出彼此的身手,好像我们熟悉得不能再熟悉,尽管我从未遇到过这种情况,也许,她也没遇到过。我们像是演员,对这出戏烂熟于心,我们依然有能力在老悲剧上哭出新花样,在喜剧情节上自然而然地放声大笑。

这个令人痛苦的短暂遭遇,跟我、那个实实在在的我无关,跟那名不聪明的职员也没关系。这个事件是一个挥之不去、反复出现的梦,多年前那些愚蠢的白人编造了这个梦,最终它又回过头来纠缠着所有的白人和黑人。那名秘书和我好比最后一幕中的哈姆雷特和雷欧提斯,因为祖先结下的仇恨,我们必得一决生死。还有一个原因,那就是每出戏都得有个结局。

想到深处,我不仅原谅了那名职员,而且打心底里认为她和我一样是事件背后那双翻云覆雨手的受害者。

到了电车上,我把钱投进投币箱,售票员和平日一样冷冷地看着我,目光里充满白人对黑人的鄙视。"上车,请往里走。"她拍拍自己带的零钱袋。

她的南方鼻音打断了我的沉思,让我更深刻地了解了自己的所思所想。全都是谎言,全都是为了让自己好受的谎言。前台并不无辜,我也不无辜。我们在那破旧的接待室里共同表演的那一整出装模作样的戏,和我——黑人一方、她——白人一方都有着直接的关系。

我没有往里走,而是站在售票员旁边较高的平台上,瞪着她。我在头脑中激烈地怒吼,那份声明让我青筋毕露、双唇抿得像李子干一样紫红紫红的。

我会得到那份工作。我要做一名售票员,挎上一个用我的皮带改成的鼓鼓囊囊的零钱袋。我说到做到。

接下来的三个星期过得就像是由决心筑成的蜂巢,时光从那些孔隙里流进流出。我吁请黑人组织支持我,他们却当我是球场上的羽毛球,把我挥来挥去。我为什么非要得到那份工作呢? 我能找到别的工作,薪水是那份工作的两倍。我争取到一些职位较低的官员来听取我的诉求,可他们觉得我疯了。也许,我真是疯了。

在我眼中,旧金山的下城变得陌生而冷酷,我曾挚爱、熟悉的街道成了我认不出来的巷陌,它们不怀好意地交错在一起。陈旧的建筑,它们那洛可可风格的灰色外立面承载着我对"四九淘金者"[1]、《戴钻石的里尔》[2]、罗伯特·瑟维斯[3]、萨特街,还有杰克·伦敦的记忆,现在这些壮观的建筑不怀好意地联合起来,要将我阻挡在外。我不断地去市场街有轨电车公司的办公室,其频率不亚于在那儿领工资的人。斗争范围扩大了,我不再仅仅是与市场街有轨电车公司有矛盾,而且跟容纳公司办公室、电梯及其管理员的那座大楼里的大理石大厅也起了冲突。

在这个压力重重的时期,我理解了成人之间惺惺相惜的相处之道,并且和妈妈一起在这条漫漫长路迈出了第一步。

---

1 四九淘金者:即参加 1849 年加州淘金热的人们。
2 《戴钻石的里尔》(Diamond Lil):美国女演员梅·韦斯特(Mae West)于 1928 年创作的一部歌剧。梅·韦斯特以其独立、开放、大胆的个性开创了好莱坞明星的新形象。
3 罗伯特·瑟维斯(Robert Service, 1874—1958):加拿大诗人,最著名的诗作是描写冰冷北方的《拓荒者之歌》和《新手之歌》。

她从不要求我汇报些什么,我也跟不她讲任何细节。但是,每天早晨她都做好早饭,给我坐车和吃午饭的钱,好像我每天出门是去上班。她深知人生的艰辛、命运的多舛,也懂得快乐寓于拼搏、奋争之中。显然,我所追求之事并不荣耀,而我在放弃之前必得穷尽一切可能,这两件事她都心知肚明。

一天早晨,在我出门的时侯,她说道:"你付出多少,生活就给你多少回报。全力以赴去做每件事,然后祈祷,接下来就等结果吧。"还有一次,她提醒我说:"自助者,上帝助之。"她心里存着好多箴言警句,一有需要,她便信手拈来。岂不怪哉,陈词滥调虽是我顶顶烦的,但她抑扬顿挫的声调赋予了它们全新的内容,让我听了后至少会想一想。后来,当人们问起我是如何得到那份工作的,我从来也不能给出一个准确答案。我只知道,有一天——那天和之前所有的日子一样令人厌倦,我坐在电车公司的办公室里,佯装在等待面试。前台把我叫到她办公桌前,把一摞纸推给我。这就是职位申请表。她说要填一式三份。我几乎没时间考虑我是不是赢了,因为我一看到表格中那些千篇一律的问题,就明白自己要编些自圆其说的谎话。我年龄多大? 列出之前做过的工作,先写最近一个,再向前追溯至第一个。我挣多少钱,为什么要放弃现在的职位? 提供两名(非亲属关系的)证明人。

坐在边桌旁,我的头脑和我一起编造着一个"爬梯",它差不多是真的,却又全都是谎言。我面无表情(早对此驾轻就

329

熟),飞快地杜撰着玛格利特·约翰逊的情况:现年十九,曾在阿肯色州斯坦普斯镇任(一位白人女士)安妮·亨德森夫人的女伴兼司机。

我验了血,进行了能力倾向测验、身体协调性测试以及罗夏墨迹测验,随后,在一个令人心旷神怡的日子,我成为在旧金山电车上工作的第一位黑人职员。

妈妈给了我钱,我去做了蓝色哔叽套装,我学会了以下本领:填写工作卡片、操作钱币兑换器、按键提示人们换乘。那是一段充实的日子,时间仿佛挤作一团,以至于到了最后,我也能在车厢尾部一边随着摇摇晃晃的电车左摇右摆,一边带着甜美的微笑说服我的乘客们"请往里走"了。

在那一整个学期,电车和我一道温习着旧金山陡峭连绵的山丘,上坡时晃晃悠悠,下坡时风驰电掣。在某种程度上,现在我已不那么依赖在黑人贫民区所养成的那种自我保护的、闷声不响的气质。现在,我用叮当作响的车铃声开路,一路沿着市场街前行,街道两旁是收留无家可归的水手们的低级酒吧,再穿过幽静的金门公园,途经落日区那门户紧闭似乎无人居住的公寓。

我的工作班次被排得杂乱无章,很容易想到,我的上司们是在有意使坏。我对妈妈说出了自己的这份猜测,妈妈说:"别操心这事。你要了自己想要的东西,得到了就得付出代价。我希望你明白,有备无患。"

那些日子,她晚上不眠不休,要么等早晨四点半一到就开车送我去电车车库,要么在黎明前我下班的时候接我回家。她对生活中的危险心怀警觉,她认定,虽说我在公共交通工具上工作时是安全的,但她"不会把孩子交托给一个出租车司机"。

春季课程开始的时候,我回归了正规教育的轨道。此时我更聪明、更成熟、更独立,有了银行账户,还给自己买了衣服,所以我确信我已经学习并掌握了一个神奇的妙方,从此可以融入同代人所过的快乐生活。

事实却并非如此。没过几个星期,我就意识到我的同学们和我所走的路是完全不同的。他们关心的是橄榄球赛,为即将到来的赛事激动不已,而我前不久刚刚驾车在黑暗而又陌生的墨西哥山路上驶过。他们热切关注的是谁能做学生会主席,金属牙箍应何时取下,而我心里记住的是我在破烂不堪的汽车里睡了一个月,在早晨并不固定的时间去电车上售票。

我的状态已从不知自己无知,过渡到知道自己懂得了些事情,尽管这并非我所愿。关于这份清醒,最糟糕的部分是,我不知我明白了些什么。我晓得自己知道的东西很少,但我能确定一件事,那就是我有待学习的那些东西是乔治·华盛顿高中所教不了的。

我转而开始逃课,或去金门公园散步,或在恩波里厄姆百货商场光彩熠熠的柜台前驻足流连。妈妈发现了我在旷课,她对我说，如果某天我不想上学，而那天也不举行测验的话，如果我保证功课能及格，我只要告知她一声，就可以待在家里不去学校。她说，她可不希望看到这种情况：一个白种女人打电话来谈有关自己孩子的事，而她对那些事不知情；只因为我还没成熟到言无不尽的地步，她就得跟白种女人撒谎，她可不愿处于这种境地。听了妈妈这番话，我便不再逃学，但是去上学的漫漫长日黯淡无光，看起来也没有什么能让这些日子闪亮起来。

一个人孤独地站在懵懂青春的钢丝绳上，会体味到充分的自由所具有的那种激烈得灼人的美，感受到近乎永恒的悬而未决中所蕴含的威胁。几乎没有人能从少年时代劫后余生，如果有的话，那也很少。大多数人都屈服于那说不清道不明、但极端残暴的压力，归入整齐划一的成年人队伍。与变成熟这种自上而下的压力持续地作斗争，在这种反抗面前，死亡或回避冲突倒成了容易的事。

直至最近，每一代人都发现，对自己来说，面对年轻和无知的指控，承认有罪更方便，接受上一代人所施加的惩罚更容易，而这上一代人前不久刚刚认领了相同的罪名。跟不确定的目的所带来的无以名之的恐惧相比，"你快点成大！"这个命令比较好接受，而那恐惧即是青春。

年轻人像明媚的时光，他们反抗着落日，却无奈地被二十四小时无休的一段段时期（它们被称为"日子"）取代，是的，日子,那就是它们的名字,它们的数算方式。

黑人女性在青少年时期受到那些普遍存在的大自然力量的袭击,与此同时,她还深陷三方交叉火力之中,那就是男性的偏见、白人不合逻辑的仇恨,以及黑人无权无势这个事实。

美国黑人成年女性发展出一种咄咄逼人的性格,对此事实,他人往往感到惊讶、憎恶,甚至准备一争高下。人们不认为这种性格的形成是伴随幸存者的胜利而来的无可避免的结果,其实,就算人们不能心悦诚服地接受这个事实,至少也应表现出尊重。

35

　《寂寞之井》[1]让我开始了解女同性恋的世界,我当时觉得它是色情文学。那几个月中,读这本书既是一件乐事,也是一种威胁。它让我稍稍窥见性倒错这一神秘世界。它也刺激了我的力比多,而我对自己说这是有教育意义的,因为这让我明白了性倒错的秘密世界里的种种困惑。我很确定自己没见过一个存在性倒错的人。当然,我已把那些快乐的、有些娘娘腔的男子排除在外:他们有时会待在我们家,烹制八道菜的大餐,做饭时汗水顺着他们妆容精致的脸流淌。鉴于大家都接

---

1 《寂寞之井》(*The Well of Loneliness*):英国作家瑞克里芙·霍尔
　(Radclyffe Hall)所著的女同性恋小说,出版于1928年。故事描述出
　身上层阶级的女性斯蒂芬·戈登自幼便表现出"性倒错"(即同性恋)。
　她在一战中担任救护车司机时,结识并爱上了玛莉·卢埃林,为此遭
　到社会孤立、排斥。

纳他们，更重要的是他们悦纳自己，我知道他们的笑容是发自内心的，他们的生活是令人愉快的喜剧，只有在他们换装和补妆的时候，我才会稍感困惑。

但真正古怪的人，也就是"女性情人"，让我陷入沉思，超出了我的想象力。《寂寞之井》中说，家人与她们断绝关系，朋友冷落她们，所有社会团体都排斥她们。她们之所以受到这种严厉的惩罚，是因为她们无法控制自己的身体。

在第三遍读《寂寞之井》后，我的心在为受压迫的、被世人误解的女同性恋者流血。我认为"女同性恋"等同于两性人，我并未迫不及待地想去了解她们那令人同情的处境，我百思不得其解的是，她们怎样实现那简单的身体功能。她们能选择使用器官吗？如果能，她们是交替使用还是有所偏好？换句话说，我试着想象两个两性人如何做爱，想得越多，我就越糊涂。看起来，别人有的器官她们都有俩，一般人有俩的，她们有四个，这会让问题变得复杂起来，复杂到完全放弃做爱念头的地步。

正是在这段沉思的日子里，我注意到自己的嗓音变得低沉起来，瓮声瓮气的，比同学们的声音低了两到三个全音[1]。

---

1 全音（whole tone）：音乐术语，将一个八度音分成十二等份，每一份为半音，两个半音相当于全音。半音相当于小二度，全音相当于大二度。

我的手脚也长得远远称不上优雅娇俏。我站在镜前,用外人的眼光打量自己的身体。我已经十六岁了,但仍是"太平公主"。哪怕是让最好心的人来评论,我的胸部也只能被称作皮肤肿胀。从胸廓到两膝,形成一条笔直的直线,找不到一处影响其走向的突起。年纪比我小的女孩都津津乐道于如何不得不刮腋毛了,而我的腋窝却像脸蛋一样光滑。我的身体也在发生无法解释的神秘变化。但这好像无济于事。

我躺在床上,思绪万千:女同性恋是怎么开始的呢?有哪些表现?公共图书馆里有的是关于那些确凿无疑的女同性恋者的内容,极其笼统,至于女同性恋者是如何形成的,却找不到片言只语。我的确认识到了两性人和女同性恋者之间的区别,那就是两性人"天生如此"。无从判断女同性恋是逐渐形成的,还是一夕之间骤变的,其结果令她们自己感到震惊,也让社会厌恶不已。

既然通过阅读找不到令人满意的答案,我便用空空如也的脑袋苦苦思考,依旧找不到一丝宁静、一点解释。与此同时,我有意识地尖声说话,可声音就是不愿停留在高音区,另外,我不得不在鞋店里的"老年人休闲鞋"区买鞋。

我决定问问妈妈。

有一天晚上,克莱德尔爸爸待在俱乐部,于是我在妈妈床边坐下。她像平常一样立刻就完全清醒了。薇薇安·巴克斯特要么是醒着,要么是睡着,从不打哈欠或伸懒腰。

"妈妈,我得跟你谈谈⋯⋯"向她请教真跟杀了我一样,因为在此过程中,她会怀疑我是否正常。我对她足够了解,知道如果我犯了错误,无论是什么样的错误,只要告诉她实情,她不但不会跟我断绝母女关系,而且会保护我。但是,如果我正在往女同性恋的方向发展,她会作何反应?何况,贝利已经让她忧心忡忡。

"说吧,递支烟给我。"她表现得很平静,却一点儿都瞒不过我。她常说,她的人生秘密就是"寄希望于最好的可能,做最坏的打算,这样就不会对任何不好不坏的事感到突然"。对大多数问题来说,这话都说得不错,但如果她惟一的女儿正在发展成为⋯⋯

她挪了挪身体,拍拍床:"过来,宝贝,坐到床上来。要不没等把问题说完,你就该冻僵了。"

目前,我还是原地不动比较好。

"妈妈⋯⋯我下面⋯⋯"

"瑞提,你是指阴道吗?别用那些南方词儿,'阴道'这词没什么不妥。它又没什么色彩。说吧,你怎么了?"

烟雾聚集在床头灯下,然后散开在整个房间中。我肠子都悔青了,觉得压根不该问她任何问题。

"那么⋯⋯那么⋯⋯你是不是得了阴虱病?"

我不懂那是什么,因此感到很为难。我觉得我可能得了,如果说没有,情况也不会对我有利。话又说回来,我可能根本没得这个病,如果我说了谎,说自己得了,那又会怎样呢?

"我不知道,妈妈。"

"痒不痒? 你阴道那儿痒吗?"她支起一只胳膊,弹了弹烟灰。

"不痒,妈妈。"

"那你就没长阴虱。如果真长了,你就得直说。"

没得这个病,我既不伤心也没觉得高兴,但的确记住了下回去图书馆时要查查"阴虱"是什么意思。

她端详着我,只有熟悉她面部表情的人才看得出她放松了肌肉,并懂得这是她关心人的表现。

"你没得性病,对吧?"

她发问时并不是认真的,但因了解妈妈,她居然有此想法还是惊到了我,"你想到哪儿去了,妈妈,当然没有。你这问题太可怕了"。我心想,还是折回自己的房间,去独自对付这些烦恼为好。

"坐下,瑞提。再给我拿支烟。"刹那间,她看似想笑。果真如此,那就罢了。如果她笑出来,我就什么也不跟她说了。如果她笑出来,我会更能适应自己在社会中的孤独处境,以及人们的古怪之处。但她甚至没做出微笑的表情。她只是缓缓地把烟吸进去,鼓起腮帮子收住,再喷出来。

"妈妈,我阴道上正在长东西。"

好了,终于说出来了。我马上就会知道,妈妈是跟我一刀两断呢,还是送我去医院做手术。

"阴道哪儿呀,玛格丽特?"

啊哈,真糟糕。她不再叫我"瑞提""玛雅"或"宝贝",而是"玛格丽特"。

"两边。在里面。"那新长出来的薄薄两片已存在了好几个月。我不能再说这些了,她会从我身上把它们揪出去的。

"瑞提,去把那本大开本的韦伯斯特字典拿来,再给我拿瓶啤酒。"

忽然间,气氛缓和下来。我又变回"瑞提",而且她只是让我拿啤酒。如果情况真像我预想的那么严重,她就会要苏格兰威士忌和水。我把那本厚重的字典拿过来,放在床上,那是她送给克莱德尔爸爸的生日礼物。书的重量把床垫一侧压得都凹进去了。妈妈把床头灯扭转过来,让光线对准字典。

我从厨房折返,给她倒上啤酒,她曾教我和贝利,啤酒得如何倒才行。她拍拍床。

"坐下,宝贝,读读这段。"顺着她的指引,我看到了外阴(VULVA)这个词。我开始读。她说:"大声朗读。"

这段写得十分清晰明了,读起来也很平常。她边听我读,边喝啤酒,我读完后她又用大白话解释了一通。我如释重负,恐惧消融,化作两行清泪,顺着脸庞悄悄流淌。

妈妈一下子站了起来,张开双臂搂住我。

"没啥可担心的,孩子。每个女人都会经历这个过程。这不过是女人的特征呀。"

是时候放下我那无比、无比沉重的心理负担了。我俯在自己的臂弯里抽泣:"我还以为我可能正在变成同性恋呢。"

妈妈拍我肩膀的动作放缓下来,而后停住。她松开我,身体前倾。

"同性恋?你怎么会有这种想法?"

"长在我……阴道上的那些,另外,我的声音太低沉,脚也很大,我要臀没臀,要胸没胸,一无是处,我的腿也瘦得皮包骨。"

接下来,妈妈真的笑了。我随后就明白了她不是在笑我。或者说,她的确是在笑我,那是因为有关我的什么事逗乐了她。她的笑被烟堵回去了少许,但最终还是爽朗地迸发出来。我也轻声笑了笑,虽然我觉得一点都不好笑。但是,如果你看到别人很欢乐,却不表明你深有同感,那可说不过去。

她笑够了,止住了欢乐的笑声,转身对着我,擦着眼睛。

"很久以前,我就打算生一个男孩、一个女孩。贝利是我的儿子,你就是我的女儿。上帝是不会犯错的。他把你给了我,让你做我的女儿,那就是你的身份。好啦,去洗洗脸,喝杯奶,然后上床睡觉。"

我照妈妈说的做了,但我很快就发现,妈妈所给的这种崭新的保证并不足以填补旧有的不安所造成的裂缝。它就像锡杯里的硬币在我脑子里晃荡。我把它珍藏起来，但两周还没过去，它就一文不值了。

我有一个同学，她妈妈为自己和女儿在女士公寓租了房子。这位同学在外面待到了关门的时间，就打电话给我，问能否在我家住一晚。妈妈表示同意，条件是我的朋友要从我家打电话告知她妈。

她到我家后，我从床上爬起来，和她一起到楼上的厨房去煮热巧克力。在我房间里，我们卑鄙地分享了朋友们的八卦，笑话男同学，抱怨学校和单调乏味的生活。与别人同床而卧（除了奶奶和外婆外，我还没跟任何人一起睡过一张床），深更半夜还能无所顾忌地大笑，这一切对我来说是非同寻常的，让我把简单的礼仪都忘记了。我的朋友只好提醒我说，她没带睡衣。我把我的睡袍拿了一件给她，然后看着她脱衣，既无兴趣，也不好奇。一开始，我一点儿也没有意识到她的身体是什么样子。接着，刹那间，飞快地一瞥，她的乳房落入我的视野。我惊呆了。

她的一对乳房就像小杂货店里卖的浅棕色胸罩衬垫，但却是真实的。它们让我曾在博物馆里看到的所有裸体画都栩栩如生起来。简而言之，它们真美。她的身体与我的真真是天壤之别。她已然出落为女人。

我的睡袍对她来说太紧、太长，当她想要嘲笑自己可笑的模样时，我发现幽默感已弃我而去，未曾留下回归的许诺。

如果年纪再大一点,我也许会想到,我当时是被那赏心悦目的情景触动,同时油然而生嫉妒之情。但在我需要的时候,我并未想到这些可能性。我所知道的全部就是,我看到了一个女人的一对乳房,我深受触动。于是乎,数周前妈妈解释时用的所有那些平淡、平易的词,以及诺亚·韦伯斯特撰写的冷静客观的词条都无法改变一个事实,那就是我身上确有可疑之处。

　　我一个筋斗翻进我心底那间痛苦小屋。在做了一番全面的自我检查之后,根据我所读到和听说的所有关于女同的知识,我推断出我不具有其中任何明显的特征——我不爱穿裤子,也没有宽厚的肩膀,不迷体育,走路不像男人,也根本不想触摸女人。我想做个女人,可那像是一个打算永远将我拒之门外的世界。

　　我需要找个男朋友。男朋友会向全世界、更重要的是向我自己,澄清我的位置。男朋友对我的接纳,会把我引入那陌生又奇异的、多姿多彩的女性世界。

　　在我的同伴中,没有谁打算收了我。这挺好理解,因为我周围的同龄男孩都迷恋黄皮肤或浅棕色皮肤的女孩,她们长着腿毛,嘴唇小巧润泽,头发"像马鬃一样垂坠"。甚至对那些炙手可热的女孩,男孩们也会要求她们"要不就算了,要不就直说我该怎么做"。当时的一首流行歌曲这样提醒她们:"如果你不能笑着说行,那么请不要哭着说不。"如果漂亮女孩都得付出极大的牺牲才能有所"归属",那么长得不迷人的女孩又该怎么办呢？她贴着不停旋转却一成不变的生活边缘飞速向前,却只能安于当个"知己",日日夜夜。只有在得不到漂亮女孩时,男孩们才会想起找她。

我认为大多数平凡女孩都是贞洁的,因为她们没什么机会失贞。她们做出拒人于千里之外的样子,过一段时间她们就开始以此为荣,这在很大程度上是一种防御策略。

具体到我自己这个个例来说,我不能躲在自愿做乖乖女的帷幕之后。我都快要被两股永无休止的力量压垮了:我可能是个不正常的女人,这种怀疑让我坐立不安;另一方面,是我那新近苏醒的性欲。

我决定自己来掌控这一切。这就是我那可悲却贴切的心声。

在离我家不远的山丘上,在马路同一侧,住着一对英俊的兄弟。他们自然而然地成了我在附近所能发现的最合适的年轻男子。如果我打算在性的领域冒险,我没有理由不与卓尔不群者做实验。我并不真的指望能永远抓住兄弟俩其中之一的心,但我觉得如果能暂时吸引住一人,我也许就能更长久地与之维系这种关系。

我计划好了诱惑的步骤,安排"出其不意"打头阵。某晚,我正在往山上走,心中充满着年轻人说不清道不明的惆怅(其实就是无所事事),这时正好碰到我选中的那位,他径直走进

343

我设好的陷阱。

"你好,玛格丽特。"说时迟那时快,眼看他就要与我擦肩而过。

我将自己的计划付诸行动。"你好。"我单刀直入,"你愿意睡我吗?"一切在按计划进行。他的嘴巴合不上了,像花园的门一样洞开。我占了先机,于是步步紧逼。

"带我去个地方。"

他的反应有失尊严。但公平地说,我得承认我没给人家彬彬有礼的机会。

他问道:"你的意思是,你打算跟我滚床单?"

我向他保证那正是我打算跟他做的事。在这一幕上演的时候,我就意识到了他价值观的失衡。他认为我是在给予,而事实上我的意图在于索取。他长相俊朗,人见人爱,这让他过分自负,以致无视这种可能性。

我们去了他朋友那里,一个装修好的房间。这个朋友立刻心领神会,拿起外套就走,留下我们独处。这个被我成功诱惑的人立马关了灯。我情愿开着灯,如果有可能的话,不过我不想再像我已经表现出的那样主动。

我激动不已,而不是紧张;满怀希望,而不是恐惧。我并未考虑诱惑行为本身是多么地赤裸裸。我所预期的是,长时间的饱含精神之爱的亲吻,以及温柔款款的爱抚。然而,那强行分开我两腿的膝盖,那在我胸部摩擦的毛发浓密的皮肤,毫无浪漫可言。

没有彼此间郎情妾意的温柔做补偿,时间在消耗体力的摸索、拉扯、抽动中流逝。

我们没说一句话。

我的伴侣猛地站了起来,此举表明我们的这番体验已经达到高潮,我主要关心的是怎么赶紧回家。他也许已感觉到自己被利用了,或许他的冷漠已表明我并未满足他。无论是哪种可能性,都不会困扰我。

出门走到大街上,我们只淡淡说了句"好吧,再见",便告别彼此。

幸亏有九年前与弗里曼先生的那番经历,我没有感受到进入时的痛苦,而且由于没投入任何浪漫情感,我们都觉得已发生的事不算个事。

回到家里,我回顾着这次失败的经历,试着估量自己的新地位。我拥有过一个男人。我已经被拥有过。结果非但没有享受到其中的乐趣,而且我正常与否依然是个问题。

为草原月色所打动的那种情感怎么了?那种情感促使诗人们才思敏捷地吟出一首首诗,让理查德·阿伦[1]敢于挑战

---

1 理查德·阿伦(Richard Arlen, 1899—1976):美国电影演员。曾在宾夕法尼亚大学求学,1920年前当过新闻记者、游泳教练、加拿大皇家空军联队飞行员,后开始其演艺生涯。1920年代后期,因在威廉·惠尔曼导演的航空片《翼》(1927)和《弱女飘零》(1928)等片中出演主角而成名。

北极荒原,让维罗妮卡·莱克[1]背叛了整个自由世界,难道我哪里出了问题,无法分享这种情感了吗?

我这隐秘的弱点似乎找不到任何解释,但作为南方黑人教育的产物("受害者"是不是一个更恰当的词呢?),我断定我"会逐渐对此有更清晰的理解"。我睡着了。

三个星期过后,就在我已不怎么回想那个奇怪的、空虚得不可思议的夜晚的时候,我发现自己怀孕了。

1　维罗妮卡·莱克(Veronica Lake,1919—1973):生于纽约市布鲁克林区。1941年主演影片《金粉银翼》,后成功地出演了喜剧《苏利文的旅行》。1952年退隐。此后担任过主持人,并在百老汇演出。

36

世界已经终结,这件事只有我知情。人们沿着马路向前走,好像脚下的路面还没有完全塌陷。他们假装吸进空气又呼出来,而我心里始终明白,上帝那可怕的一吸早已吸走了所有的空气。我独自一人在噩梦中窒息。

如果我能怀上孩子,那么显然说明我不是同性恋,这个事实带给我微不足道的快乐,但它被排山倒海袭来的恐惧、愧疚和自我憎恶挤到了脑中最狭小的角落。

年复一年,我似乎已接受了自己的境遇,自认倒霉,被命运之神和复仇女神一次次欺骗。但这次我不得不面对一个事实,那就是眼下的这场灾难是我自己招来的。我怎么能责怪那个受我引诱而跟我做爱的无辜男人呢?一个极端不诚实的人,要么野心勃勃、不择手段,要么以自我为中心、毫不动摇,两种品性,必居其一。他一定要相信,为了达到他自己的目的,所有的人和事都能被理所当然地改变方向,或者相信他不仅是自己世界的中心,也是别人世界的中心。我性格中并无这两种因素,所以我用自己的双肩承担起十六岁怀孕的重负,理应如此。无可否认,重负之下,我步履蹒跚。

最终,我给正随商船出海的贝利写了封信。他回信警告我,别把这些情况告诉妈妈。我们都知道她是强烈反对堕胎的,她极有可能会命令我退学。贝利建议道,如果我没拿到高中文凭便退学,就休想再回到学校了。

头三个月,我一直在使自己适应怀孕这个事实(直到分娩前的那几周,我才真正把怀孕和拥有一个孩子的可能性联系在一起),那段时间过得模模糊糊,日子好像正好沉于海平面之下,却从不全然浮现。

好在妈妈的生活紧紧地把她包裹在其中,比迪克牌帽圈儿绑得还要紧。她像平日那样,从自己的生活中分出心思来留意我。只要我健健康康、吃饱穿暖、笑容满面,她就觉得无需把更多精力投注在我身上。一如既往,她关心的主要是过好自己的生活,也希望她的孩子效仿她。好好生活,别出太多岔子。

在妈妈的粗心大意中,我身躯日渐丰满,棕色的皮肤也变得光滑紧绷,仿佛没加油的平底锅里煎出的薄煎饼。她依然丝毫没起疑心。前些年,我就确立了一成不变的准则:不撒谎。大家都明白,我不说谎是出于骄傲,我不能容忍被抓住后,被迫承认自己的行为不够正大光明。妈妈必定由此得出结论:既然我不会公然说谎,也就不会欺骗。她被骗了。

我的一举一动全都是为了扮演那个诚实率真的女学生,除了期中考试别无心事。不可思议的是,在扮演这个角色时,我几乎捕捉到了青少年反复无常的本性,只是有时我不能对自己否认,我的身体正发生着重大的变化。

清晨,我从来都不知道要不要抢先一步跳下车,以免被呕吐掀起的温热巨浪所卷走。一接触到坚实的地面,远离像船一样颠簸的车辆,以及残留着刚吃过早饭味道的一双双手,我又重新获得了平衡,再等下一辆有轨电车。

学校重又恢复了它已经失落的魔法。从离开斯坦普斯以来,知识第一次再次因其本身而令人振奋。我让自己钻进事实的洞穴,在用逻辑解决数学问题的过程中找到了光亮和快乐。

我把我的这种新的应对之道(尽管当时我并不知道自己从中得到的教益)归因于,在这段无可争议的关键时期,我没有被生活的无望打倒。生活好像具有传送带的品质。它一路向前转动,不受人驱使,人也不必追逐它,而我惟一的想法就是要保持直立的姿势,保守我的秘密和平衡感。

我怀孕到中期的时候,贝利回家了。他给我带来了南美的银丝手镯,托马斯·沃尔夫的《天使,望故乡》,还有一大堆

349

新听来的黄段子。

我怀孕快六个月的时候,妈妈离开旧金山,前往阿拉斯加。她此行是为了开一间夜总会,计划在那儿逗留三四个月,等生意站住脚后再回来。克莱德尔爸爸负责照顾我,可我就像自行交了保释金的犯人,处于女房客们扑朔迷离的目光中。

妈妈是在喜气洋洋的欢送派对气氛中离开旧金山的(毕竟有多少黑人有能力到阿拉斯加打天下呢?),我看着她离开,却没告诉她,她很快就要做外婆了,我感到自己背叛了她。

胜利日过去两天之后,我和旧金山暑期班的同学们站在一起,领到了米申圣何塞高中的毕业证。当晚,就在无比温馨的家里,我说出了令我恐惧的秘密,还勇敢地在克莱德尔爸爸的床上留了一个便条:"亲爱的爸爸和妈妈,此番让家人蒙羞,我深感抱歉,可我怀孕了。玛格丽特。"

我向我的继父克莱德尔爸爸解释说,三周之内我就要生孩子了,随之而来的种种混乱情形,让人联想起莫里哀的喜剧,区别在于,多年之后,我才有心情觉得那一切真的很可笑。克莱德尔爸爸告诉妈妈,我"怀孕三个星期了"。妈妈,平生第一次用看一个女人的眼光打量着我,怒气冲冲地说:"不止三个星期。"他们都接受了一个事实,我怀孕的时间比他们一开始所知的要长,尽管如此,他们还是很难相信我怀了孩子,并且经过了八个月又一个星期,他们还一无所知。

妈妈问:"那男孩是谁?"我告诉了她。妈妈依稀想起了他的模样。

"你想嫁给他吗?"

"不想。"

"他想娶你不?"爸爸停下了对我怀孕第四个月的样子的回忆,跟我说道。

"好吧,那就这样了。没必要毁掉三个人的生活。"公开的或微妙的斥责都没有。这就是薇薇安·巴克斯特·约翰逊,寄希望于最好的可能,做最坏的打算,这样就不会对任何不好不坏的事感到突然。

克莱德尔爸爸向我保证,没啥好担心的。话说"自打夏娃吃了那苹果,女人就得怀孕"。他还差遣了一个女佣人去以·马格宁百货商店[1]给我买孕妇装。接下来的两周,我满城奔波,看医生、打维生素针吃维生素片、买婴儿服,在难得的空闲里,体会着即将到来的神圣时刻。

我分娩所用的时间很短,也没经历太多疼痛(我断定分娩的痛苦被夸大了),我的儿子就出生了。爱和感激在心中交织在一起,拥有的幸福和天生的母性相伴而生。我有孩子了。

1　以·马格宁百货商店(I. Magnin):美国的一家连锁百货商店,由玛丽·安·马格宁创立于1876年,店名是根据她丈夫的名字以撒命名的,以所售服饰设计精美、品质优良而闻名。

他很漂亮，他是我的，完全属于我。他不是谁给我买来的礼物。我独自捱过那段虚弱无力的灰暗日子。虽然受孕那刻离不开别人的恩泽，但谁也不能否认孕育的过程是完美无瑕的。

他完全属于我，而我却不敢碰他一下。从医院回家后，我一连几个小时地坐在摇篮边，聚精会神地端详着他那神秘的完美。他的四肢那么娇嫩，仿佛还没有长成。妈妈可以像保姆一样自若地对待他，而我却连换尿布都十分害怕。我的懦弱不是出了名的吗？我怕他从怀中跌落，或手指碰到了他头顶突突跳动的脉搏。

一天晚上，妈妈抱着才三个星期大的他，送到我的床边。她掀开被子，让我起来抱他，她好把橡胶床单铺在我的床上。她解释道，要让他跟我睡。

我哀求，但徒劳无功。我觉得我会因为在床上翻身把他压死，或者伤到他脆弱的骨头。可妈妈听不进去，不过一会儿，漂亮的金色宝贝就仰卧在我的床中央，笑吟吟地看我。

我躺在床角，吓得身体发僵，发誓一夜不睡。但是，这些天在医院就已养成了一套作息规律，并在妈妈的专断命令下严格执行至今，这规律起了作用。我不知不觉地睡着了。

有人在轻轻地晃着我的肩膀。是妈妈，她轻声说："玛雅，醒醒。但不要动。"

我立即意识到，妈妈叫醒我与孩子有关。我紧张不已："我醒了。"

妈妈打开灯说:"看看小宝宝。"我心里无比恐惧,没力气去往床中间看。妈妈又说了一遍:"看看他吧。"从她的声音里,我没听出忧伤,这才让我摆脱恐惧。宝贝他现在不在床的中间了。一开始我还不知道他到哪儿去了呢。但定睛一看,他其实就在我的身边。我俯身趴着,胳膊弯成九十度。我的胳膊肘和前臂撑起了毛毯,像围起了一个帐篷,而宝宝就偎依在我身边。

妈妈低声说道:"你瞧,做得对,就用不着多想。如果你觉得一件事是对的,就用不着再去费心琢磨,去做就是了。"

妈妈关了灯,我轻轻拍着儿子,又睡着了……

译后记

重逢，相遇

2010 年 10 月的一个晚上，收到博达著作权代理公司的一封邮件，那是一份我平日里很少会打开的新书目录。但当时我心里有一种奇妙的预感。我打开了，看到了玛雅·安吉洛这个名字。

我认识她。

思绪瞬间回到了十年前。2000 年，我读到并翻译了玛雅·安吉洛的《清晨的脉搏》(*On the Pulse of Morning*)，她在克林顿的总统就职典礼(1993)上朗诵了这首诗。译稿已无处寻觅，但我在硕士学位论文的开头引用了其中几句："女人、孩子、男人/把这梦握在你的手心里/把她摩挲成你内心最想要的样子/雕刻成你最公众的自我形象。"毕业后的这些年，每当面临日常生活中无可避免的困顿和琐碎，我会想起它们。

惊喜抑或激动已无法形容我在那个晚上的心情,我满怀志忑地写信,索取《我知道笼中鸟为何歌唱》和《致女儿书》这两部作品的样书,随后在王建梅和黄韬两位老师的帮助和支持下,签订了版权合约。

　　在翻译的过程中,我们对玛雅这位传奇女性有了更多的了解。

　　玛雅·安吉洛,原名玛格丽特·安妮·约翰逊,1928年4月4日出生于美国密苏里州圣路易斯市,在南方小镇斯坦普斯和加州度过了童年和少年时代。在斯坦普斯,她见证了黑人艰辛劳作的生活,体验到了种族歧视的残酷,与此同时,在虔诚的祖母"阿妈"的影响下,建立起"对不可动摇的上帝的不可动摇的信仰",形成了对黑人传统文化和价值观的认同。热爱艺术的少女安吉洛得到了一份奖学金,得以在加州劳工学校学习舞蹈和戏剧。十四岁的时候,她辍学成为在旧金山电车上工作的第一位黑人女性。随后返回校园,完成了高中学业,并在毕业后不久生下儿子盖伊·约翰逊。

　　作为玛雅的第一部自传,《我知道笼中鸟为何歌唱》的故事就讲到这里。在那之后,身为一名年轻的单身妈妈,玛雅生活之艰辛可想而知,她先后做过侍者、厨师,但很快地,她所热爱的音乐、舞蹈、表演和诗歌再次成为她生活的重心。1954 至 1955 年，玛雅在音乐剧《波吉和贝丝》(*Porgy and Bess*)中担当首席舞者，赴欧洲巡回演出。她跟随现代舞创始人玛莎·葛兰姆(Martha Graham)学习舞蹈，并于 1957 年与阿尔文·艾利[1]搭档，录制了许多电视节目。1957 年，玛雅录制了首张专辑《卡利普索小姐》(*Calypso Lady*)。1958 年，玛雅搬到纽约居住，加入了哈莱姆作家协会，在此期间参演让·热内[2]的《黑鬼》，创作并主演了《自由之舞》(*Cabaret for Freedom*)，为南方基督教领袖大会募集资金。

　　1960 年，玛雅前往埃及首都开罗，担任英文周刊《阿拉伯观察者》的编辑。次年，又迁居加纳，在加纳大学音乐戏剧学院执教，兼任《非洲评论》的专题编辑，并为《加纳时报》撰稿。在旅居国外的这段日子，玛雅广泛阅读、勤学不辍，掌握了法语、西班牙语、意大利语、阿拉伯语等多种语言。在加纳的时候，她遇到了马尔科姆·艾克斯，并于 1964 年返美协助他创建非裔美国人团结组织(African American Unity)。

1　阿尔文·艾利(Alvin Ailey, 1931—1989)：美国黑人舞蹈家。1958 年创作《布鲁斯组曲》，由此崭露头角。1960 年创作代表作《启示录》。曾于 1985 年率团来中国演出。

2　让·热内(Jean Genet, 1910—1986)：法国作家。他的生平颇为传奇——幼时被父母遗弃，后沦落为小偷，青少年时期几乎全是在流浪、行窃、监狱中度过的。他在监狱中创作了小说《鲜花圣母》和《玫瑰奇迹》。这两部作品以及热内的另一部小说《小偷日记》都带有相当程度的自传性。

356

就在玛雅回到美国后不久,马尔科姆·艾克斯遇刺,该组织随之解散。随后,马丁·路德·金邀请玛雅担任南方基督教领袖大会的北方协调员。马丁·路德·金于 1968 年遇刺,那天正是玛雅的生日,[1]这一事件让玛雅陷入了绝望。为了纾解心中的哀痛,玛雅开始创作《我知道笼中鸟为何歌唱》,在写作本书的过程中她找到了她以为自己已遗忘的那些岁月。

在笔耕不辍的同时,玛雅继续着在其他领域的追寻。作为最早涉足电影电视领域的黑人,玛雅负责电影《乔治亚,乔治亚》的剧本和配乐。她的剧本是黑人作品中第一个被搬上大银幕的,并获普利策奖提名。玛雅频频在电视和电影中出镜,包括根据亚历克斯·黑利的小说改编的电视剧《根》(*Roots*)和约翰·辛格顿的《写诗的贾斯廷斯》(*Poetic Justice*, 1993)。1996 年,她执导了自己的第一部故事片《爱归家园》(*Down in the Delta*)。2008 年,她为 M. K. 阿桑特的纪录片《黑蜡烛》(*Black Candle*)配音并作诗。

玛雅写作《我知道笼中鸟为何歌唱》缘起于两位朋友的鼓励,他们是作家詹姆斯·鲍德温与兰登书屋的编辑罗伯特·卢

---

1 从那时起直至金的夫人科丽塔·斯科特·金于 2006 年去世,每到 4 月 4 日那天,玛雅与科丽塔都会给对方送上鲜花和卡片,在电话里聊聊天。

米斯[1]。1968年的一天,鲍德温邀请玛雅到漫画家朱尔斯·费弗(Jules Feiffer)家参加一个小型晚宴。晚宴上,客人们讲起了自己的童年故事,而玛雅的故事打动了在场所有人。第二天,鲍德温打电话给卢米斯,告诉他"应该让你的女作者写本书"。玛雅表示拒绝,因为她认为自己是一个诗人和剧作家。据玛雅后来回忆,鲍德温十分"狡猾",他建议卢米斯利用一下玛雅的"逆反心理"。于是,卢米斯对玛雅说:"我不得不说,你不去尝试写本自传也许是对的,反正把自传写成文学作品几乎是不可能的。"玛雅经不起这种挑战的诱惑,从而开始了《我知道笼中鸟为何歌唱》的写作。

这本书花了玛雅两年的时间,她把自己关了起来,全心投入她自称"枯燥"的创作过程。而且从那之后,她很多年都坚持这样一种"写作习惯":早上五点起床,把自己锁进一个旅店的房间,面对着空无一物的墙壁开始写作。写作工具是一支铅笔和一个便签本,手边放着雪利酒、扑克牌、《罗热词库》和《圣经》,一直工作到中午。她每天平均写出十到十二页的素材,晚上再整理成三四页。玛雅用这种方法"麻醉"自己,对抗

1　罗伯特·卢米斯(Robert Loomis):生于1926年,1957至2011年间服务于兰登书屋,他和他的作者之间相互忠诚的程度被视为传奇。在他宣布退休的时候,玛雅发表声明说:"1968年以来,罗伯特·卢米斯始终是我的编辑。他引导、鼓励我完成了31本书。我无法想象把书稿托付给其他人的情形。我还没打算停笔,因此我不能让他退休。"

痛苦。1989年，在接受英国广播公司采访时，她说写作过程是在"重温痛苦、愤怒和那个狂飙的年代"。玛雅让自己完全地置身于书中场景，即使是被强奸的可怕时刻，用她的话说，这样"可以告诉读者最真实的生活"。

在选择自传题目的时候，玛雅想到了保罗·劳伦斯·邓巴。邓巴是一位美国黑人诗人，玛雅在年幼的时候就读过他的作品。在爵士歌手和民权活动家阿比·林肯（Abbey Lincoln）的建议下，玛雅在保罗《同情》（*Sympathy*）一诗的第三节中选择了"我知道笼中鸟为何歌唱"这句话作为题目。这一节写道："我知道笼中鸟为何歌唱/啊，我知道/当他羽翼折断，翅膀撕痛/当他打破牢笼，重获自由/那不是喜悦或欢乐/那是他从心底深处发出的祈祷/那是卑微的请求，传到他翱翔的天堂/我知道笼中鸟为何歌唱。"

虽然本书被称为自传，但更多的人愿意把它看作成长小说。玛雅改变了自传的写作方法，使用了小说的写作技巧，如对话、人物刻画和专题叙事，这让不少评论者将本书归入自传体小说的行列。玛雅也意识到了这一方面，她认为自传中的"真实"与传统意义上的"真实"并不一样。在一次采访中，当被问及是否会为了增强故事性而改变事实时，玛雅说："有时一个场景中会涉及三四个人，因为一个人对于故事来说太过单薄。"她不认为她在书中改变了真实，而只是"用真实来打动读者"。但无论如何，本书记录了玛雅早年的生活，艺术亦纪实地再现了一个黑人女孩在美国南方的成长历程,她与贝利的兄妹之情、他们对文学的热爱、阿妈对信仰的虔诚、黑人的家庭观念,还有在小镇上生活的一个个普通人,这一切无不给读者留下了深刻的印象。主人公小玛雅有着三重身份:小女孩、黑人女性、母亲,故事诚实地展现了她性格中幽暗的一面,探讨了人在承受和选择时的纠结挣扎。

《我知道笼中鸟为何歌唱》不仅仅是玛雅一个人的故事,它是一类人的故事,探讨了种族主义、不平等、独立、人格尊严、家庭、性别和个人意识的觉醒。而书中对强奸的简短叙述构成全书的核心,因为它象征着女性在一个以男性为主导的社会中的挣扎,象征着黑人在美国社会中遭受的痛苦,也象征着弱者的独立、尊严及个人意识的彻底粉碎。从懦弱、逃避到勇敢无畏,小玛雅对不平等所持态度的转变贯穿了全书,也是本书语言所具有的力量的源泉。小玛雅的形象之所以感动了世界各地的读者,也正是源自人性中对不平等的天然抵制。

本书 1969 年出版,1970 年获得美国国家图书奖的提名,为玛雅赢得了国际声誉,也在商业上大获成功,在两年的时间里跻身《纽约时报》平装书畅销排行榜,经过了近半个世纪,时至今日仍在亚马逊网站上热销。1993 年,在朗诵罢《清晨的脉搏》之后的那一周,玛雅的全部著作加印了 40 万册。截至

2012 年,《我知道笼中鸟为何歌唱》平装本累计印数为 460 万册。[1] 迄今为止,玛雅已出版的三十多部诗集、非虚构和虚构作品本本是畅销书。《我知道笼中鸟为何歌唱》的内容被选入多国从高中到大学的教育材料,并获得"为美国回忆录开辟了新的文学道路"这一赞誉。当然,本书对强奸、种族主义和性欲的描绘也使它颇受质疑,甚至被一些学校和图书馆列为禁书,但这无法掩盖它的魅力。

玛雅交游广阔,她的名人朋友包括奥普拉和希拉里。1978 年,玛雅在巴尔的摩结识了奥普拉·温弗瑞,那时奥普拉还是一个地方电视台的节目主持人。六年后,她们在芝加哥的街头巧遇,玛雅叫出了奥普拉的名字,从此她们结下了"情同姐妹亦如师生"的友谊。但在希拉里和奥巴马竞争民主党内的总统候选人提名时,她们出现了分歧,奥普拉支持奥巴马,而玛雅支持希拉里,但这并未影响友谊。奥普拉对玛雅说,"有人抱怨,'我们的女王[2]不支持奥巴马'",玛雅大笑起来。1980 年代初,在克林顿还担任阿肯色州州长时,玛雅就很敬佩他,她说:"我在阿肯色州长大,我知道那儿是什么情

1　见萨内特·塔纳卡(Sanette Tanaka):"诗人的诗意居所"(The Inner Rooms of Maya Angelou),载《华尔街日报》(*Wall Street Journal*) 2012 年 10 月 5 日。
2　在一些黑人眼中,玛雅就是无冕的女王。

况。平庸，无望。我知道克林顿夫妇为改变那些付出了多么艰苦的努力。"所以，当克林顿于1992年当选总统时，他即邀请玛雅创作一首诗歌在就职典礼上朗诵，自从罗伯特·弗罗斯特在1961年为肯尼迪朗诵诗歌以来，多年来已未曾举行这样的仪式。玛雅从未质疑或批评过奥巴马，她称赞奥巴马在费城的演讲，说那是"我听过的有关种族关系的最佳演讲。提出问题也给出了答案。阐明了我们领悟和尚未领悟到的东西"。

从未上过大学的玛雅获得了三十多个荣誉学位，她很高兴听到别人称她为"安吉洛博士"。虽已年过八十，玛雅却从未打算退休，她现在是维克森林大学美国研究专业的雷诺兹讲席教授，其实她本人就是美国研究中的一个课题，她说"我创造了自己，我教会了自己很多东西"。她很喜欢当老师，因为小的时候，她的"阿妈"就对她说："阿妈并不在乎别人怎么评价你。阿妈知道，你和上帝都预备好了，你会成为一名教师。"每当走进教室时，"我看到那些小小的脸，大大的眼睛。黑人孩子和白人孩子。他们就像是雀巢上的麻雀。他们抬头看着我，嘴巴张得大大的，我真想'喂给'他们我知道的一切"。

经历了这么多风雨，玛雅却说她最喜欢的词是"快乐"（joy）。她以自己的言词和行动激励了几代美国人，成为美国知名度最高的非裔女性作家。玛雅的个人经历反映出一个国家的变迁，与她成长的年代相比，今天的美国已经发生了巨大的变化，2008 年，非裔美国人奥巴马当选为总统，这一事实比美国宪法第十四修正案更能表达人们对平等的诉求。但玛雅的作品所具有的力量是恒久的，她捕捉到了非裔美国女性的性格基调和抱负，赞美她们的力量，让人们关注黑人女性的声音。她的作品回应了始于 18 和 19 世纪的奴隶文学，唤起了读者内心的高贵情感。[1] 读者们必定会与奥普拉有共鸣："在书页中与玛雅相遇，像是遇见完整的自己。"

与自己的爱人合作译书，是我少年时所能梦到的最美的梦，而在玛雅的作品上，这个梦想成真了。我们找到了本书的作者朗读版，一边倾听着玛雅的声音，一边进行翻译，随着玛雅的讲述，体味着她的快乐和痛苦。当读到"把那事儿说出来"那一节时，我们忍不住在深夜纵情大笑。讨论在某种情景下玛雅会怎么说，也成为晚间散步的常规项目。

本书能够顺利出版，要感谢许多师长和朋友的帮助，尤其是以下诸位：黄韬老师，他精通英文和法文，译有《音乐的故事》《希腊人》和《名人的母亲》等。感谢黄老师欣然同意担任

---

[1] 对玛雅经历的介绍主要基于玛雅的官网、玛雅的《致女儿书》一书、媒体报道和相关研究著作等。

本书的责任编辑，这在最大程度上保证了本书的质量；韩松落，他为本书写作了代译序。在读了《怒河春醒》之后，我就萌生了请他写作这篇序言的想法；豫苏，如果不是在 2010 年认识豫苏，我都不知道该如何继续我的工作；李晋，我们就本书涉及宗教的部分内容向他作以请教；以及陈增爵老师，他认真通读了全稿，并敏锐地指出一些错误。本书的初稿曾发给陈瑜、邓晓菁、段晓楣、黄佟佟、李伟为、廖海燕、王启宪、尹琪等好友，感谢大家给予的反馈和鼓励。感谢我们的家人，靠着他们无私的支持，我们得以在这个城市近乎奢侈地过着与书相伴的生活。

　　当然，译稿中可能存在的错误均由译者承担。本书第 1－30 章由于霄翻译，第 31－36 章由王笑红翻译。

王笑红

2013 年 3 月 6 日于上海

图书在版编目(CIP)数据

我知道笼中鸟为何歌唱/[美]玛雅·安吉洛著;于霄,王笑红译.—2版.—上海:上海三联书店,2020.5
(女性三部曲)
ISBN 978-7-5426-6999-5

Ⅰ.①我… Ⅱ.①玛…②于…③王… Ⅲ.①自传体小说—美国—现代 Ⅳ.①I712.45

中国版本图书馆 CIP 数据核字(2020)第 051105 号

我知道笼中鸟为何歌唱

著　　者／[美]玛雅·安吉洛
译　　者／于　霄　王笑红
责任编辑／李巧媚
装帧设计／shinorz.cn
监　　制／姚　军
责任校对／张大伟　王凌霄
出版发行／上海三联书店
　　　　　(200030)中国上海市漕溪北路 331 号 A 座 6 楼
邮购电话／021-22895540
印　　刷／上海展强印刷有限公司
版　　次／2020 年 5 月第 2 版
印　　次／2020 年 5 月第 1 次印刷
开　　本／787×1092　1/32
字　　数／265 千字
印　　张／12
书　　号／ISBN 978-7-5426-6999-5/I·1618
定　　价／68.00 元

敬启读者,如发现本书有印装质量问题,请与印刷厂联系 021-66366565